plaisir d'amour

Sara-Maria Lukas

KEIN SAFEWORD FÜR DIE FLEDERMAUS

Erotischer Roman

plaisir d'amour

Sara-Maria Lukas

KEIN SAFEWORD FÜR DIE FLEDERMAUS

Erotischer Roman

www.plaisirdamourbooks.com
info@plaisirdamourbooks.com

ISBN Taschenbuch: 978-3-86495-217-3
ISBN eBook: 978-3-86495-218-0

Kapitel 1

Tim streicht zärtlich über das glatte, dunkle Holz des Andreaskreuzes, dem Schmuckstück seines privaten Spielzimmers. Keine Liebe ohne Hiebe. Sein Wahlspruch. Vergnügt pfeift er vor sich hin. Wer weiß, vielleicht lernt er am Abend auf Monas Geburtstagsfeier ein nettes Mädchen kennen, das er für eine kleine Session mit nach Hause nehmen kann.

Am liebsten sind ihm Anfängerinnen. Nervös, ängstlich zu ihm aufsehend … Na gut, manchmal. Eine Frau, die weiß, was sie braucht, ist auch ein gern gesehener Gast, wie Mona zum Beispiel. Das Geburtstagskind des heutigen Abends hängt von Zeit zu Zeit mit großem Genuss an seinem Andreaskreuz. Auch auf der Strafbank macht sie sich gut. Sie mag es, wenn jemand beim Spiel zusieht, dem sie vertraut, aber nur ihr Leon darf sie anfassen. Süße kleine Mona. Wer hätte gedacht, dass seine ehemalige Schulfreundin sich mal von seinem besten Freund mit Freuden den Arsch versohlen ließe. Tim gönnt den beiden ihre große Liebe. Für ihn selbst ist eine feste Beziehung nichts. Viel zu viel Verpflichtung. Devote Frauen entwickeln sich seiner Meinung nach in einer Beziehung schnell zu Kletten, die nicht mehr allein klarkommen. Böse Falle. Ganz böse Falle.

Nun aber los. Leon wartet. In Tims Auto liegen die letzten Utensilien für Monas neue Töpferwerkstatt, die sie als große Geburtstagsüberraschung bekommt. Leon hat auf seinem kleinen Resthof eins der alten Stallgebäude dafür renoviert, und Monas Eltern haben den Brennofen spendiert. Für weiteres Zubehör hat der Freundeskreis zusammengelegt. Jetzt warten sicher alle schon auf ihn. Er ist auch nur noch schnell in den Keller gegangen, um die Heizung im Spielzimmer anzudrehen, damit es kuschelig ist, falls er später am Abend noch einen Gast mitbringen sollte. Man weiß ja nie.

Jetzt ist es im Februar doch noch richtig Winter geworden. Missmutig zieht Ella die Decke fest um ihren Rücken. Wenigstens steht in der Küche noch der alte Holzofen. Ihre Mutter hatte damals darauf bestanden, das antiquarische Teil zu behalten, obwohl es nicht mehr benutzt wurde. Jetzt kann Ella froh darüber sein, denn seitdem kein Heizöl mehr da ist, ist der alte Ofen ihre Rettung. Sie legt zwei Holzscheite nach, schließt die Klappe und hockt sich wieder auf den hölzernen Küchenstuhl, von dem die ehemals schneeweiße Farbe längst abblättert. Wahrscheinlich stammt die letzte Lackschicht noch von ihrem Großvater.

Ihr leerer Magen tut weh, aber ein leerer Magen und Frieren wäre noch schlimmer. Wenn sie nicht so feige wäre, hätte sie längst Schluss gemacht. Der Strick hängt schon seit zwei Wochen am Balken auf dem Dachboden, aber jedes Mal, wenn sie auf den Hocker darunter steigt, verlässt sie der Mut.

Auf dem alten Tisch liegt immer noch die Wachstuchtischdecke, die ihre Mutter gekauft hatte, bevor sie krank geworden ist. Wie lange ist das jetzt her? Acht Jahre? Zehn Jahre? Nein, erst vor knapp fünf hat sie den Kampf gegen den Krebs verloren, doch es kommt ihr wie eine Ewigkeit vor. An den Ecken stoßen die Tischkanten durch, aber wen stört das schon. Gegenüber war Vaters Platz, an dem sie ihn noch immer sitzen sieht. Die Erinnerung daran ist noch kein bisschen verblasst. In diese trüben Gedanken versunken, bohrt sie mit dem Zeigefinger ein weiteres Loch in die zerschlissene Kante der alten Tischdecke.

Ellas Blick fällt auf die schlichte Karte ihrer Nachbarin, die letzte Woche irgendwann an der Tür geklemmt hatte, als sie abends nach Hause gekommen war.

Liebe Ella,

ich feiere am Samstag meinen Geburtstag und würde mich sehr freuen, wenn du vorbeikommen würdest. Es ist nur ein formloses, nettes Beisammensein mit Familie und Freunden, mach dir also bitte keine Umstände wegen eines Geschenkes oder Klamotten.

Herzliche Grüße, Mona.

Samstag. Das ist heute. Und auf der Feier gibt es bestimmt was zu essen.

Ella mag Mona nicht. Nein, falsch, sie mag sie eigentlich schon, sie ist nur ein klitzekleines bisschen eifersüchtig, weil Leon und Mona so glücklich sind. Seit Leon damals das alte Häuschen im Wald gekauft hat, kümmert Ella sich um die kleine Eselherde seiner verstorbenen Schwester, wenn er verreist. Leon ist nett, groß, stark und ziemlich dominant, ein bisschen so wie Vincent, aber eben doch ganz anders.

In der Ecke knackt etwas. Ella dreht sich halb um und fixiert mit den Augen den Altpapierstapel neben der Matratze mit ihrem Bettzeug, die sie in die Küche geschleppt hat, als es vorgestern doch noch richtig Winter wurde. Jetzt raschelt es. Mäuse. Solange ihr Vater lebte, hat er immer Gift gestreut. Seit Ella allein ist, lässt sie die Mäuse in Ruhe. Denen ist auch nur kalt.

Seufzend sieht sie wieder zum Fenster. Immer noch Schnee. In die Stadt zu trampen kommt zurzeit also nicht infrage. Außerdem hat sie auch gar nichts mehr, was sie auf dem Flohmarkt verkaufen könnte. Alles weg. Vielleicht sollte sie wirklich zu ihren Nachbarn gehen? Aber es ist so schwer, sich nichts von ihrem Elend anmerken zu lassen. Was soll's. Für ein warmes Essen wird sie es aushalten, ihnen heile Welt vorzuspielen, und lange bleiben kann sie sowieso nicht, sonst geht der Ofen aus.

Die meisten Gäste sind schon da, als Tim den Hof mitten im Wald erreicht und das alte Fachwerkhaus betritt. Er sieht Monas Eltern, ein paar Freunde und … wer ist denn das? Ein neues Gesicht? Ein interessantes neues Gesicht. Sexy Figur. Jung, blonde Haare, große Augen. Irgendwie kommt sie ihm bekannt vor. Er stößt einen leisen Pfiff aus. Das muss Ella Petersen sein, die Nachbarin von Leon und Mona. Ihre Eltern haben einen landwirtschaftlichen Betrieb am Rande des Waldes. Nein, sie hatten einen landwirtschaftlichen Betrieb, denn die Mutter von Ella ist schon vor langer Zeit gestorben, der Vater vor ein oder zwei Jahren.

Nachdem Tim alle begrüßt hat, mustert er Ella unauffällig. Hübsch, das Mädel. Praller Arsch und lange Beine. Sie war ihm im Frühjahr schon aufgefallen. Ob sie immer noch mit diesem widerlichen Typen zusammen ist? Er hatte das Paar einmal in der Stadt gesehen und ist seitdem davon überzeugt, dass sie devot, vielleicht sogar masochistisch ist. Der Typ wirkte aalglatt, etwas, das Tim überhaupt nicht mag.

Sie scheint erwachsener geworden zu sein. Ihre Gesichtszüge wirken nicht mehr so kindlich naiv wie im Frühjahr, als er sie das letzte Mal sah. Ihre Wangen sind schmaler, das Kinn spitzer. Die Augen? Stolz, um nicht zu sagen: arrogant. Er muss sich ein Grinsen verkneifen. Sie zeigt genau den Gesichtsausdruck, der ihn an einer Frau reizt. Sie ist definitiv schlanker geworden. Das steht ihr gut. Sie trägt die langen blonden Haare offen und hat sich nicht geschminkt. Ihre Kleidung ist … ganz schön raffiniert. Auf den ersten Blick unauffällig, aber auf den zweiten … Sie trägt enge Jeans und eine dunkelblaue, langärmelige Bluse, die einen interessanten Blick in ihren Ausschnitt zulässt. Ihre Brüste sind zwar nicht groß, aber sie trägt keinen BH und ihre Nippel drücken sich hart durch den Stoff der Bluse. Dazu diese roten Pumps mit Absatz. Wenn sie damit durch den Schnee gelaufen ist, hat sie nasse Strümpfe, aber zu ihrem wackelnden Arsch in der engen Jeans passen die Schuhe. Sie sind wie eine Botschaft, eine von der Art, wie Tim sie mag. Sein Schwanz zuckt. Der Abend könnte noch interessant werden.

Bevor er weiter über Ella nachdenken kann, winkt Leon ihn zu sich. Zeit für Monas große Überraschung. Er und Leon stellen sich links und rechts neben ihren Stuhl und mustern sie mit undurchdringlichen dominanten Blicken. Mona wird ganz nervös. Jetzt denkt sie sicher, sie würden vor ihren Eltern eine Session mit ihr starten. Leon und er fassen sie an den Armen und ziehen sie grinsend hoch. Sie erstarrt vor Schreck. Jetzt wird sie bestimmt „Die Ampel ist rot“ kreischen, und Mama und Papa haben keinen blassen Schimmer, was los ist. Das wird lustig. Leon erkennt jedoch die Gefahr, zieht sie an sich und flüstert ihr etwas ins Ohr. Sie sieht zwar immer noch misstrauisch aus, schreit aber nicht ihr Safeword. Eigentlich schade. Leon legt ihr wie verabredet die Augenbinde an, und Tim hilft ihr in ihren Mantel. Dann führt Leon sie ein bisschen kreuz und quer zwischen den Bäumen spazieren, um sie zu verwirren. Nach einer Weile bringt er sie in die neu eingerichtete Werkstatt, und sie darf sich das Tuch abnehmen. Große Freude. Gelungene Überraschung. Sie fällt Leon um den Hals. Süß, die beiden.

Nun fällt sie allen um den Hals und bewundert jede Kleinigkeit in ihrer neuen Werkstatt.

Tim lehnt etwas abseits an einem Pfosten und sieht zu. Sein Blick fällt wieder auf Ella, die anscheinend unschlüssig in der Tür stehen geblieben ist. Da sie nicht zum Freundeskreis gehört, wusste sie sicher nichts von der Überraschung und fühlt sich jetzt etwas ausgeschlossen. Das arme kleine Mäuschen. Wie gut, dass sein Jagdtrieb schon zum Leben erwacht ist. Er schlendert zu ihr hinüber. „Hey, Ella. Lange nicht gesehen. Wie geht‘s dir?“

„Kennen wir uns?“

Sie schenkt ihm ein spöttisch arrogantes Lächeln. Ihre Augenfarbe ist interessant. Grau mit grün.

Er grinst. „Ich bin Tim Christen. Wir haben uns das letzte Mal im Frühjahr hier getroffen, als du die Esel versorgt hast. Ich war gekommen, um mir von Leon Werkzeug zu leihen.“

Ein kurzes, unverbindliches Augenbrauenheben, ein Ausdruck des Wiedererkennens huscht über ihr Gesicht. „Tim, ja, na klar. Sorry. Hab dich grad nicht ganz einordnen können.“

Er winkt gönnerhaft ab. „Macht nichts, ist ja auch schon eine Weile her. Also, wie geht es dir?“

„Gut. Danke."

„Ist dein Freund nicht mitgekommen?"

Sie hebt stolz das Kinn. „Nein. Wir haben uns getrennt."

Tim grinst. Fast entfährt ihm ein fröhliches „Klasse", aber er kann sich gerade noch beherrschen. „Das tut mir leid."

Sie winkt unwillig ab. „Das muss es nicht."

Er zwinkert. „Der Abend ist gerettet."

Ihre linke Augenbraue wandert hoch. „Äh … warum?"

Wow, diese spöttisch verzogenen Lippen. „Ich befürchtete, heute Abend der einzige Single zu sein, und nun können wir uns gemeinsam gegen die geballte Kraft der elitären Paare-Welt behaupten."

Da sie ihm nur bis knapp über die Nase reicht, muss sie den Kopf etwas in den Nacken legen, um ihm ins Gesicht zu sehen. Das macht sie jetzt, allerdings nicht gerade hingerissen, sondern eher spöttisch-amüsiert. „Danke, kein Bedarf."

Oh Baby, du hast keine Ahnung, wie sehr mich so ein Gesichtsausdruck reizt.

Er hebt abwehrend die Hände und setzt sein schönstes Lächeln auf. „Sorry. Ich wollte nur witzig sein."

Sie senkt für eine Zehntelsekunde den Blick, hat sich jedoch gleich wieder gefangen, verschränkt die Arme vor der Brust und wirft mit einem gleichgültigen Lächeln ihre langen Haare über die Schulter zurück. Sie zittert. Ihre Jacke ist viel zu dünn für das frostige Winterwetter.

„Komm, wir gehen ins Warme und besorgen uns etwas zu trinken", sagt er und legt leicht den Arm an ihren Rücken. Sie zuckt kurz zurück und geht dann doch mit, zwar etwas steif, aber immerhin.

Im Wohnhaus ist es kuschelig warm und still. Sie sind allein, alle anderen Gäste bewundern noch die neue Töpferwerkstatt. Tim hilft Ella galant aus der Jacke, führt sie direkt in die Küche und öffnet den Kühlschrank. „Was möchtest du? Sekt? Wein?“

„Keinen Alkohol. Danke.“

„Musst du noch fahren?“

„Nein. Ich trinke generell keinen Alkohol.“

Er zieht eine Saftflasche aus dem Kühlschrank. „Hier ist Orangensaft. Ist das okay?“

Sie nickt, und er nimmt zwei Gläser aus dem Schrank.

„Du trinkst auch Saft?“, fragt sie, während ihr Blick mit leicht herabgezogenen Mundwinkeln an seinem Arsch hängen bleibt. „Yep. Bin mit dem Auto da.“

Sie lehnt mit verschränkten Armen am Küchenschrank und mustert ihn weiter, während er einschenkt. Er tut so, als ob er es nicht merkt. Ihre Mimik ist eindeutig. Sie hält ihn für einen selbstherrlichen Spinner. Wenn sie wüsste, wie sehr ihm solche Spielereien gefallen. Mädel, ich wette mit dir, dass du mich heute noch ganz anders ansiehst.

„Warum bist du so verbittert, Ella?“

Sie zuckt und starrt ihn entgeistert an. Eine Sekunde später hat sie sich wieder gefangen und schüttelt lachend den Kopf. „Ich bin nicht verbittert, ganz bestimmt nicht.“

Tim legt den Kopf schräg. Er ist Marketingfachmann und Dozent für Verkaufstraining. Eins seiner Fachgebiete ist das Lesen der Körpersprache, und Ellas Körpersprache ist jetzt eindeutig. Sie lacht zwar, aber ihre Schultermuskeln sind knallhart angespannt.

„Dann ist es ja gut. Wer bewirtschaftet jetzt eigentlich euren Hof?“

„Niemand. Land und Vieh wurden verkauft.“

„Aber du wohnst noch dort, oder?“

„Im Moment noch. Ich werde aber weggehen.“

Er stößt mit seinem Glas leicht an ihres. „Prost, Ella.“

„Prost.“ Sie nickt kurz, lächelt und nimmt einen Schluck aus ihrem Glas.

Die Geburtstagsgesellschaft kommt lachend und lärmend ins Haus zurück. Mona fällt ihm um den Hals. „Hey Tim, bei dir hab ich mich noch nicht bedankt. Es ist unglaublich. Ihr seid toll, alle. Ich liebe euch.“

Er umarmt sie fest und küsst sie auf die Wange. „Gern geschehen. Hat Spaß gemacht.“

Sie schlägt ihm locker mit der flachen Hand gegen die Brust. „Das glaube ich. Gemeines dominantes Männerpack. Für den Schreck habt ihr noch was gut bei mir, alle beide. Ihr werdet noch fluchen. Das verspreche ich euch.“

Tim fasst in ihre langen braunen Haare und zupft liebevoll daran, damit sie den Kopf in den Nacken legt. „Gerne doch, liebste Mona. Fluchen und anschließend einen glühenden Arsch bewundern sind unsere Lieblingsbeschäftigungen.“ Er grinst und lugt aus den Augenwinkeln zu Ella hinüber, während er Mona einen freundlichen Klaps auf den Po gibt.

Ihre Augen haben sich für einen Moment deutlich geweitet, dann hat sie ruckartig ihr Glas an die Lippen geführt. Sehr amüsant.

„Los, Leute, Sekt für alle!“, ruft Mona und öffnet die Kühlschranktür, um zwei Flaschen herauszunehmen.

Tim fasst Ella am Oberarm und zieht sie mit sich. „Komm, wir Nichttrinker machen der wilden Horde etwas Platz."

Er führt sie ins Wohnzimmer, drückt sie in eine Couchecke und setzt sich neben sie. „Und nun sag mir, warum du so traurig bist."

Noch einmal kann er sie mit so einer Frage nicht überraschen. Sie wirft ihm einen arroganten Blick zu. „Ich dachte, verbittert?"

„Das hast du ja abgestritten, also muss es Trauer sein."

Sie schlägt die Beine übereinander und atmet gelangweilt aus. „Ich bin weder verbittert noch traurig. Spar dir das für andere Opfer."

Wieder dieser Ausdruck, diese spöttisch verzogenen Lippen. Mädel, du stehst auf dünnem Eis. Sehr dünnem Eis.

Sie lässt ihren Blick über seinen Körper wandern. „Was willst du von mir?"

So unbeteiligt, wie sie tut, ist sie nicht. Ganz sicher nicht.

Sanft streicht er mit dem Daumen über ihren Handrücken. „Sorry, Ella, ich wollte dir nicht zu nahetreten. Du bist eine interessante Frau, und ich dachte, ich hätte in deinen Augen einen Hauch von Wehmut gesehen. Keine Hintergedanken. Ich schwöre."

Zwischen ihren Augenbrauen hat sich eine Falte gebildet, und sie zieht ihre Hand weg.

„An mir ist nichts interessant."

Was will dieser Blödmann? Affiger Schönling! Meint wohl, alle Frauen fahren auf südländische Muskeltypen ab. Er soll sie in Ruhe lassen, und vor allem soll er sie nicht anfassen. Die plötzliche sanfte Berührung auf ihrer Hand hat ihr einen Stich versetzt, einen fiesen, schmerzhaften Stich. Genauso hat Vincent sie angefasst und gestreichelt, bevor er … Verdammt!

Tim lächelt. „Ich finde dich interessant. Möchtest du wissen, warum?“

Genervt verdreht sie die Augen. „Na, warum denn?“

„Du siehst toll aus, willst aber niemanden beeindrucken, es ist dir egal, was die anderen von dir denken, und du hast in deinem Leben nicht nur gute Erfahrungen gemacht.“

„Hobbypsychologe, was?“

Er grinst. „Verkaufstrainer, Spezialgebiet Körpersprache.“

Wieder legt er die Hand auf ihren Arm. Verdammt! Er soll das lassen. Sie will von ihm abrücken, aber er hält sie fest. „Hör zu, Ella, du willst keine Spielereien, und ich bin ein Freund der klaren Worte. Ich bin Single, und ich mag Frauen, die wissen, was sie wollen. Ich stehe auf BDSM-Spiele, Liebe und Hiebe, du verstehst?“ Er zwinkert. „Muss aber nicht. Ganz normaler Sex macht mir auch Spaß. Ich mag keine Verpflichtungen, keine Versprechungen und keine festen Beziehungen. Falls du Lust auf einen netten Abend entsprechend dieser Vorgaben hast, stehe ich dir gerne zur Verfügung, falls nicht, ist es auch in Ordnung, frei nach dem Motto: Alles kann, nichts muss.“

Er grinst. Fröhlich, frech, verschmitzt und nett. Mist.

„Hab ich Bedenkzeit oder muss ich sofort kaufen?“, fragt sie ironisch-amüsiert.

„Bedenkzeit und volles Rückgaberecht." Er legt den Kopf schräg. „Sei einfach ein bisschen fröhlich, okay?"

Sein plötzlich so charmantes, warmes Lächeln trifft sie unvorbereitet mitten ins Herz.

Monas Mutter ruft, begleitet von einem lauten Händeklatschen, alle an den langen Esstisch. Die Suppe ist fertig. Erleichtert will Ella aufstehen, doch Tim fasst mit einem Finger in eine Gürtelschlaufe ihrer Jeans, sodass sie wieder neben ihn plumpst. „Ja oder doch?"

„Was?"

„Mit mir zusammen fröhlich sein?"

Sein Lächeln ist ehrlich, verführerisch, und es ist so verdammt lange her, dass jemand nett zu ihr war. Sie verdreht gespielt genervt die Augen. „Okay, aber nur, wenn ich dabei Suppe essen darf."

„Du musst sogar, denn du bist verdammt dünn."

Sie lacht auf. „Du weißt, was Frauen hören wollen."

Während des Essens sitzen sie nebeneinander, und Tim plaudert locker und unbefangen drauflos, sodass sie sich entspannen und sogar über seine Witze lachen kann. Es ist schön, mal alle Sorgen beiseitezulegen, und Tim ist wirklich nett. Und sexy. Verdammt sexy. Südländischer Typ eben. Sicher stammen seine Vorfahren aus Spanien oder Italien. Kurze braune, leicht wellige Haare, braune Augen. Er scheint Sport zu treiben, wirkt aber nicht so überwältigend breit und groß wie Leon. Tim ist eher drahtig, und er will keine feste Beziehung. Eigentlich spricht also nichts dagegen. Wogegen? Einen netten Abend? Sex? Spiele?

Es ist lange her, dass sie sich erlaubt hat, von Lustschmerz und Unterwerfung zu träumen. Die Erfahrung mit Vincent war einfach zu schlimm. Inzwischen ist sie schlauer. Keiner würde sie mehr so einwickeln wie er, und die Neigungen sind nun mal da, die verschwinden nicht, egal wie schlimm es mal geendet hat.

Verstohlen blickt sie auf die große Uhr an der Wand. Eigentlich müsste sie jetzt gehen. Der Ofen geht aus, wenn sie kein Holz nachlegt, und wenn der Raum erst mal ausgekühlt ist, wird sie die ganze Nacht frieren. Aber sie kann sich nicht aufraffen. Es ist so angenehm, mal für ein paar Stunden alles zu vergessen. Leons altes Haus ist gemütlich, die Stimmung so fröhlich und sorglos, und Tim, der ist nett, zu nett. Sie weiß, sie hat jedes Recht auf Spaß oder gar Glück verspielt, aber sie kann sich noch nicht überwinden, zu gehen.

Irgendjemand macht Musik an, alte fetzige Stücke, und sie schieben Tisch und Stühle beiseite, um eine Tanzfläche zu schaffen. Ella will nicht tanzen, sie sieht nur zu. Tim hat seinen Spaß. Er schafft es sogar, Monas Mutter dazu zu bringen, mit ihm einen deftigen Rock ‘n‘ Roll aufs Parkett zu legen. Dann folgt ein langsames Stück, und plötzlich zieht er Ella mit einem frechen Augenzwinkern auf die Tanzfläche. Sie macht sich steif, doch er lächelt wieder, so harmlos, so verdammt sympathisch jungenhaft. Er zieht sie einfach an seine Brust, und die ist warm und fest. Zu allem Überfluss riecht er auch noch verdammt gut, genau die richtige Mischung aus Aftershave und Mann. Sanft schiebt er ihre langen Haare zur Seite, um seine Hand auf ihren Rücken zu legen, ohne dass es ziept. Es ist schon so lange her, dass sie ein Mann so angefasst hat. Es dauert eine Weile, bis sie nachgeben und sich dem Takt der Musik anpassen kann. Tim tut so, als ob er nicht merkt, wie angespannt sie ist, und nach einer Weile erlaubt sie sich loszulassen und lehnt sich an seinen starken Körper. Auch das nächste Lied ist langsam, und sie tanzen einfach weiter. Dann geht die Musik aus. Irgendjemand spielt am Player herum und sucht ein bestimmtes Stück. Ella löst sich von Tim. Es wird Zeit, höchste Zeit, es fällt ihr jetzt schon viel zu schwer, sich loszureißen. Tim sieht sie einen Moment lang fragend an, dann fasst er sie schmunzelnd an den Armen. „Denkst du etwa an Flucht, schöne Frau? Ich fürchte, das kann ich nicht zulassen." Er zwinkert frech und drängt sie sanft gegen die Wand.

„Hey!"

Er legt verschwörerisch den Zeigefinger über seine Lippen. „Sch …" Um sie herum herrschen Trubel und Fröhlichkeit. Niemand beachtet sie. Sein Mund nähert sich ihrem Ohr. „Ich beabsichtige, dir einen Kuss zu stehlen, Ella Petersen." Er entfernt sein Gesicht gerade so weit von ihrem, bis sie sich wieder ansehen können. Seine Mimik strahlt Humor aus, seine dunkelbraunen Augen sanfte Wärme, doch seine Stimme beinhaltet dieses ganz besondere Timbre unterschwelliger, natürlicher Dominanz. Sie kann sich nicht dagegen wehren, dass das Blut heißer durch ihre Adern fließt, und hält seinen Blick, als ob er sie hypnotisiert hätte. Sie kann einfach nicht wegsehen, und jetzt streicht er mit den Fingern ganz zart über ihre Wange, am Unterkiefer entlang zu ihrem Kinn. Fast wäre sie zusammengezuckt. Die plötzliche Zärtlichkeit bringt sie vollkommen aus dem Konzept. Sein Gesicht nähert sich wieder, und er legt ganz leicht seine Lippen auf ihre, als wollte er testen, wie sie reagiert.

Sie reagiert gar nicht. Ihr Herz rast, plötzlich ist sie so voller Sehnsucht, dass es wehtut, als hätte er ein Messer direkt in ihr Herz gerammt. Sie will ihn an sich reißen und ihre Finger ballen sich zu Fäusten.

Nun stemmt er eine Hand neben ihrem Kopf gegen die Wand. Er schmunzelt wie ein frecher Schuljunge, der der Lehrerin einen Streich spielt. Seine andere Hand wandert an ihren Hals, und sein Daumen streicht über ihre Kehle. Es ist eine freche, dominante und gleichzeitig raffiniert-zärtliche Geste.

„Darf ich das?", fragt er leise und sie schluckt. Ihr Mund ist plötzlich ganz trocken. Sie antwortet nicht, aber ihr Gesichtsausdruck scheint eindeutig zu sein. Er lächelt wissend. Sein Gesicht nähert sich ihr erneut, und er zupft mit kleinen Küssen an ihren Lippen, bis sie den Mund öffnet. Bevor seine Zunge ihre Einladung annimmt, drängt er sachte einen Fuß zwischen ihre Beine. Ihre Körper berühren sich am Becken, und durch die Jeans kann sie seinen harten Schwanz spüren. Ihr Verstand setzt aus. Sie atmet tief ein, legt die Hände an seine Taille, drängt sich ihm entgegen, und jetzt küsst er sie richtig. Fordernd, hart, besitzergreifend. Ihre Knie werden weich, und wenn er sie nicht sowieso schon gegen die Wand pressen und besitzergreifend an der Kehle halten würde, müsste sie sich jetzt anlehnen oder sich an ihm festkrallen.

Es ist ein langer Kuss. Tim testet sie verdammt frech, und sie folgt bereitwillig seinen Bewegungen und seiner Intensität, lässt es zu, dass er ihren Kopf an den Haaren in den Nacken zieht und sich hart in ihren Mund drängt.

Schließlich löst er sich von ihr und legt seine Stirn gegen ihre. „Du magst es, dich zu unterwerfen, schöne Frau. Es gefällt dir, wenn ich die Führung übernehme."

Seine Stimme ist sanft. Viel zu sanft. Heißes Blut pulsiert durch ihre Lustperle, und sie braucht alle Kraft, um cool zu grinsen. „Na ja. Ich wollte dich nicht verunsichern. Für den Anfang war es ganz in Ordnung."

Er lacht leise. „Du forderst mich heraus, Ella? Glaubst du wirklich, du bist mir gewachsen?"

Sie schluckt, seine Stimme wirkt direkt auf ihre Knie, die umgehend zu Watte werden wollen.

„Immerhin leidest du nicht unter Komplexen", kontert sie.

„Hör auf, mir was vorzuspielen. Ich habe dich längst durchschaut", antwortet er gelassen und drückt noch einmal sanft seine Lippen auf ihre. Dann lässt er sie los. „Möchtest du noch einen Saft?"

Sie nickt, und er macht die ersten Schritte rückwärts Richtung Küche. „Wenn du mutig bist, läufst du nicht weg."

Sie verdreht spöttisch die Augen, und er lächelt, bevor er sich umdreht und vorwärts weitergeht.

Was tut sie hier? Wo soll das hinführen? Sie sollte weglaufen, aber es fühlt sich so verdammt gut an. Nähe, Wärme, Sex. Sie sehnt sich so sehr danach, ist schon viel zu lange ganz allein. Noch dieses Glas Saft lang wird sie es genießen. Vielleicht noch einmal küssen und dann verschwinden. Nur noch ein Glas.

Der Verlauf des Abends sagt Tim zu. Als er mit den Getränken wiederkommt, stellt er sich neben Ella und legt locker den Arm um ihre Schultern. Sie lässt es zu und lehnt sich an ihn. Bingo.

Sie trinken und sehen auf die anderen Gäste. Sogar Monas betagter alter Herr schwingt das Tanzbein, und ihre Mutter unterhält sich gerade mit einem schwulen Pärchen aus dem Freundeskreis. Ob sie das auch tun würde, wenn sie wüsste, dass Steffen seinen Marko vor der Fete so ausgepeitscht hat, dass der den ganzen Abend freiwillig im Stehen verbringt? Unauffällig beobachtet er sein Jagdobjekt. Ella dreht anscheinend gelangweilt ihr Glas zwischen den Fingern. Ob sie darüber nachdenkt, sich von ihm vernaschen zu lassen? Der Kuss war gut. Erst dachte er, sie würde ihn abblocken, aber dann wurde sie schnell leidenschaftlich. Seine Menschenkenntnis hat ihn nicht getäuscht. Die kleine arrogante Ella ist devot und wünscht sich Führung. Ganz sicher. „Hey!"

Sie sieht auf, und er zieht ihren Kopf näher zu sich heran, damit er in ihr Ohr flüstern kann. „Ich werde dich jetzt noch mal küssen."

Sie lächelt frech, dreht sich ihm zu und hebt ihm ihr Gesicht entgegen. Noch einmal legen sich ihre Lippen weich aufeinander, doch diesmal bleibt er passiver. Sie wird unsicher, lockt ihn ungeübt in ihren Mund. Er dringt vor, und leise seufzend überlässt sie ihm wieder die Führung. Als er sich von ihr löst und ihr in die Augen sieht, rempelt ihn von hinten jemand an, und er verschüttet seinen Saft über ihre Bluse. „Shit!"

Sie greift sich schnell eine Serviette vom Tisch und tupft sich ihre Brust und den Arm ab.

„Tut mir leid, Ella. Komm, wir fragen Mona, ob sie dir was zum Anziehen leiht."

Er zieht sie mit, und sie finden das Geburtstagskind angeregt plaudernd in der Küche stehend. „Hey Mona, ich habe mein Glas über Ellas Bluse ausgeschüttet, kannst du ihr was zum Anziehen geben?“

„Klar, kein Problem. Geht einfach hoch. Kleiderschrank, rechte Seite, zweites Fach von unten, da müsstest du was Passendes finden. Du kennst dich doch bei uns aus.“

Er nickt und zieht Ella mit zur Treppe. „Wo willst du hin?“, fragt sie und zögert.

„Ins Schlafzimmer. Komm, da ist auch ein großes Bad.“

Oben öffnet er die Tür, schaltet das Licht an und lässt ihr den Vortritt. Sie sieht sich um und bleibt abrupt vor dem Bett stehen. Er folgt ihrem Blick und ein Grinsen schleicht sich in sein Gesicht. Hätte Mona gewusst, dass Leon hier noch eine Geburtstagsüberraschung für sie vorbereitet hat, hätte sie sicher etwas dagegen gehabt, dass Ella ihr Schlafzimmer betritt. Auf dem Bett liegen, um einen Rosenstrauß herum drapiert, edle lederne Handgelenksmanschetten, eine Spreizstange und ein Flogger.

„Wow, Leon verwöhnt seine Frau.“

Ella dreht sich um. Ihre Wangen sind leicht gerötet. „Es ist ihr ganz sicher unangenehm, dass wir das hier sehen.“

Tim grinst. „Keine Sorge, Mona geht inzwischen ziemlich locker mit ihren Leidenschaften um.“ Er zuckt mit den Schultern. „Und wir müssen es ja nicht rumerzählen, oder?“

„Natürlich nicht.“

Er legt für einen Moment seine Hände auf ihre Schultern, um an ihr vorbeizugehen und die Schranktüren zu öffnen. Nach kurzem Suchen zieht er ein einfaches Sweatshirt heraus und hält es hoch. „Hier. Ist das okay?“

Sie nickt, und er schließt den Schrank wieder. Als er ihr den Pullover hinhält, sieht sie sich suchend um, und er muss grinsen. Scham hinter all der Arroganz. Wie süß. Er öffnet die andere Tür. „Hier ist das Bad."

Sie läuft an ihm vorbei und ist schon nach wenigen Minuten fertig umgezogen wieder da.

Tim steht mit verschränkten Armen am Bett und betrachtet Leons kleine Überraschung. Ella will an ihm vorbei, doch er nimmt ihre Hand und hält sie auf. Ihr Blick huscht über den Flogger, und ihre Wimpern zucken.

Er tritt hinter sie, fasst sie an den Schultern und küsst zart ihren Hals. „Ich wette, du möchtest so was auch mal probieren."

Eine gefühlte Ewigkeit starrt sie regungslos das Schlaginstrument an, dann dreht sie sich um, legt neckisch ihre Hand auf seinen Brustkorb und sieht ihm frech lächelnd in die Augen. „Okay. Lass uns das abkürzen. Das ist nichts Neues für mich. Wenn du Interesse hast … ich stehe drauf, aber zu meinen Bedingungen."

Interessiert und belustigt mustert er ihr Gesicht. „Aha. Und die wären?"

„Nur Schläge auf den Arsch und vögeln. Keine Sentimentalitäten oder Fragen."

Seine Augen werden zu Schlitzen. „Bist du in der Szene unterwegs?"

„Nein."

„Aber du hast Erfahrung?"

„Privat."

„Womit soll ich dich schlagen?"

Sie zuckt gleichgültig die Schultern. „Deine Entscheidung."

„Fesseln? Knebeln?“

„Meinetwegen.“

Sie will sich von ihm lösen, doch er legt seine Hand auf ihre, sodass sie nahe bei ihm bleibt. „Ella, was soll das?“

Ihre Kiefergelenke verraten einen inneren Konflikt, doch dann lächelt sie schon wieder auf diese arrogante und spöttische Art. „Ich biete dir eine Session an. Wenn du nicht interessiert bist“, sie zuckt mit den Schultern, „auch okay.“

Sie zieht ihren Arm weg und dreht sich zur Tür. Mit einem großen Schritt ist er bei ihr, packt ihre Handgelenke und drückt sie über ihrem Kopf gegen das Holz der Tür. „Du spielst mit dem Feuer, Baby.“

Sie atmet für einen Moment schneller, dann leckt sie sich betont langsam über die Lippen und wirft einen direkten Blick auf den Reißverschluss seiner Jeans. „Heiß ist doch geil, oder?“ Aufreizend starrt sie ihm in die Augen. „Aber wie gesagt, wenn du kein Interesse …“

„Wie viel Erfahrung hast du?“

„Genügend.“ Sie reckt sich vor. Ihre durch den Stoff drückenden, aufgerichteten Nippel berühren seine Brust. „Und ich will es hart. Sehr hart“, flüstert sie stöhnend.

Tim drückt seinen Mund auf ihren, dringt mit der Zunge fordernd und tief in ihren ein. Willig gibt sie sich ihm hin und stöhnt noch mal verführerisch, als er den Kuss beendet.

Misstrauisch betrachtet er ihr Gesicht. Sein Gefühl warnt ihn. Irgendetwas stimmt mit der Dame nicht. Er sollte das jetzt beenden und sie brav nach Hause bringen, aber da er Tim Christen ist, neugierig und experimentierfreudig, und sie ihn gerade reichlich reizt, wird er sie natürlich nicht brav nach Hause bringen.

Er hält sie immer noch fest, und sie wehrt sich nicht. „Okay. Aber nur mit mindestens einem Zeugen“, sagt er jetzt betont gleichgültig. Sie lächelt frech. „Hast du Angst, mit mir allein zu sein?“

„Sorry, Ella, aber wir kennen uns kaum und du willst mal eben eine harte Session. Ich weiß nicht, was du dir darunter vorstellst und möchte hinterher nicht eine Anzeige an den Hals bekommen, weil ein kleines naives Mädchen nicht wusste, worauf sie sich einlässt.“ Jetzt wird sie einen Rückzieher machen.

„In Ordnung.“

Er grinst.

Sie nickt, wieder so provozierend lässig. „Ja, ist okay. Du hast recht. Ich verstehe es.“

Herausfordernd legt er eine Hand fest an ihr Kinn, damit sie seinem Blick nicht ausweichen kann, während die andere weiter ihre Handgelenke fixiert. „Ich rufe meinen Mieter an. Der sieht gerne zu, wenn es hart wird. Wenn du nichts dagegen hast, kann er auch assistieren. Manche Frauen mögen es, von mehreren Männern dominiert zu werden. Du auch?“

Sie weicht seinem Blick nicht aus. „Klar. Gut.“

Er lässt sie los, und sie öffnet die Tür. „Lass uns fahren.“

„Du willst das wirklich?“

Sie dreht sich um und wirft ihm einen vernichtenden Blick zu. „Wusste ich es doch, frech labern, aber wenn es drauf ankommt, den Schwanz einziehen.“

Er lacht. „Keine Bange, Schätzchen, mein Schwanz ist kampferprobt. Ich hoffe nur, dir ist klar, worauf du dich einlässt.“

Kapitel 2

Als sie die Treppe nach unten kommen, sehen Mona und Leon ihnen entgegen. „Wir verziehen uns“, sagt Tim fröhlich und zwinkert Leon zu.

Sie umarmen die Gastgeberin zum Abschied, ziehen sich ihre Jacken an und öffnen die Haustür. Mona tanzt bereits wieder mit ihrem Allerliebsten. Sie winkt ihnen grinsend hinterher. Etwas beschwipst, die kleine Mona. Schade für Leon, er wird sein Geschenk erst morgen ausprobieren können.

Draußen öffnet Tim Ella die Beifahrertür seines kleinen geleasten Audi. Sie steigt ein, ohne ein Wort zu sagen. Während sie langsam durch den frischen, knirschenden Schnee vom Hof rollen, wählt Tim eine Kurzwahlnummer auf seinem Handy, und nach wenigen Klingelsignalen meldet sich im Freisprecher eine träge Männerstimme. „Hi Tim.“

„Hi Pascal. Bist du zu Hause?“

„Gerade angekommen. Warum?“

„Allein?“

„Jap.“

„Lust auf eine kleine Session?“

„Wann?“

„Gleich. Wir sind unterwegs.“

„Okay.“

Es klickt, und die Verbindung ist unterbrochen.

„Sehr gesprächig, dein Freund“, stellt Ella amüsiert fest, und Tim wirft ihr einen kurzen Blick zu. Sie versucht, sich gelassen zu geben, doch sie hat ihre Hände auf dem Schoß fest ineinander verkrallt. „Soll ich zusätzlich eine Frau einladen? Oder willst du noch jemanden anrufen?“

Sie lacht. „Nicht nötig.“

„Bist du sicher? Ich meine, du fährst mit zu mir, obwohl du mich kaum kennst, und bist einverstanden, einen Typen dabei zu haben, den du gar nicht kennst. Das ist ziemlich heavy.“

Sie zuckt gleichgültig mit den Schultern und sieht scheinbar gelangweilt aus dem Seitenfenster in die Dunkelheit, doch ihre Kaumuskeln arbeiten. Er bekommt fast Mitleid mit ihr. Jetzt hat sie doch Angst vor ihrer eigenen Courage. Er legt eine Hand auf ihren Arm und drückt ihn kurz besänftigend. „Pascal wohnt in der Einliegerwohnung meines Hauses, seit Mona zu Leon gezogen ist. Er ist absolut vertrauenswürdig, aber du kannst jederzeit einen Rückzieher machen. Okay?“

Sie dreht den Kopf. Das spöttische, arrogante Lächeln ist wieder da. „Laberst du immer so viel?“

Madame fordert ihn heraus? Ob sie wirklich meint, dass das klug ist? Er dreht ihr kurz das Gesicht zu. „Mutig, mutig, Schätzchen. Was für Erfahrungen hast du?“

Sie hebt abwehrend die Hand. „Keine Fragen. Weder vorher noch dabei noch danach. Mein Leben geht dich nichts an. Das ist meine Bedingung. Wenn du die nicht erfüllen willst, halt an und lass mich raus.“

Wow.

Sie dreht den Kopf, und funkelt ihn aufreizend an. „Also? Was ist?“

Er legt noch einmal die Hand auf ihren Arm. „Ich wollte nur wissen, worauf du stehst, damit es keine Missverständnisse gibt.“

Sie zögert ganz kurz, dann atmet sie scharf ein, und siehe da, ihr Lächeln ist wieder da. Sie legt ihre Hand auf seine, die immer noch auf ihrem Arm ruht, und zwinkert verschwörerisch. „Keine Bange. Ich weiß, wovon ich rede. Ich stehe auf SM. Keine Blowjobs. Ansonsten bin ich offen für alles. Keine Verpflichtungen. Keine Gefühlsduselei. Unabhängigkeit. Spaß."

Grinsend nickt er. „Schön, dass wir uns kennengelernt haben, Ella Petersen."

Tim parkt das Auto vor einem älteren Haus in einer ruhigen Wohngegend am Stadtrand. Ellas Herz klopft schneller. Tim hat mit seinen Küssen und Berührungen an Türen gerüttelt und die dahinter verschlossenen Gefühle geweckt. Sie hätte das nicht zulassen dürfen, aber nun ist es zu spät. Es sind Gefühle, gegen die sie sich seit Wochen, nein Monaten, innerlich verbarrikadiert, und nun tut es in ihrem Brustkorb weh. Es tut so weh, dass sie es nicht aushalten kann. Es brennt und strahlt überall hin aus, in ihren Körper und in ihr Herz. Sie erstickt fast daran. Sie braucht das jetzt: Schmerz, Strafe, Erniedrigung. Sie will vergessen, das ganze Elend wenigstens für eine Weile aus ihrem Kopf verbannen.

Sie steigen aus. Tim legt seinen Arm um ihre Schultern. Sie will ihn abschütteln, denn jede zärtliche Berührung, auch diese, schürt das Brennen, aber sie lächelt, schlingt den Arm um seine Taille und lässt sich zur Haustür führen. Er schließt auf, sie gehen eine Treppe hinauf, er öffnet eine Wohnungstür und macht Licht.

Es ist eine schöne Wohnung. Quer über einen Flur kann man durch eine offene Tür in eine Küche sehen. Sie ist modern eingerichtet und mit teuren Geräten ausgestattet. Daneben geht es in ein großes

Wohnzimmer. Anscheinend hat er Wände herausgerissen, denn der Raum ist viel größer als ein Wohnzimmer normalerweise in einem gewöhnlichen Vorstadt-Einfamilienhaus. An verschiedenen Stellen stützen dicke, dunkle Holzpfähle, wie Säulen in einem Saal, die Decken.

Der Raum wird von einer bequemen, ledernen Sitzgruppe dominiert. Es gibt einen großen, hypermodernen Fernseher und einen deckenhohen Schrank mit Regalfächern und einer Vitrine, hinter der Gläser zu sehen sind.

Gegenüber ist eine Flügeltür, die vermutlich auf eine Terrasse oder in den Garten führt.

Am hinteren Ende des Raumes gehen zwei Türen ab. Tim öffnet eine, knipst Licht an und zeigt hinein. „Hier ist das Bad. Du möchtest sicher vorher die Toilette benutzen. Lass dir so viel Zeit, wie du willst."

Sie nickt, geht an ihm vorbei und schließt hinter sich die Tür. Es ist ein gemütliches, großes Badezimmer mit einer riesigen runden Badewanne und separater Dusche. An der Wand steht ein Regal mit Handtüchern und allem, was man sonst so in einem Bad braucht.

Ella hat im Herbst zuletzt warm geduscht. Seit die Heizung nicht mehr funktioniert, wäscht sie sich mit kaltem Wasser. Sie wollte sich auch schon die Haare mit dem Küchenmesser absäbeln, weil es verdammt unangenehm ist, lange Haare mit kaltem Wasser zu waschen. Aber das hat sie gelassen, weil ein gepflegtes Aussehen das Leben erleichtert. Die Menschen sind dann weniger misstrauisch.

Sollten die Temperaturen noch mehr sinken, werden in ihrem Haus die Leitungen einfrieren, und sie hätte dann gar kein Wasser mehr, nicht mal auf dem Klo. Aber das ist egal, es wartet ja sowieso der Strick auf dem Dachboden, jetzt definitiv. Das hier wird ihre Abschiedsvorstellung.

Nachdem sie auf der Toilette war, stellt sie sich vor das Waschbecken und starrt in den Spiegel.

„Ella, Kleines, komm her."

„Wo bist du, Vinc?"

„Im Bad. Komm, sag mir *Guten* Tag."

Sie läuft hinein. Er steht nackt vor dem Waschbecken, und seine Wangen sind mit Rasierschaum bedeckt.

„Hey! Endlich. Ich habe dich so vermisst", flüstert sie und schmiegt sich an seinen Rücken. Er dreht sich und küsst sie vorsichtig auf den Mund. „Ich habe dich auch vermisst, Kleines." Kichernd wischt sie sich den Klecks Seifenschaum vom Kinn, der *nach* seinem Kuss kleben geblieben ist.

Er rasiert sich weiter. „War mein Mädchen brav diese Woche, oder muss ich es übers Knie legen?"

Ihr Herz schlägt schneller. „Ich war brav, Vincent", haucht sie und bedeckt seinen Rücken mit kleinen Küssen.

„Das sehe ich anders. Ich habe am Donnerstagabend versucht, dich anzurufen. Du bist nicht rangegangen. Und als ich vorhin gekommen bin, warst du nicht da."

Ella schluckt. „Es tut mir leid, Vincent. Ich weiß nicht, warum ich es nicht gehört habe. Vielleicht war ich noch im Stall. Also jetzt, eben, war ich im Stall."

Er rümpft leicht die Nase. „Das rieche ich, Kleines. Es wird wirklich Zeit, dass die Kühe wegkommen."

Peinliche Hitze kriecht in ihre Ohren. Sie hat sich doch extra unten in der Küche umgezogen, damit sie auch ganz sicher nicht mehr nach Stall riecht. Sie möchte im Boden versinken, doch Vincent streicht zärtlich über ihre Wange. „Ich glaube, mein kleines versautes Mädchen macht das alles extra, denn es möchte bestraft werden. Stimmt's nicht?"

Er dreht sich um, legt seine Hand unter ihr Kinn und zwingt sie, ihn anzusehen. „Sag *Ja*, Kleines."

„Ja."

Er lächelt, packt ihre Haare und zerrt sie unter das Waschbecken vor seine Beine. „Verwöhn mich ein bisschen, Ella, dann wird die Strafe nachher nicht so schlimm."

Sie kniet sich auf den harten Fliesenboden vor ihn und umfasst mit einer Hand seine Hoden, um sie sanft zu kneten. Mit der anderen Hand streicht sie liebevoll seinen Schwanz entlang, der sofort hart wird. Er tätschelt kurz ihren Hinterkopf. „Gib dir Mühe, Baby. Ich hatte eine harte Woche."

Ihr Herz klopft schneller, und ihre Hände zittern. Sie bedeckt seinen Schwanz mit Küssen, leckt ihn und saugt sanft an der Eichel, bis er sich fertig rasiert hat. Sie weiß, was nun folgen wird. Er atmet geräuschvoll aus und greift fest in ihre Haare. „So wird das nichts. Du lernst das nicht mehr, was? Ich verstehe wirklich nicht, was daran so schwer ist. Andere Frauen können das doch auch. Halt still. Ich mache es selber." Er beginnt, ihren Mund zu ficken. Sie kennt das, weiß, was jetzt kommt, und reißt panisch den Mund weiter auf, um ihn ja nicht aus Versehen zu beißen. Er wird rücksichtslos, zieht sie nah an sich heran und dringt tief in sie ein, sodass sie große

Probleme hat, den Würgereiz zu unterdrücken und zu atmen.

Sie will es für ihn erdulden, weil sie ihn liebt, und gibt sich alle erdenkliche Mühe, es ihm recht zu machen.

Sie konzentriert sich mit aller Kraft darauf, nicht zu würgen, saugt und schluckt gehorsam, bis er sich stöhnend in ihrem Mund ergießt. Er lässt sie erst los, als sein Schwanz wieder erschlafft ist.

„Na also." Er zieht sie hoch und drückt einen zärtlichen Kuss auf ihre Stirn. „Ich liebe dich, Kleines. Ich mache das nur für dich. Du brauchst diese Behandlung, das weißt du."

Sie nickt und atmet erleichtert auf. Arm in Arm gehen sie rüber ins Schlafzimmer und legen sich aufs Bett. Sie kuschelt sich an seinen Körper, er streichelt sanft über ihre Brüste und spielt mit den Nippeln. „Hast du mit deinem Vater gesprochen? Wenn ich für ihn Geld anlegen soll, muss er mir heute die Vollmacht und die Besitzurkunden mitgeben, denn ich kann dieses Wochenende nicht bleiben."

„Du fährst wieder?"

„Ja, Schatz, tut mir leid. Ich treffe mich morgen in Berlin mit amerikanischen Geschäftsleuten, die fliegen am Sonntag zurück in die Staaten, geht leider nicht anders."

Ella kuschelt sich an seinen warmen, starken Körper und streicht zärtlich mit der Hand über das Tattoo auf seiner Brust. „Ich habe ihm alles so erklärt, wie du es mir gesagt hast, und er ist einverstanden. Alle Unterlagen liegen bereit."

„Das hast du gut gemacht. Ihr werdet es nicht bereuen. Die Mieten aus den Eigentumswohnungen bringen jeden Monat mehr ein als eure Milchkühe im halben Jahr."

„Danke, dass du das für uns tust."

Er küsst sie auf die Stirn. „Alles Egoismus, Kleines. Damit du bald mit mir reisen kannst, anstatt hier durch den Stalldreck zu waten."

Männerstimmen im Wohnzimmer reißen sie aus ihren Erinnerungen. Sie presst die Lippen zusammen, dreht den Hahn auf und spritzt sich eisiges Wasser ins Gesicht. Dann strafft sie sich und öffnet die Tür.

Tim und ein drahtiger, kräftiger Typ mit streichholzkurzen blonden Haaren sitzen auf den beiden Sesseln. Das muss Pascal sein.

Als die beiden sie hören, drehen sie ihr die Gesichter zu. Pascal hat blaue Augen, kalte blaue Augen, und ausgeprägte Jochbeine, ein kantiges Kinn, Bartstoppeln und einen schmalen Mund. Mit dem Typ sollte man sich nicht anlegen. Wäre ihr nicht längst alles egal, hätte sie Angst vor ihm. Tim stellt sie einander vor, und sie geben sich die Hand. „Hi." Sie lächelt.

Pascal nickt ihr zu, umschließt ihre Finger einen Moment länger als notwendig und mustert sie ziemlich eindringlich.

„Setz dich, Ella. Trink etwas", sagt Tim und zeigt auf die Couch. Auf dem Tisch davor steht ein Glas Wasser. Ella gehorcht.

Die Männer mustern sie schweigend, während sie sich im Raum umsieht und an ihrem Glas nippt. An den Stützpfeilern hängen massive Metallringe und Ketten mit ledernen Manschetten, eine Wand ist mit einer kunstvoll verzierten Peitsche geschmückt. Auf einem gerahmten Schwarz-Weiß-Poster kniet eine gefesselte Frau mit verbundenen Augen vor einer mit Graffiti beschmierten Betonwand. Tim scheint seine BDSM-Neigungen ziemlich frei und offen zu leben.

Pascal räuspert sich, tippt kurz auf seinem Handy herum und legt es anschließend auf den Tisch. „Ella, ich nehme das Gespräch auf."

Sie nickt. „Kein Problem."

„Okay. Dann sag mir jetzt bitte, was du für diese Session vereinbaren möchtest."

„Er darf mich schlagen und ficken. Keine Fragen, und keinen Blowjob", sagt sie lässig.

„Das ist alles?" Pascal lächelt freundlich, wirkt plötzlich fast liebevoll, Vertrauen einflößend. Ihre Gedanken rasen. Gefühle wollen sich einschleichen, aber das darf sie sich nicht erlauben. Gefühle sind gefährlich. Gefühle machen willenlos und abhängig. Eine Gänsehaut läuft ihr über den Rücken, ein Stahlmantel schließt sich um ihre Lunge. Fast bricht sie in Panik aus. „Keine Koseworte."

„Keine Koseworte?"

„Ja!" Sie atmet tief durch und setzt ein freches Grinsen auf. „Ich mag es hart, ohne Gefühlsduseleien. Ist das so ungewöhnlich?"

Er verzieht spöttisch den Mund. „Sorry, aber ja, das ist ungewöhnlich."

Sie zuckt mit den Schultern und zwinkert. „Freut euch, Jungs, so mögt ihr es doch."

Seine Miene bleibt ausdruckslos. „Okay. Dein Safeword lautet *Vogel tot.* Mit diesem Begriff kannst du die Session jederzeit abbrechen. Hast du das verstanden?"

Sie nickt. „Klar."

„Wiederhol es bitte, damit wir jedes Missverständnis ausschließen können."

Genervt verdreht sie die Augen. „Jungs, ich bin keine Anfängerin. Aber bitte. Mein Safeword lautet *Vogel tot*. Damit kann ich die Session jederzeit abbrechen."

Pascal nimmt das Handy, schaltet es aus und steckt es in die Hosentasche. Tim lächelt, steht auf und reicht ihr die Hand. „Komm."

Sie nimmt sie und lässt sich von ihm hochziehen. Jetzt wird es ernst. Bloß keine Schwäche zeigen. Er zwinkert wieder so verschmitzt, dass ihr ganz warm ums Herz werden will, drängt sie sanft mit dem Rücken gegen einen der Balken und sieht sie einen Moment lang lächelnd an. Wie hypnotisiert bleibt sie an seinem Blick hängen und kann den Kopf nicht senken. Seine Hand legt sich an ihren Hals, und sein Gesicht nähert sich ihrem. Sie schluckt. Er küsst sie sanft auf die geschlossenen Lippen, und Ella merkt, dass sie zittert. Sein Geruch umhüllt sie, er saugt ganz leicht an ihrer Unterlippe, neckt sie mit der Zunge, und kleine elektrische Signale zucken durch ihren Körper. Die Sehnsucht legt sich wie eine schwere Decke über ihren Geist. Alle Gedanken und Sorgen fallen von ihr ab wie herbstliches Laub von den Bäumen, und es bleibt nichts als ihr Fühlen und ihre Sinne. Ihre Nackenmuskeln entspannen sich. Willig reckt sie sich ihm entgegen, öffnet den Mund und empfängt seine Zunge.

Als hätte er auf diese Signale gewartet, beendet er den Kuss, löst sich von ihr und hält ihr Kinn mit Zeigefinger und Daumen fest. „Ab jetzt erwarte ich, dass du mir gehorchst, Ella."

Augenblicklich donnert ihr Herz wie ein Vorschlaghammer gegen ihren Brustkorb. Sie starrt ihn regungslos an. Er streicht sanft ihre Haare zurück, packt mit einem ruhigen Griff fest hinein und dirigiert sie Richtung Tür. „Wir gehen nach unten."

Schweigend führt er sie eine Treppe hinunter, durch einen dunklen Flur in einen Raum, der, genauso wie das Wohnzimmer darüber, ungewöhnlich groß ist. Auch hier gibt es mehrere massive Stützbalken. Geradeaus an der Wand wird ein großes hölzernes Andreaskreuz von zwei Spots angestrahlt. Davor ist eine freie Fläche. Eine Kette, an der gepolsterte Manschetten befestigt sind, hängt von oben herab. Rechts steht ein massiver, großer Tisch, an dem mehrere dicke Metallringe befestigt sind, auf der anderen Seite befindet sich ein gepolsterter Hocker, ebenfalls mit Metallringen ausgestattet. Eine Couch, ein halbhoher Schrank und in den Ecken ein paar Stühle vervollkommnen die Einrichtung. Auf dem Boden und dem Tisch sind dunkelrote Laken ausgebreitet, an der Seite liegen Stapel von weiteren Laken und Handtüchern. Ella muss fast kichern. Wenn es heller wäre, käme sie sich glatt wie in einer antiquarischen Arztpraxis vor, doch versteckte Lampen an den Wänden sorgen für Dämmerlicht. Die von den Spots angeleuchtete Fläche wirkt wie eine Bühne. Pascal geht zu dem Schrank, öffnet eine Tür, und plötzlich ertönt leise klassische Musik aus unsichtbaren Lautsprechern.

Tim führt sie in den hell beleuchteten Bereich. Unter ihren Füßen wird es weich, sie steht auf einer dünnen, großflächigen gummierten Matte, ähnlich der Unterlage in einem Kampfsportring.

Er lässt sie los und entfernt sich ein paar Schritte von ihr.

„Zieh deine Bluse aus."

Ella atmet tief durch. Wie sagte Vincent immer? *Du musst dich entscheiden, entweder ganz oder gar nicht. Nur ein bisschen Unterwerfung gibt es nicht.* Entschlossen hebt sie das Kinn und beginnt, ihre Bluse aufzuknöpfen. Sie lässt sie hinter sich auf den Boden fallen, entledigt sich ihrer Jeans und dreht sich so, dass die Männer sie gut sehen können.

Pascal lehnt an einem der Pfeiler. Tim steht breitbeinig mitten im Raum und hat die Arme vor seiner Brust verschränkt.

„Sehr schön. Jetzt das Höschen."

Sie dreht sich ihm zu, sieht ihm aufreizend in die Augen und zieht sich ganz aus.

Er schmunzelt. „Nette Brüste, Ella. Ganz schön keck aufgerichtete Nippel. Dreh dich um."

Sie gehorcht.

„Und dein Arsch ist prall. Wie geschaffen für die Peitsche. Heb die Hände über den Kopf und dreh dich langsam im Kreis, damit wir deinen Anblick eine Weile genießen können."

Ella bleibt reglos stehen und starrt auf den gepolsterten Hocker im Halbdunkeln. Ihr Herz schlägt so laut, dass es im ganzen Raum zu hören sein muss.

Hinter ihr räuspert sich Tim. „Na los, Ella. Keine Angst. Ich möchte deinen Körper begutachten, bevor ich entscheide, mit welchem Schlaginstrument ich dich verwöhne." Seine Stimme ist freundlich, zu freundlich. In ihr zieht sich irgendetwas zu einem festen Klumpen zusammen.

Sie kuschelt sich im Halbschlaf unter der warmen Bettdecke an seinen Körper. Er küsst sie liebevoll auf die Stirn.

„Komm Kleines, auf den Boden und ausziehen. Ich will dich ansehen", sagt er sanft.

Ihr Herz klopft schneller. „Bitte nicht, Vinc", flüstert sie.

„Soll ich deinem Vater erzählen, was für eine versaute Tochter er hat? Du kannst es nicht mehr leugnen, du trägst schon genug Narben von mir und bist doch auch stolz darauf, nicht wahr? Sag, dass du stolz darauf bist, Ella."

„Ich bin stolz darauf", stößt sie tonlos hervor, und ihr Gesicht glüht. Sie robbt über seine Beine hinweg vom Bett und kniet sich auf den Fußboden. Schnell zerrt sie sich den Slip und das Schlafshirt vom Körper. Es ist kalt im Raum.

Er dreht sich auf die Seite, stützt sich mit dem Ellenbogen auf und legt das Kinn in die Hand. „Flach auf den Boden, Süße. Leg dich auf den Rücken mit Blickrichtung zu mir, Füße aufstellen, Beine weit öffnen, damit ich alles sehen kann."

Sie gehorcht zitternd. Er zündet sich in aller Ruhe eine Zigarette an und betrachtet sie still, während ihr Herz zu rasen beginnt. „Warum zitterst du? Du wartest doch schon darauf, dass ich meinen Namen weiterschreibe. Solltest du jemals für einen anderen die Beine *breitmachen*, liest der meinen Namen und weiß, dass du mir gehörst. Das gefällt mir und das gefällt dir, nicht wahr? Bitte mich darum."

Sie schließt die Augen und möchte sich einfach nur zusammenrollen. „Bitte schreib deinen Namen", wispert sie kaum hörbar und verkrampft die Hände zu Fäusten.

Er zieht noch einmal an der Zigarette, beugt sich vor, zwischen ihre Knie, und führt die glühende Spitze langsam gegen die Innenseite ihres Oberschenkels, bis gleißender Schmerz durch ihr Bein schießt. Sie zischt durch die zusammengebissenen Zähne, Tränen springen aus ihren Augen, reflexartig schließt sie die Beine.

„Brav, kleines Mädchen, das hast du gut gemacht. Jetzt ist die erste Linie vom V schon fertig. Fünf schöne runde Male. Das wird einmal sehr nett aussehen, wenn es vollständig ist."

Ihre Beine zittern, und sie wischt sich mit den Handballen die Tränen aus den Augen.

„Steh auf, Kleines, und hör auf zu heulen. Du machst das hier alles freiwillig, weil du es so willst und brauchst. Da hilft kein Leugnen. Stell dich da rechts vor den Spiegel."

Sie rappelt sich auf, läuft hinüber und bleibt mit gesenktem Kopf in seinem Blickfeld stehen. „Wunderschön. Dein Körper ist wunderschön, kleine Ella. Dreh dich für mich, Süße, und heb dabei die Hände über den Kopf."

Sie streckt die Hände hoch und dreht sich langsam im Kreis.

Er steht auf, stellt sich neben sie und streichelt ihre Haut. „Wunderschön. So weich, so samtig. Du gehörst mir, Kleines. Das weißt du, nicht wahr?"

„Ja", haucht sie und wagt es, ihren Blick zu heben. Er lächelt und zieht sie in seine Arme. Erleichterung rast durch ihren Körper.

„Du brauchst meine Strenge, Liebes. Das ist dein Naturell. Du kannst froh sein, dass du mich getroffen hast. Kein anderer wäre so geduldig mit dir, wie ich es bin", flüstert er an ihrem Ohr.

„Ja, ich weiß."

„Manchmal denke ich, du weißt es eben nicht. Was glaubst du, was einer von euren Dorftrotteln zu deinen Neigungen sagen würde, und denk nicht, er würde es nicht merken. Jeder Mann weiß sofort, woran er mit dir ist. Das wäre ganz schön peinlich für deinen Vater, wenn sich so etwas *herumsprechen würde*. Sei froh, dass du mich kennengelernt hast."

„Ja." In ihrer Kehle bildet sich ein unangenehmer Kloß.

„Ich werde dich jetzt schlagen, damit du etwas hast, was dich die ganze Woche an mich denken lässt."

Er beißt sachte in ihr Ohrläppchen. „Knie dich vor den Stuhl, den Oberkörper auf die Sitzfläche, und leg die Hände auf deinen Rücken. Ich erwarte, dass du für mich stillhältst. Wirst du das schaffen?"

„Ja", flüstert sie und sinkt vor dem Stuhl auf den Boden.

Sie hört seine Schritte *hinter sich*. Er streicht zärtlich über ihren nackten Po. „Die Striemen vom letzten Mal sind gut verheilt, Süße. Ich möchte dich am liebsten immer bei mir haben, damit ich dich jeden Tag so ansehen, beschützen und verwöhnen kann."

„Das möchte ich auch, Vinc."

„Ich rede nachher mit deinem Vater, Kleines. Okay?"

„Ja, bitte mach das."

„Gut."

Er streicht sanft über ihre Haare, wandert mit seinen Händen ihren Rücken hinunter und streicht über ihren Po. Dann greift er zu seinem Gürtel.

„Wartest du auf schöneres Wetter, oder habe ich mich nicht klar genug ausgedrückt?"

Sie zuckt zusammen. Tims Stimme trieft vor Spott, und ihre Fingernägel bohren sich in ihre Handflächen.

„Drehen, Ella, oder bekommst du kalte Füße? Möchtest du dein Safeword sagen? Bleibt dem Vögelchen vor Schreck die Stimme weg?“ Er lacht, klatscht sich vor Vergnügen auf die Schenkel. „Ups. Das reimt sich sogar.“

Ella dreht sich halb und sieht ihm ins Gesicht. Er grinst, gemein, niederträchtig, und plötzlich überrollt sie die Wut wie ein heißer Lavastrom. „Das Vögelchen lacht sich schlapp über den albernen kleinen Sonnyboy. Was bildest du dir ein? Glaubst du, du kriegst deinen Spaß umsonst? Komm her, wenn du was willst!“

Zornig funkelt sie ihn an, lechzt geradezu danach, dass er ausrastet und seiner Wut freien Lauf lässt. Doch er bleibt cool stehen, verschränkt seine Arme wieder vor der Brust und grinst. „Das willst du nicht wirklich, Kleines.“

Kaum hat er das Kosewort ausgesprochen, stürzt sie sich mit einem Schrei auf ihn. „Nenn mich nie wieder so! Nie wieder! Hörst du?“, faucht sie und versucht, ihm mit den Fingernägeln in die Augen zu hacken.

Mit einem schnellen, festen Griff um ihr Handgelenk dreht er ihr den Arm auf den Rücken und zieht ihn schmerzhaft nach oben, sodass sie aufschreit.

Mit dem anderen umschlingt er ihre Kehle und drückt sie gegen seinen Körper. „So nicht, Mädel.“

Er hält sie anscheinend völlig mühelos in diesem schmerzhaften Zwangsgriff, bis sie ihre Gegenwehr aufgibt. Sie hört ihren eigenen hektischen Atem.

Er schiebt sie wieder auf die weiche Gummimatte direkt vor das ausgebreitete Laken, stellt ihr ein Bein und lässt sie, ohne sie loszulassen, langsam nach unten sinken. Als sie auf dem Bauch liegt, zieht er seinen Arm unter ihrer Kehle hervor und legt seine Hand auf ihren Kopf, sodass sie mit dem Gesicht seitlich auf der Matte liegen bleibt. Es ist still. Nur die Geigen klingen leise aus dem Hintergrund. Er gibt ihnen beiden einige Minuten. Seine Hand auf ihrem Kopf, seine Macht und ihre Wehrlosigkeit wecken ihre Lust. Ihre Brustwarzen werden hart. In ihrer Klitoris pulsiert das Blut. Sie fühlt dieses sehnsüchtige Ziehen tief in ihrem Körper und möchte, dass dieser Moment nie aufhört. Wehrlosigkeit, die Verantwortung abgeben. Das reale Leben mit all seinen Problemen ist nicht mehr existent.

„Pascal, würdest du mir mal kurz helfen, den kleinen Wildfang hier zu bändigen?" Tims Stimme klingt amüsiert, und Ella bäumt sich auf, vielleicht nur, um den Schmerz in ihrer verdrehten Schulter und ihre Unterwerfung noch deutlicher zu fühlen. Eine neue Welle der Erregung jagt durch ihren Körper.

Pascal kommt näher, sie sieht einen Schuh vor ihrem Gesicht, dann hockt er sich hin und legt seine Hände warm und fest auf ihre Schultern. „Halt still. Verschwende deine Kraft nicht zu früh."

Eine Ewigkeit lang ist es still. Ella ist dankbar für seinen festen Halt. Er soll sie nie mehr loslassen. Ihr Atem wird ruhiger, ihre Muskeln entspannen sich, und Tims Griff lockert sich.

Als hätte er auf ihre Bereitschaft gewartet, umschließt Pascal ihre Handgelenke und zieht ihre Arme langsam gestreckt nach vorn, während Tim sich über ihre Beine kniet und sie nun nahezu unbeweglich auf dem Bauch liegt.

Ella schließt ergeben die Augen.

Tim und Pascal sehen sich an. Sie kommunizieren stumm. Beide haben genug Erfahrung, um zu verstehen, dass sie hereingelegt wurden. Sein Gefühl hat ihn nicht getrogen. Verdammt! Warum hat er nicht auf seinen Bauch gehört? Seit ihrem Ausbruch gerade ist klar, dass das hier keine heiße, unkomplizierte Session mit einer fröhlichen Partnerin ist, und Tim weiß nicht, ob er die Verantwortung für sie übernehmen will.

Er ist kurz davor, abzubrechen. Doch dann wird sie sich schämen und weglaufen, womöglich völlig verunsichert nie wieder jemandem trauen oder, noch viel schlimmer, sich einem nicht so verantwortungsvollen Typen wie ihm ausliefern, der sie dann völlig fertigmacht.

Sie warten eine Weile ab, doch Ella zeigt keine Anzeichen einer nahen Panik, im Gegenteil, seit sie sie in dieser gestreckten Lage halten, wehrt sie sich nicht mehr.

Tim beschließt weiterzumachen, aber danach wird sie mit ihm reden müssen, ob ihr das passt oder nicht.

Er gibt seiner Stimme einen trockenen, gleichgültigen Ton.

„Okay, Ella. Genug gespielt. Das hier ist kein Kindergarten. Du willst mir nicht gehorchen? Kein Problem, das brauchst du auch nicht. Ich habe deinen Körper. Das reicht mir, und ich werde mir nehmen, worauf ich Lust habe. Ab jetzt hast du nichts mehr zu melden, absolut nichts, es sei denn, du benutzt dein Safeword. Keinen Zentimeter wirst du mir ausweichen können, während ich mit deinem Körper spiele."

Als hätten seine Worte in ihr einen Motor angeworfen, wird ihr Atem schneller. Ihr Mund öffnet sich, und ihr Körper windet sich ganz leicht, ohne sich jedoch gegen die Fixierung zu wehren. Seine Worte erregen sie. Definitiv.

Er sieht auf, und Pascal nickt ihm bestätigend zu.

„Lass sie uns fesseln." Tim rutscht über ihrem Körper nach unten. Er legt mit einem weichen Strick eine Schlinge um ihre Fußgelenke und befestigt das Ende an einem im Boden eingelassenen Ring. Sie stöhnt leise. Kein Anzeichen von Panik.

Anschließend kniet er sich breitbeinig über ihren Rücken und legt ihr gepolsterte Handschellen an. Pascal greift locker mit einer Hand in die kurze Kette zwischen den Gelenken, um ihre Arme weiterhin gestreckt zu halten. Sie handeln effektiv und zügig, ohne dabei zu reden. Tim kämmt mit den Fingern durch ihre Haare, ordnet sie sauber in drei Stränge und flicht ihr in aller Ruhe einen Zopf. Ein leichtes Zittern läuft durch ihren Körper. Sie wartet auf Schmerz, sein sanftes Handeln irritiert und verunsichert sie. Er streicht über ihren Rücken und ihren Po. Perfekt. Sein Schwanz drängt sich hart gegen seine Jeans. Es gibt doch nichts Schöneres, als die Macht über die Gefühle einer Frau zu haben. Sie bekommt, was sie will. Um alles andere kümmert er sich morgen beim Frühstück.

Er zieht das Haargummi aus der Tasche und gratuliert sich im Geiste dazu, dass er daran gedacht hat, es einzustecken. Eine Weile betrachtet er die wehrlose nackte Frau unter sich. Sie ist sehr schlank, fast schon mager, aber gleichzeitig auch muskulös, ähnlich einer Läuferin im Leistungssport. Ihr runder Arsch streckt sich ihm aufreizend entgegen. Er tätschelt ihre Pobacken. „Du hast einen schönen Arsch, Ella. Es wird mir eine Freude sein, ihn zum Glühen zu bringen."

Sie stöhnt und drückt sich seiner Hand lüstern entgegen. Er grinst und schnippt mit dem Finger gegen die pralle Rundung. Sie zuckt erschrocken zurück. Er streicht leicht über die Haut unter ihrer Achselhöhle, bis sie zittert, umgreift ihre Taille und zieht ihre Pobacken auseinander. Sie stöhnt lauter, und er mustert den kleinen Teil ihres Gesichtes, den er sehen kann. Das Auge ist geschlossen, der Mund leicht geöffnet.

Tim tätschelt ihren Po etwas stärker und steigert die Berührungen zu leichten Schlägen. Ab und zu zuckt ein Muskel in ihrem Gesicht, und als er die Intensität der Schläge erhöht, spannt sie die Gesäßmuskeln an. Sie atmet schneller und beißt die Zähne zusammen. Er schmunzelt.

Um sie in Sicherheit zu wiegen, streichelt und knetet er eine Weile ihren Po, um dann einen fiesen, harten Schlag auf ihre rechte Pobacke zu platzieren. Sie stöhnt auf, und ihr Kopf zuckt kurz hoch. Tim wartet einen Moment, schlägt dann noch mal kräftig zu, dieses Mal auf die linke Backe. Sie scheint den Schmerz wirklich zu kennen. Wäre sie ohne Erfahrung, würden diese Schläge sie schockieren. Er gibt ihr mehrere gemeine Hiebe auf den Po und die empfindliche Haut am Übergang zu den Oberschenkeln. Sie stöhnt, wehrt sich, kann ein wimmerndes Geräusch nicht unterdrücken, und die ersten Tränen drängen sich unter den fest zugepressten Augenlidern hervor.

Tim hockt sich vor ihr Gesicht, umfasst mit einer Hand den Ansatz des Zopfes, mit der anderen ihr Kinn und zwingt sie, ihm ihr Gesicht zuzuwenden.

„Öffne die Augen." Sie gehorcht und starrt ihn an. „Wie lautet dein Safeword?"

„Vogel tot."

„Willst du es sagen?"

Sie starrt ihn endlose Sekunden lang still an, dann verzieht sich ihr Mund zu einem bösen Grinsen. „Hast du nicht mehr zu bieten, Sonnyboy? Ist wohl doch ein Kindergarten hier, was?"

Er hält ihren Blick, aus dem er nichts als Spott und Häme lesen kann, nickt und lächelt. „Okay, ganz wie du möchtest."

Er lässt ihren Zopf los, und Ella schließt mit einem tiefen Ausatmen wieder die Augen. Sie ist wirklich erfahren. Sie weiß, was sie braucht. Er kennt das. Sie lässt sich mental fallen, sie liefert sich ihm aus. Er liebt diese Augenblicke, sie sind es, die dieses Spiel so erregend machen. Einen Moment lang greift er sanft, aber deutlich in ihre Schulter, zum Zeichen, dass er sie verstanden hat. Jetzt gibt es kein Zurück mehr, sie bekommt, was sie sich herbeisehnt.

Er schlägt zu, hart, ausdauernd, in beständigem Rhythmus, bis ihre Haut glüht und alle Schranken fallen, bis nur noch ihr lautes Schluchzen den Raum füllt und sie sich ihm bebend und zitternd ausliefert.

Er legt seine Hand auf ihren Rücken und wartet ab. Sie braucht jetzt etwas Zeit. Als sie sich beruhigt hat, sieht er zu Pascal auf und nickt ihm zu. „Lass sie uns umdrehen."

Gleichzeitig fassen sie sie an Händen und Füßen und drehen sie mit einem Ruck auf den Rücken. Das helle Licht der Spots trifft ihren Körper, und sie wendet den Kopf ab. Einen Moment betrachtet Tim sie. Auf der empfindlichen Haut an den Unterseiten ihrer Oberarme erkennt er kleine kreisrunde Narben, vielleicht Verbrennungen. Ein Unfall? Ihr Bauch ist flach und bebt. Ihr Atem geht schnell, und ihre Brüste zittern, schöne, nicht zu große Brüste mit jetzt hart aufgerichteten Nippeln. Ihre Muskeln sind entspannt. Keine Abwehr, keine Scham.

Er steht auf, um sich eine Spreizstange zu holen. Dann hockt er sich an ihre Füße. „Lenk sie ab."

Ella denkt nicht. Ihr Körper ist zur Bewegungslosigkeit verdammt. Er gehört den Männern. Was auch passiert, sie trifft keine Entscheidung mehr. Dieses Wissen ist unglaublich befreiend. Es gibt keine Hemmungen mehr, keine Scham und kein reales Leben. Ihr Po brennt. Der scharfe Schmerz hat den anderen, diesen fiesen, beißenden in ihrer Seele verdrängt. Das tut so gut. Warmes Licht trifft ihre Brüste, und sie spürt die Blicke der Männer auf sich. Ihre Haut prickelt, ihre Brustwarzen sind steinhart und ihre Schamlippen geschwollen.

Pascal beugt sich mit dem Oberkörper über ihren Kopf. Er benutzt anscheinend kein Aftershave, denn sie riecht nur puren Mann. Während eine Hand weiter ihre Arme über ihrem Kopf hält, legt sich die andere an eine Brustwarze. Sie spürt die Berührung wie einen ganz leichten Stromschlag, der sich in Wellen bis in ihr Becken fortsetzt. Er spielt mit dem Nippel, und sie reckt sich seinen Fingern schamlos stöhnend entgegen. Tim fummelt irgendwie an ihrem Fuß herum. Dann ruckt er an ihrem Bein, und als sie begreift, was er vorhat und die Schenkel zusammenpressen will, hat er sie schon weit gespreizt fixiert. Ein Schreck fährt wie ein Blitzschlag durch ihren Körper. Ihr Verstand ist schlagartig wieder aktiv. Er wird die Narben sehen und Fragen stellen. Oh nein!

Wie konnte sie nur die verdammten Narben vergessen! Die gepunktete Linie zwischen ihren Beinen kann nicht durch einen Unfall entstanden sein, das wird ihm klar sein.

Es ist ihm klar, sie sieht es an seinem Blick, der auf die Innenseiten ihrer Schenkel gerichtet ist, und sie sieht seinen Gesichtsausdruck. Das Brennen tief in ihrem Brustkorb ist wieder da, viel schlimmer als sonst, es wird zur fiesen Qual. Sie ist zornig. Sehr zornig. So ein Mist war nicht abgemacht. Sie stößt einen grellen Schrei aus und will sich aufbäumen, doch Pascal hält sie sicher fest. Die Männer warten ab, bis sie wieder stillliegt. Sie beißt fest die Zähne zusammen, um nicht zu weinen. Bloß jetzt nicht zusammenbrechen. Immer noch starrt Tim auf die Innenseite ihres Oberschenkels. Jetzt hebt er auch noch die Hand und berührt zart die kleinen, runden Narben. Nein!

„Ella, was ist …"

„Stopp!"

Ihr Blick zuckt hoch und trifft Pascals eisblaue Augen. Er hat die Hand gehoben und nickt ihr beruhigend zu. „Keine Fragen, Tim."

Dankbar atmet sie aus. Tim schließt den Mund, und sein Kehlkopf hüpft in seinem Hals. Mit zusammengepressten Lippen starrt er sie an.

Bitte nicht! Bitte nicht!, schreit es in ihr, und er scheint ihr stummes, verzweifeltes Flehen in ihrem Blick zu erkennen. Ohne die Augen zu senken, spreizt er mit zwei Fingern ihre Schamlippen. „Sie ist klatschnass."

Erleichtert lässt sie den Kopf auf die Matte sinken und schließt die Augen.

„Los, auf mit ihr, über den Tisch."

Ihre Arme werden nach vorn geführt, starke Hände umfassen ihre Schultern und ziehen sie hoch. Mit der Spreizstange zwischen den Füßen kann sie nicht richtig gehen. Halb tragen, halb schleifen die Männer sie zu dem großen Tisch und drücken sie bäuchlings gegen die Längskante. Pascal wechselt zur anderen Seite, zieht ihre gefesselten Arme wieder nach vorn und befestigt die kurze Kette zwischen den Manschetten mit einem Klick am Tischrand. Er streicht einmal über ihre Haare und küsst sie auf die Schläfe. „Danke für dein Vertrauen, Ella. Ich lasse euch jetzt für den gemütlichen Teil allein."

Er entfernt sich, und die Tür klappt.

Sie lässt den Kopf sinken und schließt die Augen. Wieder liegt sie auf einem kühlen Laken über dem harten Holz. Es riecht nach Weichspüler. Irgendwie beruhigend. Sie atmet tief ein. Plötzlich streicht Tim sanft über ihren Rücken. Er lehnt an ihrem Bein. Sie fühlt seine Härte durch den Stoff seiner Jeans.

„Alles in Ordnung, Ella? Geht es dir jetzt besser?"

Seine Stimme klingt viel zu weich. Er weckt Gefühle in ihr, die sie nicht ertragen kann. Sie will das nicht, nicht so einen Scheiß. Wütend stößt sie ein gehässiges Lachen aus, das eher dem Grunzen eines Wildschweins gleicht. „Wenn dein Schwanz so klein ist, wie er sich anfühlt, wird der Fick mit dir wohl ziemlich langweilig."

Einen Moment ist es ganz still. „Warum tust du dir das an?", fragt er ruhig, und in ihr explodiert die Wut. „Hör auf damit, du Arsch!"

Seine Hand legt sich in ihren Nacken, er dreht ihren Kopf und sieht ihr in die Augen. Sie starren sich an, und der Schmerz in ihrer Seele ist nicht auszuhalten.

„Nicht", flüstert sie verzweifelt. Er liest in ihr. Er versteht sie. Sie erkennt es in seinen Augen.

Nach einer gefühlten Ewigkeit nickt er. „Okay. Eigentlich dachte ich ja, dass du genug hast, aber da habe ich mich wohl getäuscht." Seine Stimme ist heiser, aber er hat verstanden.

Er tritt einen Moment lang zurück. Ihr Herz donnert gegen ihre Rippen, und die Haut auf ihrem Po kribbelt. Lusttropfen sammeln sich zwischen ihren Schamlippen.

Der Schlag kommt so plötzlich und so kräftig, dass sie grell aufschreit. Sie hat keine Zeit, darüber nachzudenken oder sich auf den Schmerz einzustellen, denn der Mistkerl schlägt ohne Pause weiter zu.

Grandiose Wut explodiert in ihrem Herzen. „Du Arschloch! Du Wichser! Du miese Sau!", kreischt sie, weint hemmungslos, jammert, flucht und zerrt wie besessen an ihren Fesseln.

Völlig unbeeindruckt schlägt er weiter, hört erst auf, als in ihrem Körper keine Kraft mehr ist, sie schlaff und wie in einem Nebel gefangen über dem Tisch hängt. Sie atmet tief aus. Endlich Frieden.

Er löst die Fesseln ihrer Arme und streicht zärtlich über ihr Gesicht. Sie rührt sich nicht. Sie ist jetzt nackt, ihre Seele ist nackt, ausgebreitet und schutzlos. Die Sehnsucht nach Liebe ist plötzlich alles bestimmend. „Bitte schlaf mit mir."

„Ella." Seine Stimme ist rau.

Sie öffnet die Augen und sucht sein Gesicht. Als ihre Blicke sich treffen, explodieren die Emotionen. Sein Gesicht ist fast schmerzverzerrt, als ob ihr Leid seines wäre. Er schüttelt den Kopf. Oh Gott. Sie braucht ihn jetzt. Sie wird einfach auseinanderbrechen, wenn er sie jetzt im Stich lässt. „Bitte lass mich nicht hängen", flüstert sie verzweifelt. „Bitte."

Er bewegt sich um den Tisch herum und küsst ihren Rücken. Einen Moment ist es still. „Bitte hör nicht auf. Bitte nicht", fleht sie leise.

Er steht jetzt wieder hinter ihr. Seine Finger drängen sich zwischen ihre Beine. Sie streichen durch die Nässe, zupfen an ihren Schamlippen, umkreisen ihre Klit.

Stöhnend drängt sie sich ihm entgegen.

„Lass los, Ella, ich will dich vor Lust beben sehen." Seine Stimme ist wieder fest und dominant, seine Hand liegt auf ihrem Rücken, die andere stimuliert jetzt immer härter ihre Lustperle. Tiefe vibrierende Schwingungen bauen sich auf. Es sind diese Wellen, die einen Orgasmus ankündigen. Sanftes an- und abschwellen, dann stärker und irgendwann verbunden mit diesem tiefen ziehenden Sehnen nach Erfüllung. Seine Berührungen durchdringen ihren Körper, gelangen in ihr Herz und in ihre Seele. Dankbar und süchtig nach mehr, streckt sie sich ihm wimmernd entgegen. Nun steigert er die Intensität der Stimulation, stößt mit zwei Fingern in ihre enge Vagina, einmal, zweimal, dann zieht er sich zurück, und Ella stöhnt sehnsüchtig auf.

Er hebt sie an, hält mit dem linken Arm ihren Oberkörper an seine Brust gedrückt und legt die Hand des rechten auf ihren Venushügel, ihr heißer Arsch drückt sich gegen ihn. Wimmernd streckt sie den Kopf in den Nacken, und seine Lippen zupfen an ihrem Ohrläppchen. „So ist es gut, Ella. Du gehörst mir. Und jetzt kommst du für mich."

Tims Stimme ist dunkel und hart. „Ja“, flüstert sie, und das Pulsieren zwischen ihren Beinen steigert sich.

Er nimmt sie wieder in Besitz, dringt erneut mit den Fingern in sie ein, zieht sie dann zurück, um kurz darauf härter zuzustoßen, immer wieder und immer schneller. Er krümmt die Finger und kratzt an ihren inneren, empfindlichen Nerven, bis sie aufschreit. Sie zuckt, stemmt sich fest gegen ihn, und ihre inneren Muskeln legen sich fest um seine Finger, bis ein Sternenregen in jeder Muskelfaser ihres Körpers explodiert.

Als ihr Herzschlag sich beruhigt, nimmt sie langsam ihre Umwelt wieder wahr. Sie hört sich keuchend atmen. Tim lässt ihren Oberkörper sachte wieder auf den Tisch sinken. Endlich ist das Brennen in ihrem Brustkorb verschwunden, ihre Muskeln fühlen sich wie Watte an, seltsam, fast schwerelos. Das Weinen geht leicht. Die Tränen strömen ungehemmt über ihr Gesicht. Tim küsst sie sanft auf den Hals. „Bleib liegen, sonst fällst du. Ich muss erst deine Füße befreien.“

Ella rührt sich nicht. Sie will nicht zurück. Es ist so angenehm in diesem Nebel. So friedlich. Da ist wieder die leise Musik, die Geigen. So schön. So soll es bleiben.

Er berührt ihre Beine, entfernt die Spreizstange und zieht sie sanft hoch. „Komm hierher, zur Couch. Wir setzen uns einen Moment.“

Nach einer Weile beruhigt sie sich und kapiert, dass er sie fest und sicher in seinem Arm hält und sie ihr Gesicht an seinen Brustkorb schmiegt. Ihr Herz klopft schneller. Das geht nicht. Das darf nicht sein.

Das ist viel zu nah. Sie will von ihm abrücken, doch er hält sie unerbittlich fest.

„Bleib noch einen Moment, Süße. Ruh dich aus."

Plötzlich möchte sie ihm alles erzählen, die Worte wollen aus ihr heraussprudeln, doch ihre Kehle ist wie zugeschnürt. Es schmerzt in ihrem Brustkorb. Wenn er wüsste, was für ein Mensch sie ist, würde er sie wegstoßen und verachten. Abstand. Sie braucht unbedingt Abstand zu ihm, kann diese Nähe nicht aushalten.

Sie schluckt, nimmt all ihre Kräfte zusammen und drückt gegen seine Arme.

„Wirst du sentimental, Sonnyboy? Lass es, das gehört nicht zu unserer Abmachung. Was war das überhaupt? Hast du keinen hochgekriegt? Irgendwelche gesundheitlichen Probleme?"

Er zögert einen Moment, dann lässt er sie, begleitet von einem deutlich genervten Ausatmen, los, und sie rutscht von seinem Schoß auf das Polster der Couch.

Er steht auf, greift nach einer weichen Decke und umhüllt ihren Körper. Seine Hand bleibt fürsorglich auf ihrem Arm liegen. Er hockt sich vor sie. „Möchtest du etwas trinken?"

„Nein. Ich will meine Sachen und gehen."

Er lacht. „Oh no, Baby. Keine Chance."

Sie zieht unwillig die Augenbrauen zusammen. „Was soll das?"

„Du bleibst über Nacht hier, und morgen werden wir uns ausgiebig unterhalten."

„Ich werde nicht in deinem Bett schlafen. Vergiss es! Und zu reden gibt es schon gar nichts."

„Ich habe ein Gästebett, und du kommst um ein ausführliches Gespräch nicht herum, denn das, was wir hier heute getan haben, war nicht das, was man eine nette, lustvolle Session nennt, Ella."

Sie presst die Lippen zusammen. Es ist lange still. Seine Hand streicht sanft über ihre und tröstende Wärme strömt in ihre Seele. Sie versucht alles, um sich loszureißen, aber sie kann einfach nicht.

„Wir werden jetzt nach oben in meine Wohnung gehen", sagt er schließlich in einer Tonlage, die keine Widerworte duldet.

„Ich will meine Sachen und dann nach Hause", flüstert sie trotzig.

„Du bleibst über Nacht und wirst gehorchen, andernfalls zwinge ich dich dazu. Mir ist es egal. Wie du es willst."

Seine Hand an ihrer Schulter greift fester zu und sie resigniert. Er zieht sie hoch und wickelt die Decke fest um ihren Körper, dann schiebt er sie vorwärts aus dem Raum hinaus und die Treppe nach oben.

In der Wohnung biegt er in den Flur ab und öffnet eine Tür zu einem kleinen Schlafzimmer mit einem Einzelbett. Er zieht die Decke weg. „Hinlegen." Seine Stimme ist drohend.

Sie traut sich nicht mehr, ihm zu widersprechen. Außerdem ist sie ja auch erschöpft. Es ist nur für eine Nacht. Morgen wird sie gehen und ihn nie wiedersehen.

Er deckt sie zu und verschwindet, kommt wieder, legt seine Hand in ihren Nacken, zieht sie hoch und hält ihr ein Glas an den Mund. Kaum fühlt sie die Feuchtigkeit an ihren trockenen Lippen, greift sie zu und trinkt gierig alles aus.

Ohne ein weiteres Wort geht er, löscht das Licht und schließt die Tür hinter sich.

Als Ella erwacht, ist es noch dunkel. Die leuchtenden Ziffern einer kleinen Digitaluhr auf dem Nachttisch zeigen sechs Uhr zehn an.

Das Brennen in ihrer Brust ist wieder da, viel schlimmer als noch am Abend zuvor. Nichts ist mehr von der Erleichterung während der Session zu spüren, im Gegenteil, es schmerzt so sehr wie an jenem Morgen, als sie ihren Vater fand, oben auf dem Dachboden, mit verdrehtem Hals und dieser Grimasse, die sie nie vergessen wird.

Es war ein Fehler, ein verdammter Fehler, sich auf Tim einzulassen. Sie hätte der Versuchung widerstehen müssen, jetzt ist alles noch viel schlimmer.

Mit Vincent hatte es auch so angefangen. Er war geduldig gewesen. Endlich hatte ein Mann ihre Sehnsucht nach Lustschmerz erfüllt. Sie hatte ihm vertraut und sich so sehr in ihn verliebt, dass sie es nicht mehr geschafft hatte, sich von ihm zu lösen, trotz allem, was er ihr angetan hatte. Sie hatte alle Misshandlungen ertragen, weil niemand sie verstanden hätte, weil niemand es erfahren durfte, weil es nur noch ihn für sie gab. Sie schämt sich so sehr dafür. Tränen drängen in ihre Augen. Sie muss raus hier, sofort raus aus diesem verdammten weichen, duftenden Bett, raus aus dieser warmen, gemütlichen Wohnung, raus aus allem.

Sie springt aus dem Bett, öffnet vorsichtig die Tür und schleicht hinaus. Aufatmend entdeckt sie ihre Sachen im Wohnzimmer über der Sessellehne. Es ist ganz still im Haus. So schnell wie möglich zieht sie sich an, öffnet die Wohnungstür und schleicht hinaus.

Draußen empfängt sie schneidende Kälte. Sie zieht die Schultern hoch, stopft die Hände in die Taschen der dünnen Jacke und stapft los. Wenigstens hat es nicht noch mehr Schnee gegeben.

Als sie die Hauptstraße erreicht, fühlen sich ihre Füße schon wie Eisklumpen an. Es nähert sich ein LKW, und er bremst. Sie sieht auf. Es ist der große Tankwagen der Molkerei, der jeden Morgen auf dem Hof die frische Milch abgeholt hat, als sie noch die Kühe hatten. Die Fahrertür öffnet sich. „Hey Ella! Was rennst du hier mitten in der Nacht rum? Soll ich dich mitnehmen?"

Dankbar lächelt sie den Fahrer an. Sie kennt ihn seit mindestens zehn Jahren. „Hermann! Dich schickt der Himmel. Da habe ich ja Glück. Danke, danke, danke."

Sie steigt zu ihm in die Fahrerkabine, und er zwinkert. „Rumgetrieben in der Disco?"

Sie grinst schief. „Ja, und kein Geld mehr fürs Taxi."

„Fuck!"

Tim starrt auf das leere Gästebett und donnert mit der Faust gegen den Türrahmen. Er hätte sie nicht allein lassen dürfen. Er hätte sie neben sich, mit einer Handschelle ans Bett gefesselt, übernachten lassen müssen. Die ganze Session war ein Fehler gewesen. Er hasst komplizierte Frauen mit Problemen. Er will Spaß ohne Verpflichtungen, keine Psychotante. Nun ist sie abgehauen, und er muss sich mit seinem schlechten Gewissen rumplagen. Scheiße! Gottverdammte Scheiße!

Es ist kurz nach zehn Uhr. Er zieht sich an und holt sich aus dem Kaffeeautomaten in der Küche einen Becher pechschwarzen Muntermacher. Dann verlässt er die Wohnung und springt in sein Auto. Vielleicht kann er sie unterwegs noch irgendwo einsammeln. Er muss ja nur mit ihr reden, um sicher zu sein, dass sie in Ordnung ist. Danach kann sie bleiben, wo der Pfeffer wächst. Er ist schließlich kein Psychoklempner.

Die Straßen sind am Sonntagmorgen um diese Zeit noch menschenleer. Bei der Kälte bleibt wohl jeder lieber zu Hause. Er eigentlich auch. Mist!

Während der ganzen Fahrt zum Hof sucht er mit den Augen die Gehwege ab, entdeckt sie aber nicht.

Der Hof wirkt wie ausgestorben. Kein Auto, kein Licht, keine Tiere. Er hält vor der Haustür, steigt aus und drückt auf die Klingel. Nichts. Kein Laut ist zu hören.

Fluchend steigt er wieder ins Auto und fährt los, den schmalen Weg durch den Wald zu Leons Haus.

Sein Freund füttert gerade die vierköpfige Eselherde und sieht erstaunt auf, als das Auto auf den Hof rollt.

Tim stellt den Motor ab und steigt aus. „Moin Leon."

„Moin Tim, was führt dich am frühen Morgen hierher?"

„Es ist halb zwölf, mein Freund."

„Sonntag halb zwölf. Hab gerade Frühstück fertig. Komm mit rein."

„Du machst Frühstück und fütterst die Esel? Wozu hast du eine Frau?"

Leon zwinkert. „Die war heute Morgen schon für mein Vergnügen zuständig und ist jetzt etwas erschöpft."

Tim grinst. „Gefällt ihr der neue Flogger?"

„Er erfüllt seinen Zweck."

Lachend betreten sie das Haus. „Nimm dir schon mal einen Kaffee, ich hole meine leidende zukünftige Gattin."

Tim gehorcht, lehnt sich an den Küchenschrank und sieht zu, wie Leon und Mona Arm in Arm die Treppe herunterkommen. Sie steckt in einem dicken, flauschigen Bademantel und sieht hinreißend verschlafen, verliebt und zerzaust aus. Tim stellt den Becher ab und geht ihr für eine Begrüßungsumarmung entgegen.

„Guten Morgen, Süße" flötet er, küsst sie auf die Wange und klapst auf ihren Po, was ihr ein zischendes Wimmern entlockt.

Grinsend schiebt er sie von sich, und sie schlägt ihm gegen den Arm. „Arsch."

„Setz dich, Kolibri, und sei nett zu unserem Gast, sonst darf der gleich mal deinen Arsch bewundern", sagt Leon trocken.

Mona läuft knallrot an und sackt auf ihren Stuhl, als wollte sie lieber gleich ganz unter den Tisch krabbeln. Leon schenkt ihr Kaffee ein, hebt ihr Kinn an und küsst sie zärtlich auf den Mund.

Tim seufzt. „Wenn man euch sieht, wird man neidisch. Ich will auch so ein kleines süßes Vögelchen."

Sie grinst. „Wie war's mit Ella?"

Er verdreht die Augen. „Das ist kein Vögelchen. Das ist … eine Fledermaus. Deshalb bin ich hier und störe eure Sonntagsruhe."

Leon setzt sich an den Tisch und zieht die Augenbrauen hoch. „Was ist passiert?"

Tim lehnt sich zurück. „Erzähl mir alles, was du über sie weißt."

Leon nimmt sich eine Scheibe Brot und streicht Margarine drauf. „Lass mich nachdenken. Ihre Mutter ist nach langer Krankheit früh gestorben. Da war sie fünfzehn. Ihr Vater kam damit nicht klar, hatte Depressionen und trank eine Zeit lang. Währenddessen kümmerte sie sich ganz allein um die Landwirtschaft. Mit sechzehn! Das muss man sich mal vorstellen. Ihr Vater hat es jedem stolz erzählt, der es hören wollte. Er hätte sich ja einen Sohn gewünscht, aber nun nicht mehr, weil seine Tochter ja alles so perfekt schaffen würde, und sie würde natürlich auch mal den Hof übernehmen. Tja, und dann beging er Selbstmord."

„Selbstmord?"

Leon nickt. „Anfang Mai letzten Jahres. War tragisch. Er hatte die Landwirtschaft aufgegeben und mir ein paar Wochen vorher noch berichtet, dass er sein Geld gut angelegt hätte und sich auf ein sorgenfreies Rentnerleben freuen könnte. Eine Woche später fanden sie ihn auf dem Dachboden. Hat sich aufgehängt. Ella wohnt seitdem allein auf dem Hof. Sie müsste jetzt zwanzig sein."

„Das verstehe ich nicht. Sagtest du nicht, Ella sollte die Landwirtschaft übernehmen? Wieso hat er dann alles verkauft?"

Leon seufzt und zuckt mit den Schultern. „Vermutlich wollte sie den Hof nicht mehr, stellte sich was anderes für ihr Leben vor. Viele Landwirte haben heutzutage das Problem, dass ihre Kinder nicht weitermachen wollen."

Tim reibt sich in Gedanken versunken das Kinn. „Mehr weißt du nicht?"

Mona sieht von ihrem Teller auf. „Hatte sie nicht mal einen Freund?"

Leon nickt. „Stimmt. Ich habe den mal gesehen, als ihr Vater die Landwirtschaft aufgab und ich von ihm die Weide für die Esel gekauft habe. Scheint aber schon länger vorbei zu sein, auf der Beerdigung von ihrem Vater war sie jedenfalls allein."

„Was macht sie jetzt? Wovon lebt sie?"

Leon zuckt mit den Schultern. „Keine Ahnung. Geld müsste ja da sein. Das Land war viel wert. Ich vermute, sie hat irgendwo einen Job. Als ihr Vater starb, habe ich ihr meine Hilfe angeboten, aber sie lehnte jeden Kontakt ab. Kolibri, hat sie dir mal was erzählt?"

Mona schüttelt den Kopf. „Nein. Ich habe sie in der letzten Zeit kaum gesehen, und ihr Handy ist immer aus oder sie hat mittlerweile eine andere Nummer. Auf jeden Fall erreicht man sie nicht mehr." Sie sieht zu Tim und grinst. „Was ist denn passiert? War sie über deine Wohnungseinrichtung geschockt und ist geflohen?"

„Nein, im Gegenteil. Sie wollte eine Session, und ich habe mich drauf eingelassen. Pascal war dabei. Leider haben wir zu spät geschnallt, dass das Mädel einen gewaltigen Knacks hat."

Leon hebt die Augenbrauen. „Ella steht auf SM?"

Tim nickt. „Und sie hat Erfahrung."

„Was meinst du mit Knacks?"

„Sie wollte es härter. Hat sich uns ausgeliefert und mich dann gereizt, wollte meine Wut herausfordern. Wäre sie bei einem gewissenlosen Arsch gelandet, hätte das böse für sie enden können, und sie wollte sich nicht auffangen lassen, hat total geblockt. Ich habe sie ins Gästezimmer verfrachtet und wollte heute Morgen mit ihr reden, um sicher zu sein, dass sie in Ordnung ist. Als ich aufwachte, war sie weg. Ich bin zu ihr nach Hause gefahren, aber da ist sie nicht."

Mona sieht ihn mitleidig an. „Und jetzt machst du dir Sorgen."

„Ja, und das ärgert mich. Ich hasse komplizierte Psychofälle. Die Weiber sollen mit ihren Problemen zum Psychiater gehen und sie nicht mit einer Session verdrängen wollen."

Leon nickt. „Fahr nach Hause, Tim. Ich sehe nachher nach ihr und melde mich dann."

Kapitel 3

„Fuck! Das ist doch die Fledermaus."

Tim blinkt, fährt an den Straßenrand und starrt im Rückspiegel auf die schlanke Frau mit den langen, blonden Haaren. „Was macht die denn um diese Zeit hier?"

Er legt den Rückwärtsgang ein und rollt langsam zurück, bis er neben ihr steht und sie die Tür öffnet.

„Hi", flötet sie, beugt sich zu ihm herein und erstarrt.

„Guten Abend, Ella. Steig ein."

Sie sieht ihn unsicher an, und er grinst. „Was ist, hast du Angst, dass ich dir den Hintern versohle?"

Sie presst die Lippen zusammen und lässt sich auf den Beifahrersitz plumpsen.

Tim fährt los und beobachtet sie aus den Augenwinkeln. Sie hat die Hände ineinander verkrallt und starrt nach vorn auf die dunkle Straße. Sie trägt schon wieder nur diese dünne Jacke, dabei ist immer noch tiefster Winter.

„Wie geht es dir?", fragt er.

„Gut. Danke", antwortet sie lässig, ohne den Kopf zu drehen.

„Wo kommst du so spät her?"

„Hannover."

„Du trampst abends um halb zehn von Hannover nach Soltau?"

Sie zieht die Augenbrauen zusammen. „Ja, was dagegen?"

„Hast du keine Angst?"

„Nein."

Er seufzt. „Was frage ich, du hast ja auch keine Angst, dich mit zwei fremden Männern auf eine BDSM-Session einzulassen."

Keine Reaktion. Einige Minuten schweigen sie beide. Dann räuspert er sich. „Was hast du in Hannover gemacht?“

„Geht dich das was an?“

„Nein. Ich wollte nur Small Talk machen.“

Sie reagiert nicht, und allmählich beginnt die Wut in ihm zu brodeln. Genau eine Woche ist es jetzt her und jeden verdammten Tag in München musste er an dieses Psycho-Weibsstück denken.

Leon hatte sie am Sonntagabend zu Hause angetroffen und daraufhin per SMS Entwarnung gegeben. So war Tim am Montag beruhigt in den Flieger gestiegen, aber sie ging ihm nicht aus dem Kopf. Jeden einsamen Abend im Hotel sah er im Geiste ihren nackten Körper vor sich und dachte über die kleinen runden Narben an ihrem Oberschenkel nach. Der Blick, dieser verzweifelte Blick, als sie ihn angebettelt hatte, sie zu ficken, hat ihn gepackt, und das nervt ihn gewaltig. Vielleicht ist es auch nicht sie als Person, sondern die Intensität der Session, die ihn nicht loslässt. Dieses BDSM-Spiel war kein Spiel, sondern … ja, was denn? Er findet keine treffenden Worte für das, was an jenem Abend zwischen ihnen passiert ist. Sie hat ihm ihr Innerstes offenbart, ihm, einem völlig fremden. Ihre Reaktionen, ihre Mimik, die weiche Haut an ihrem Hals, unter der er ihren rasenden Puls gefühlt hatte, ihre Blicke, ihr Zittern, der vollständige Verlust ihrer Selbstkontrolle … all das war so intensiv gewesen und passte nicht zu diesem Abblocken danach. So richtig klar wurde ihm das erst Tage später. Jedes Mal, wenn er an sie denkt, zuckt sein Schwanz, und er stellt sich ihren Gesichtsausdruck vor, während er sich mit einem harten Stoß in ihr versenkt. Dann sieht er ihr Gesicht vor sich, nach der

Session, verheult, mit geröteten Augen, und er will sie in den Arm nehmen und ihren Schmerz lindern, damit ihr Blick diese schmerzhafte Verzweiflung verliert. Fuck!

„Hast du heute noch was vor?“ Die Worte rutschen ihm spontan über die Lippen, ohne dass er wirklich nachgedacht hat, und fast hofft er, dass sie Ja sagt, damit er sie nicht einladen kann.

„Nein. Warum?“

Er zuckt betont gleichgültig mit den Schultern. „Unsere Session hat mir gefallen. Keine unnötigen Gefühle, kein sentimentales Geschwätz. Wenn du Interesse hast, könnten wir das wiederholen.“

Aus den Augenwinkeln sieht er, dass sie ihn misstrauisch mustert.

„Heute?“

„Ich war fünf Tage lang zu einem Seminar in München in einem stinklangweiligen Hotel ohne Spielzimmer.“ Er grinst. „Ich könnte heute noch etwas Spaß gebrauchen.“

Einige Minuten ist es still. Sie sieht zum Seitenfenster hinaus, scheint mit sich zu kämpfen. Doch dann dreht sie ihm ihr Gesicht zu und grinst frech. „Gleiche Bedingungen. Keine Fragen, keine Gefühlsduseleien, und ich gehe danach nach Hause. Ich meine, ich gehe wirklich danach.“

Dieses Grinsen schon wieder. Es macht ihn wütend. Warum tut sie das? Was soll das? Es stinkt zum Himmel! Er will wissen, was mit ihr los ist.

Er verkneift sich jeden Kommentar und nickt lässig. „Okay.“

Den Rest der Fahrt verbringen sie schweigend.

Als sie sein Haus erreichen, kommt Pascal gerade zur Tür heraus. Erstaunt zieht er die Augenbrauen hoch, als er Ella und Tim aus dem Auto steigen sieht. Er fasst sie an den Oberarmen und drückt ihr einen sanften Kuss auf die Wange. „Hi Ella, schön dich zu sehen."

„Hi."

„Hi Tim."

„Hi Pascal. Willst du weg?"

„Ja, hab heute Nacht einen Job."

„Viel Erfolg."

Pascal nickt und fügt mit einem Schmunzeln hinzu: „Und euch viel Spaß."

Ella reagiert kaum. Nachdem Tim seinen Koffer aus dem Auto genommen hat, geht sie still und anscheinend gelangweilt neben ihm die Treppe hinauf zur Haustür. Während er aufschließt, fragt er sich, was er nun eigentlich mit ihr anfangen will. In der Wohnung wirft er die Schlüssel auf den Tisch, zieht die elende Anzugjacke aus und zerrt sich die Krawatte vom Hals. „Möchtest du was trinken?"

Sie zögert. Er wendet sich in die Küche. „Also, ich brauche einen Kaffee." Er sieht sie fragend an, und sie nickt ohne große Begeisterung. Wie ein gelangweiltes Kind mit der Fußspitze immer wieder gegen den Türrahmen stoßend, steht sie im Rahmen der Küchentür und sieht ihm zu, während er sich mit der Kaffeemaschine beschäftigt. Im hellen Licht der Wohnung fällt ihm auf, wie ungepflegt Ella aussieht. Ihre langen Haare hängen in verklebten Strähnen herab, ihre Jeans ist dreckig, die Jacke eingerissen, die Schuhe durchnässt. Er zeigt auf einen der Stühle am Küchentisch. „Setz dich."

Sie gehorcht, wirkt verloren. Vor ihm kann sie das nicht verbergen. Und sie ist trotz des gut geheizten Autos noch durchgefroren. Ihre Lippen zittern. Er setzt sich ihr gegenüber, nimmt ihre kalten Hände und streicht sanft mit den Daumen darüber. „Ella."

Sie zieht unwillig die Augenbrauen zusammen. „Was?"

Fuck! Sie wird ihm weglaufen, wenn er so weitermacht.

Sein Griff um ihre Handgelenke wird fester, und er verleiht seiner Stimme einen dominanten Ton. „Okay. Gleiches Safeword wie letztes Mal. Ich will nur deinen Körper zu meinem Vergnügen. Nichts sonst. Aber zwei Fragen musst du mir noch beantworten."

Sie starrt ihn misstrauisch an.

„Hast du zurzeit was mit anderen Männern?"

„Nein."

„Keine Sessions, keine Chatbekanntschaften, kein … wirklich nichts?"

„Denkst du, ich geh auf den Strich?"

Er schweigt.

„Wenn du mir nicht glaubst, vergiss es doch einfach", faucht sie und will sich von ihm losreißen, doch er hält weiterhin ihre Hände und sieht sie an. Sie weicht seinem Blick nicht aus, wenn auch mit verkrampft zitternden Händen.

Er nickt. „Reg dich nicht auf. Ich glaube dir ja. Die zweite Frage. Auf einer Skala von eins bis zehn, wie wichtig ist dir Schmerz?"

„Zehn."

Sie hat nicht eine Millisekunde gezögert und starrt ihm immer noch direkt in die Augen. Er schluckt und lockert seinen Griff um ihre Handgelenke. „Ella, bitte. Was ist dir passiert?"

Sie reißt die Arme zurück und springt auf. „Keine Fragen, verdammt!"

Er erreicht sie erst, als sie die Wohnungstür schon aufgerissen hat, dreht ihr den Arm auf den Rücken und knallt die Tür wieder zu. Sie wimmert auf.

„Okay. Schluss mit freundlich." Er schiebt sie vor sich her ins Wohnzimmer und beachtet nicht, dass sie ins Stolpern kommt und aufschreit. Mit geübten Griffen zerrt er ihr Hose und Slip bis zu den Knien herunter, ohne ihren verdrehten Arm loszulassen. Er zwingt sie vor der Couch auf die Knie und drückt ihren Oberkörper auf das Polster. Weiterhin hält er ihren Arm überstreckt auf dem Rücken, sodass sie jede Bewegung schmerzen muss. Ohne lange zu zögern, beginnt er, sie zu schlagen.

Ella kreischt und zappelt, doch er ist viel stärker als sie und hält sie in diesem Zwangsgriff, der sie absolut wehrlos macht. Er schlägt zu, mit voller Kraft, immer wieder, ohne ihr auch nur eine Sekunde zu geben, sich auf die Schläge einzustellen. Sie hat keine Zeit zum Denken, und schon nach wenigen Minuten fließen die Tränen, und das Brennen in ihrer Seele verschwindet im gleichen Maße, wie sich das Brennen auf ihrem Arsch verstärkt. Erleichtert lässt sie sich fallen, wehrt sich nicht mehr, entspannt alle Muskeln, lässt sich unter seinen Schlägen hemmungslos gehen, bis er sein Werk beendet.

„Du wirst jetzt keine falsche Bewegung mehr machen, sonst war das hier das Harmloseste, was dir heute passiert."

Er zieht sie hoch und drängt sie ins Bad. Auf dem Weg holt er sich aus dem Schrank ein paar Handmanschetten und eine Kette.

„Die Hände auf das Waschbecken, und wehe, du bewegst dich."

Sie gehorcht und bleibt, eingebettet in diesem friedlichen, erholsamen Kokon aus Nebel, regungslos mit halb geschlossenen Augen stehen, während er in aller Ruhe die Ärmel seines Hemdes öffnet und sie bis zu den Ellenbogen aufkrempelt. Alles ist weit weg, ihre Gedanken sind wie Watte, bewegen sich einfach nicht. Auf keinen Fall soll das aufhören.

Er zieht sie mit geübten Griffen vollständig aus, schnallt die Manschetten um ihre Handgelenke, schiebt sie unter die Dusche, zieht ihre Hände nach oben und befestigt sie mit der Kette und einem großen Karabinerhaken an einer metallenen Stange, die quer über der Duschwand installiert ist. Sie starrt gegen die weiße Fliesenwand, während er die Brause in die Hand nimmt, das Wasser aufdreht und sorgfältig die Temperatur reguliert.

„Augen zu, und wehe, du zappelst“, knurrt er, und sie gehorcht, ohne zu denken. Dann fühlt sie warmes Wasser und riecht Seife und Shampoo. Seine Hände massieren sorgfältig ihre Kopfhaut und ihre Haare, sanft wäscht er jeden Zentimeter Haut ihres Körpers. Sie nimmt jede Berührung überdeutlich wahr. Die Wärme des Wassers und die Wärme seiner Hände durchdringen jede Faser ihres Körpers, ihr Herz und ihre Seele, alles.

Plötzlich ist da diese Erinnerung an ihre Kindheit. Sie steht zu Hause in der Badewanne, während ihre Mutter davor fröhlich ein Lied summt, sie einseift und anschließend mit der Handbrause abduscht. Eine tiefe, schmerzhafte Sehnsucht nach Liebe und Geborgenheit erwacht in ihr zum Leben. Sie saugt Tims Zärtlichkeit auf wie ein trockener Acker die ersten Regentropfen nach einer monatelangen Dürre. Tränen vermischen sich mit dem Wasser der Dusche, und als er sie abgetrocknet hat und ihre Hände befreit, fällt sie gegen ihn, schlingt ihre Arme um seinen Hals und kann nicht aufhören zu weinen.

Er sagt kein Wort. Gott sei Dank sagt er nichts und lässt sie in ihrem Nebel verweilen.

Er wickelt sie in ein großes Handtuch und föhnt ihre Haare, während sie sich wie eine Ertrinkende, schluchzend, an ihn klammert. Als sie halbwegs trocken ist, bringt er sie in sein Schlafzimmer und legt sich mit ihr im Arm auf das Bett. Er küsst sanft ihre Schläfe. „Scht … ist ja gut, Kleines, ich helfe dir, ich lasse dich nicht allein. Es ist alles gut. Erzähl mir jetzt, was dir so große Sorgen macht, ja? Du bist nicht allein. Hab keine Angst."

Augenblicklich verspannt sich ihr Körper. Was tut sie hier? Wie konnte sie sich so gehen lassen? Wie konnte das passieren?

Energisch drängt sie ihn weg. „Rede nicht so einen Müll, Sonnyboy. Was wird das hier? Gefühlsduselei? So ein Scheiß war nicht abgemacht."

Er beißt die Zähne zusammen. Verdammt! Was bildet diese kleine Kröte sich eigentlich ein?

Mit einem Ruck dreht er sie um und zieht sie an sich heran, sodass ihr Rücken sich fest gegen seinen Brustkorb drückt. Er legt eine Hand drohend an ihre Kehle, die andere fest auf ihren Venushügel. „Die kleine Heulsuse braucht einen Nachschlag? Den kannst du bekommen, Schätzchen", zischt er, und augenblicklich gibt sie ihre Abwehr auf. Ihr Atem geht schnell, ihr Herz rast, und trotz seiner Wut ist sein Schwanz steinhart.

Unter seiner Hand an ihrer Kehle fühlt er die Schluckbewegung. Sie wehrt sich nicht gegen seinen

Griff, als ob sie nur darauf wartet, dass er zudrückt und sie umbringt. Sie will Schmerzen. Sie will leiden und ihn dafür benutzen. Aber er will Antworten.

Ella kann den beißenden Druck in ihrer Brust nicht ertragen. Wenn er nur noch einmal so einen liebevollen Scheiß von sich gibt, wird sie verbrennen. Er soll zudrücken, er soll doch einfach festzudrücken. „Was ist, Sonnyboy? Ich warte! Immer diese leeren Versprechungen. Los, schlag zu! Ohne kriegst du doch sowieso keinen hoch. Ich dachte, du hättest mir einen guten harten Fick versprochen?“, stößt sie wütend hervor. Er darf sie nicht mögen. Er soll sie hassen.

Einen endlosen Moment lang reagiert er nicht, dann fasst er mit einem harten Griff in ihre Haare. „Okay, Süße. Es reicht. Mach die Augen zu. Schlaf. Morgen werden wir reden. Noch eine falsche Bewegung und ich fessele dich die Nacht über unten ans Andreaskreuz.“

„Lass mich los! Lass mich sofort los! Du Arsch! Du Mistkerl, Du widerliche Memme!“

Er dreht sie auf den Bauch und hält ihren Arm auf dem Rücken fest. „Gib auf, Ella.“

„Im Leben nicht, du Pisser.“

Er lacht hämisch auf, packt sie am Kinn und zwingt sie, ihn anzusehen. „Du willst unbedingt meine Wut? Weißt du eigentlich, wie gefährlich du lebst? Was, wenn ich jetzt ausraste? Wie viele Schläge ist ein Pisser wert, Ella? Was meinst du? Wie viele würdest du mir verpassen, wenn ich das zu dir gesagt hätte?“

Sie starrt ihn an und grinst böse. „Ich würde dich schlagen, bis du tot bist, aber dazu bist du ja zu feige.“

„So, zu feige. Glaubst du?“

Sie grinst wieder und sieht ihm fest in die Augen. „Feiger Pisser. Feiger Pisser. Feiger Pisser. Feiger …“

Er legt die Hand über ihren Mund. „Verdammt, Ella.“

Endlose Minuten ist es still. Dann hört sie ihn tief ausatmen. „Okay.“

Er entfernt sich, und die Haut auf ihrem Po kribbelt erwartungsvoll.

„Halt dich am Bettgitter fest.“

Sie streckt die Arme nach vorn und greift um die Stangen.

Er schlägt zu, und was sie trifft, ist nicht seine Hand. Es klatscht laut. Er steigert die Intensität der Schläge im gleichmäßigen Rhythmus, bis sie sich schreiend aufbäumt. Einmal, zweimal, dreimal, viermal, dann hört sie auf zu zählen und irgendwann ist er da, der Nebel. Gott sei Dank ist er da und mit ihm die Erlösung. Alles Denken vergeht, jede Anspannung fällt von ihr ab. Nur noch weinen, ungehemmte Tränenströme und ein unkontrolliertes Beben bleiben, und die Schläge hören auf. Es scheppert. Er hat, was auch immer er benutzt hat, in eine Zimmerecke geschleudert.

Sanfte warme Hände streichen tröstend über ihren Rücken, an den Seiten entlang zu ihrem Brustkorb, streichen über ihre Brüste und wieder nach oben, den Hals entlang. Er fasst in ihre Haare, und sie dreht sich um, sodass er über ihr liegt. Ihre Blicke begegnen sich. Er versteht. Sie sieht es wieder in seinen Augen. Er ist der einzige Mensch, der versteht, warum sie den Schmerz braucht. Es ist wieder da, dieses seltsame Band, diese Nähe zwischen ihnen. Er spürt es auch, ganz sicher. „Bitte“, sagen ihre Lippen, und sie streicht sanft über seine Wange.

„Verdammt, Ella“, flüstert er in ihr Ohr. So viel ist in diesen zwei Worten enthalten, bleibt jedoch ungesagt. Es muss nicht ausgesprochen werden. Sie wissen es beide. Sie zieht ihn zu sich herunter, und ihre Lippen treffen sich. So warm, so weich, so zärtlich. Seine Zunge dringt in ihren Mund, umkreist ihre, ihr Atem vermischt sich.

Seine Brust reibt über ihre Nippel. Warme angenehme Wellen der Erregung schwingen durch ihren Körper, immer wieder. So gut. So unendlich gut. Nichts ist da, nur diese wunderbaren sanften Wellen, und sie spreizt die Beine, drückt ihr Becken gegen seine Härte. Sie schließt die Augen und streicht über die glatte, warme Haut seines Rückens.

Er richtet sich auf, Plastik reißt. Wieder seine Hände, jetzt fest und besitzerergreifend an ihrer Taille. Seine Eichel wischt durch die Nässe zwischen ihren Schamlippen. Die Berührung lässt dieses Ziehen in ihr erwachen, dieses Sehnen nach Erfüllung und Hingabe. Seufzend öffnet sie sich weiter, als sein Schwanz sich gegen ihren Eingang drängt. Er schiebt sich unnachgiebig in ihre Enge, und sie stöhnt erleichtert auf. Ihre Augen fallen zu. Es fühlt sich so gut an. Sie ist nur noch Körper, sie gehört ihm. Nach einem Augenblick der Stille legen sich seine Finger an ihre Wangen. Er streicht ein paar Haare zurück, fährt die Linie ihres Unterkiefers entlang. Seine Lippen legen sich über eine Brustwarze, die Zunge spielt mit ihrem Nippel, er saugt aufreizend hart an ihm. Sanfte elektrische Wellen wandern durch ihren Körper und schenken ihr Vergessen. Er wendet sich der anderen Brust zu, und sie drückt den Rücken durch, als er mit den Zähnen über das weiche Fleisch streift. Ihre Fingernägel krallen sich in seine Schulter, und sie bewegt aufreizend stoßend ihre Hüfte. Er stöhnt, zieht sich zurück und stößt erneut zu, langsam, tief und kraftvoll, wieder und immer wieder. Bei jedem Vordringen summt es stärker in ihrer Mitte, und sie drängt sich ihm schamlos entgegen.

Seine Bewegungen werden schneller, härter, Fleisch klatscht auf Fleisch, ihre Brüste schaukeln hin und her, sein Griff um ihre Taille kontrolliert ihre Bewegungen, und die heiße Haut auf ihrem Po lässt bei jeder Berührung Stromschläge direkt in ihre Pussy schießen. Es zieht sie fast schmerzhaft seinen Stößen entgegen, und ihr Körper zerfließt zu willenlosem heißen Wachs.

Er sagt kein Wort, sie hört ihn nicht mal stöhnen, während er Härte und Tempo immer noch steigert. Sein Gesicht hat einen harten, fast schmerzhaften Ausdruck. Selbst wenn sie wollte, könnte sie gegen seine Kraft nun nichts mehr ausrichten, und das ist gut, das ist so gut und genau das, was sie jetzt braucht. Die Wellen werden höher, länger, werden immer kraftvoller, und Blitze zucken vor ihren Augen. Dann reißt sie ein heftiger Orgasmus wie ein Orkan mit in die unendlichen Weiten des Nichts.

Das Rauschen in ihren Ohren legt sich allmählich. Sie hört sein Stöhnen und einen heiseren Schrei, als sein Körper sich mehrmals ruckartig verhärtet und er sich in ihr ergießt.

Der Nebel in ihrem Kopf bleibt, und Ella ist Tim unendlich dankbar. Vielleicht bleibt es jetzt so, vielleicht hat er sie ins Nirwana gefickt und sie muss nie wieder aufwachen.

Tim braucht einen Moment, um seinen Atem zu beruhigen. Er hört sein Blut in den Ohren rauschen. Sein einer Arm umschlingt ihre Taille, während der andere sich neben ihrem Kopf aufstützt, um nicht zu schwer für sie zu werden. Seine Stirn ruht auf ihrer. Noch nie ist er derart hart in einer Frau gekommen, und noch nie hat er eine Frau derart hart geschlagen. Die Qual in ihren Augen, die Bitte um Erlösung in ihrer Stimme, das Wissen um ihr Fühlen, das alles zusammen hat eine von Emotionen geladene, explosive Verbindung zwischen ihnen aufgebaut, wie sie wahrscheinlich nur im BDSM-Bereich möglich ist. Und dann, plötzlich, war da diese tiefe, alles verzehrende Sehnsucht nach Vereinigung.

Verwirrt und geschockt verweilt er in ihr, bis sich sein Herzschlag beruhigt. Er zieht sich vorsichtig aus ihr zurück. Sie sackt leise wimmernd auf die Matratze, und er deckt sie zu, bevor er sie verlässt, um das Kondom zu entsorgen.

Im Bad starrt er sein Gesicht im Spiegel an, als ob ein Fremder vor ihm stehen würde. Das schlechte Gewissen zieht, wie dunkle Gewitterwolken an einem Sommerabend, drohend in seinen Gedanken auf. Fuck! Sie hat ihn bis aufs Blut gereizt und … Trotzdem. Er hätte das nicht tun dürfen. Er hätte einen klaren Kopf behalten müssen.

Er erinnert sich an jede Sekunde, schüttet sich kaltes Wasser ins Gesicht und überdenkt sein Handeln, bis er langsam ruhiger wird. Er hat nicht die Kontrolle verloren. Es war intensiv, und es waren Gefühle beteiligt, die er noch nie während einer Session mit einer Frau hatte, aber er hat nicht die Kontrolle verloren. Er atmet tief durch. Er hätte jederzeit auf ihr Safeword reagiert, und er hat sofort das Paddel aus der Hand fallen lassen, als ihr Körper sich ihm ergab. Sie war erregt. Sie war nass. Definitiv. Sie hat sich ihm entgegengestemmt. Sie wollte den harten Sex. Er hat sie ganz sicher nicht vergewaltigt.

Er kippt den Kopf in den Nacken und seufzt. Verdammt! Morgen würden sie sehr lange und sehr ausführlich miteinander reden müssen. So etwas durfte auf keinen Fall noch einmal passieren. Sie benutzte ihn für ihre Zwecke, und er hätte fast die Kontrolle verloren.

Bevor er zu ihr zurückkehrt, holt er Mineralwasser, Gläser und kühlende Salbe. Sie liegt mit geschlossenen Augen auf dem Bauch. Sanft dreht er sie um und hebt ihren Oberkörper an. „Trink, Ella. Lass die Augen zu und bleib liegen. Die Session ist noch nicht vorbei."

Sie gehorcht, und Tim legt sie sanft zurück auf die Matratze, als das Glas leer ist. Er verstreicht sorgfältig Salbe auf ihrem Hintern. Ab und zu zuckt sie, kommentiert sein Handeln aber nicht. Er zieht sich aus, knipst das Licht aus und rückt sie näher an sich heran. „Wehe, du wagst es, dich zu bewegen."

Sie antwortet nicht, drückt aber ihre Stirn an seinen Körper. Eine Hand wandert zaghaft auf seinen Brustkorb, und ihre Lippen berühren seine Haut. Sie atmet tief aus und entspannt sich. Als er denkt, sie schläft längst, seufzt sie. „Es tut mir leid", flüstert sie tränenerstickt und so leise, dass er es kaum versteht.

Ein sehnsüchtiges Gefühl von Zärtlichkeit überfällt ihn.

„Was tut dir leid?", fragt er sanft.

„Dass ich dich dazu bringe, Sachen zu machen, die du nicht willst."

„Warum kannst du nicht sagen, was dir passiert ist?"

„Es geht nicht."

Er möchte sie trösten, sie streicheln, ihr liebevolle Worte ins Ohr flüstern, ihre Sorgen hören und sie retten, doch ihr Körper versteift sich bereits wieder.

„Ist schon gut. Du musst nicht reden. Schlaf. Keine Angst."

Er beißt die Zähne fest zusammen und erlaubt sich kein weiteres Wort. Morgen. Morgen wird er vernünftig und in aller Ruhe mit ihr reden.

Ella erwacht und registriert seine feste Umarmung. Sein Atem geht regelmäßig. Sie spürt ihn an ihrem Nacken. Sie möchte sich umdrehen, ihn umarmen und ihr Gesicht an seine Brust kuscheln, um seinen Duft tief einzusaugen, aber das darf sie nicht. Das Brennen ist wieder da, und es wird immer schlimmer werden, je länger sie sich erlaubt, bei ihm zu liegen. Es dämmert bereits. Sie muss weg. Sofort. Raus aus diesem Bett, weg von ihm.

Nach dem letzten Mal war es doch schon so schlimm gewesen. Sie hatte so sehr geweint, als er an ihrer Tür geklopft und nach ihr gerufen hatte. Anschließend war sie den ganzen Tag auf dem kalten Dachboden herumgekrochen, immer den Strick vor Augen. Sie war sogar auf den Stuhl gestiegen, aber sie hatte nicht den Mut aufgebracht, es zu vollenden.

Ein Wunder, dass Leon abends keinen Verdacht geschöpft hatte. Er war überraschend auf dem Hof aufgetaucht, als sie gerade Feuerholz geholt hatte, und war erst wieder gefahren, nachdem er sie mit Fragen bombardiert und sie ihm mit eiserner Beherrschung eine heile Welt vorgelogen hatte. Aber hinterher war sie wieder weinend zusammengebrochen.

Sie kann das nicht aushalten, nicht noch mal. Warum zum Teufel ist sie bloß wieder in sein Auto gestiegen? Warum ist sie nicht weggelaufen, warum ist sie mit zu ihm gegangen? Warum konnte sie ihm nicht widerstehen? So ein Mist!

Vorsichtig schiebt sie seinen Arm zur Seite und robbt aus dem Bett. Ihr Hintern ist wund. Auf dem Boden liegt das Paddel, das er benutzt hat. Während sie es betrachtet, spürt sie Sehnsucht. Sehnsucht nach dem erlösenden Nebel, in den er sie damit getrieben hat und in dem sie alles vergessen konnte. Ein irres Lachen will sich aus ihrer Kehle lösen. Wie pervers ist man, wenn man sich nach einem Schlaginstrument sehnt? Sie presst die Lippen fest zusammen und schleicht ins Bad. Zum Glück liegen ihre Klamotten noch in der Ecke auf dem Fußboden. In Windeseile zieht sie sich an, doch als sie ins Wohnzimmer kommt, steht er da und versperrt ihr den Weg hinaus. Er trägt nur seine Boxershorts, und sie starrt auf seine nackte Brust, an die sie sich am liebsten auf der Stelle wieder anschmiegen möchte. Sie beißt fest die Zähne zusammen und hebt den Blick zu seinem Gesicht. Er wirkt ziemlich sauer.

„Wo willst du hin?“

Sie schluckt. „Ich muss gehen.“

„Bleib zum Frühstück, danach fahre ich dich nach Hause.“

„Nein.“

„Warum nicht?“

„Ich kann nicht.“

Er geht auf sie zu. Nein! Das darf er nicht! Ihre Hände ballen sich zu Fäusten. „Lass mich durch.“

Seine Finger legen sich fest in ihren Nacken, er zieht sie an seinen Körper, ihre Wange legt sich gegen seine warme Haut. Panisch drückt sie gegen seine Brust. „Hör auf! Lass mich!“

Er umarmt sie fest. „Bitte, Ella. Lass mich dir helfen. Rede mit mir.“

Ihr Herz klopft ganz oben im Hals, sie kämpft, doch sie kommt gegen seine Kraft nicht an. Sie riecht ihn, seine Haut ist so weich, seine Stimme so sanft. Tränen steigen in ihr auf und brennen in ihren Augen, ihre Kehle verkrampft sich, und ihr Brustkorb zieht sich schmerzhaft zusammen. Sie kann das nicht aushalten.

„Vogel tot“, flüstert sie verzweifelt.

Er bleibt reglos stehen, und sie holt tief Luft, um ihrer Stimme mehr Festigkeit zu geben. „Vogel tot.“

Sie drückt gegen seine Brust. „Vogel tot! Verdammt! Lass mich los!“

Endlich löst er seinen Griff und tritt einen Schritt zurück.

Sie senkt den Kopf, hastet an ihm vorbei und rennt aus der Wohnungstür hinaus.

Kapitel 4

Zwei Stufen auf einmal nehmend hechtet Tim die Treppe zu seiner ehemaligen Dachwohnung hinauf und drückt den Daumen auf die Klingel. Nichts rührt sich, und er donnert mit der Faust gegen die Tür. „Komm schon, Pascal. Es ist wichtig!"

Endlich hört er Poltern, lautes Fluchen und das typische Platschen eines Barfußgängers auf Laminat. Die Tür öffnet sich. „Was willst du?"

„Ich brauche dich."

„Ich steh auf Frauen, du Spinner."

„Mann!" Ohne Rücksicht auf die offensichtliche Schläfrigkeit seines halb nackten Mieters drückt Tim die Tür auf und marschiert an ihm vorbei in die Küche. Er holt zwei Becher aus dem Schrank und drückt auf den Knopf des modernen Kaffeeautomaten, der sofort mit lautem Brummen seine Arbeit aufnimmt.

Pascal gähnt ausgiebig und fährt sich mit den Händen durch die wirr abstehenden Haare. „Fuck, Tim! Ich war die ganze Nacht unterwegs."

„Reiß dich zusammen. Es ist wichtig. Ich habe einen Job für dich."

Pascal hebt die Hand. „Warte."

Er dreht sich um, verschwindet im Bad, kommt wenig später mit nassen Haaren wieder heraus, schlurft ins Schlafzimmer und kehrt in Jeans und einem ausgeleierten Sweatshirt zurück.

Seufzend setzt er sich an den Küchentresen und greift nach dem Kaffee, den Tim inzwischen dort für ihn hingestellt hat. Er trinkt einen großen Schluck.

„Wenn es nicht wirklich wichtig ist, überlebst du diesen Morgen nicht."

Tim grinst. „Spar dir deine Laune für die nächste Session mit einem frechen Mädel auf."

Pascal winkt ab. „Was willst du?"

„Ich will alles über Ella Petersen wissen, was du herausfinden kannst."

„Nein."

„Hey! Bist du Privatschnüffler oder nicht?"

„Wenn du eine Frau stalken willst, nicht."

Tim verdreht stöhnend die Augen. „Ich will sie nicht stalken, ich mache mir Sorgen."

„Was ist passiert?"

„Sie muss irgendeine riesengroße Scheiße mit sich rumtragen, und ich will ihr helfen."

„Warum?"

„Weil … ich weiß nicht … ich will einfach."

Pascal trinkt in aller Ruhe einen Schluck Kaffee. „Sie ist erwachsen, Tim. Wenn sie Hilfe braucht, kann sie sich welche suchen. Wenn sie keine Hilfe will, ist das ihr gutes Recht."

Tim rauft sich die Haare und donnert seine Faust auf den Tisch. „Sie ist so extrem. Ich habe Angst, dass sie an einen Arsch gerät, der sie fertigmacht. Sie lief vorgestern rum wie eine Obdachlose. Ich habe sie nachts um zehn auf einer einsamen Landstraße aufgegabelt. Ich kann sie nicht einfach so abhaken. Ich habe …" Er seufzt. „Wir hatten eine intensive Session, und dann ist sie wieder einfach abgehauen. Ich wollte sie vergessen, aber ich habe ein scheiß Gefühl, das sich nicht verdrängen lässt. Fuck!"

„Warum hast du noch mal was mit ihr angefangen?"

Tim zuckt mit den Schultern. „Keine Ahnung, Mann. Ich weiß es nicht, echt nicht. Ich wollte sie zum Reden bringen, dann hat sie mich so … Shit!" Er springt auf und lehnt sich mit dem Hintern gegen die Spüle. „Ich habe mich hinreißen lassen." Er atmet tief durch. „Hör zu. Ich würde ja selbst zu ihr fahren und sie so lange nerven, bis sie mit der Sprache rausrückt, aber ich muss heute Nachmittag nach Berlin. Hab Montag und Dienstag einen Workshop und komme erst Mittwochvormittag zurück. Ich hab Schiss, dass ihr in der Zwischenzeit was passiert oder sie sich was antut. Also, machst du es?"

Pascal mustert ihn einige Minuten lang durchdringend. Dann räuspert er sich. „Okay, ich nehme sie unter die Lupe. Wann geht dein Flieger?"

„Ich fahre mit der Bahn und stelle vorher mein Auto vor der Werkstatt ab, damit sie es am Montag auseinandernehmen können. Es verliert Öl. Kannst du mich vielleicht am Mittwoch vom Bahnhof abholen?"

Pascal nickt. „Ich rufe dich an."

Tim steht auf und legt seine Hand auf Pascals Schulter. „Danke, Mann."

„Noch ein Whisky?"

Tim schüttelt den Kopf. „Danke."

Genervt sieht er sich um. Die Hotelbar ist leer, und er wird auch gleich in sein Zimmer gehen. Das Seminar ist vorbei, er hätte gut noch am Abend nach Hause fahren können, aber sein ätzend langweiliger Auftraggeber wollte unbedingt noch mit ihm essen gehen und neue Projekte besprechen. Und seine Laune wurde nicht gerade besser, als die Werkstatt anrief, um ihm mitzuteilen, dass sein Wagen noch nicht fertig sei. Und Pascal, der dreckige Mistkerl, hatte sich in den zwei Tagen nicht einmal gemeldet.

Absolut unbefriedigend, die Lage. Tim beschließt, früh aufzustehen und die erste halbwegs sinnvolle Bahnverbindung nach Hause zu nehmen.

Das Handy vibriert auf dem Tisch. Er wirft einen Blick aufs Display und reißt das Ding hoch. „Endlich!“

„Guten Abend, Tim.“

„’n Abend. Leg los, was hast du rausgefunden?“

Er hört das deutliche Knarren eines Polstersessels. Pascal scheint es sich gemütlich zu machen. „Tja, so wie es aussieht, hattest du recht. Das Mädel hat ziemliche Probleme am Hals.“

Tim lehnt sich vor, trinkt mit einem großen Schluck sein Glas aus und winkt dem Barkeeper, der ihn ohne Worte versteht und neu einschenkt.

„Okay, erzähl.“

„Sie ist pleite. Sie hat den Dispo ihres Kontos bis zum Anschlag überzogen und reagiert auf keine Post. Handy, Telefon, Strom, alles seit Monaten nicht bezahlt und inzwischen abgestellt. Auf Pfändungsbescheide reagiert sie nicht. Wenn der Gerichtsvollzieher vor der Tür steht, versteckt sie sich anscheinend.“

„Mist. Leon meint, sie müsste Geld genug haben, da ihr Vater vor seinem Tod das ganze Land verkauft hat.“

„Ich kann dir nur sagen, was ich herausgefunden habe.“

„Arbeitet sie denn irgendwas?“

„Das glaube ich kaum. Vorgestern habe ich sie den ganzen Tag beschattet. Sie ist nach Hannover getrampt und hat in der Innenstadt versucht, zu betteln. War nicht besonders ergiebig. Sie hat dann in einem Supermarkt Lebensmittel geklaut und draußen in sich reingeschaufelt. Spätabends ist sie zurückgetrampt. Gestern Morgen war sie schon weg, als ich kam, und ich habe die Gelegenheit genutzt und ihr Haus durchsucht. Es sieht innen aus, als ob es nicht bewohnt würde. Die Heizung ist aus, es gibt kein warmes Wasser, und in den Räumen stehen kaum noch Möbel. Vermutlich hat sie alles, was möglich war, zu Geld gemacht, um nicht zu verhungern. Sie pennt in der Küche neben einem alten Holzofen auf dem Fußboden, und auf dem Dachboden hängt ein Seil am Balken."

„Was meinst du mit Seil am Balken?"

„Eins mit Schlinge, um sich aufzuhängen."

„Ach du Scheiße."

„Jap."

Ella zittert wie Espenlaub. Sie sitzt direkt am Ofen, trotzdem klappern ihre Zähne, und ihr Kopf dröhnt, als ob sie am Abend vorher gefeiert hätte. Das hat sie natürlich nicht, was sollte sie schon feiern?

Es ist bereits seit einigen Stunden hell. Sie hat nichts mehr zu essen, und der Kaffee ist auch alle. Sie müsste längst unterwegs sein, um sich was zu organisieren, aber sie hat keine Kraft, und es ist so verdammt kalt.

Sie zieht die Decke bis über den Kopf und schließt die Augen. Tim ist da und umarmt sie. Das ist gut, doch plötzlich treffen sie aus seinen Händen fiese Stromschläge, wie damals aus dem Elektrozaun der Bullenweide, wenn man an den Draht gekommen ist. Sie schreit und kämpft, doch er lässt sie nicht los. Plötzlich ist es Vincent, der sie hält, lacht, und immer wieder treffen sie, im Takt ihres Herzschlages, diese fiesen Stromschläge, bis sie endlich mit einem Schrei aus dem Schlaf schreckt und auf den erloschenen

Holzofen starrt. Auch das noch! Kein Holz mehr! So ein Mist, und es ist noch kälter geworden. Ihre Füße fühlen sich wie Eisblöcke an, und ihr Kopf platzt gleich.

Sie vergräbt ihr Gesicht in den Händen. Ein trockenes, schmerzhaftes Schluchzen kriecht ihr aus der Kehle. Sie kann nicht mehr. Verdammt, sie kann einfach nicht mehr.

Erst ist es nur ein leises Brummen, dann wird es lauter und Ellas Gesicht zuckt hoch. Ein Motor. Mist.

Sie rappelt sich auf und lugt vorsichtig durch die alte Gardine aus dem Fenster. Ein dunkelblauer Kombi rollt langsam durch die Einfahrt auf den Hof. Soltauer Kennzeichen. Jetzt kommen sie. Die von der Bank und vom Strom und vom Heizöl. Sie werden sie einsperren. Sie greift sich das lange Brotmesser, schleicht in den Flur und hockt sich in die dunkle Ecke neben der Treppe. Hier ist ein toter Winkel. Man kann sie ganz sicher durch kein Fenster sehen.

Der Motor geht aus, sie hört Türen klappern, dann die Klingel. Noch mal Klingeln. Jetzt Klopfen. „Ella! Mach auf, wenn du da bist."

Ein Schreck fährt ihr durch die Glieder. Das ist Tims Stimme. Er gehört auch zu denen von der Bank und vom Heizöl. Sie beißt die Zähne zusammen, macht sich ganz klein und hält die Luft an, als könnte man ihr Atmen draußen hören.

„Wir gehen hinten rein. Komm." Das ist Pascals harte, dominante Stimme. Sie hört Schritte, dann das Quietschen der alten Stalltür, Geräusche an der Verbindungstür am Ende des Flures. Verdammt!

Sie springt auf, reißt die Haustür auf und rennt kopflos in den Schnee hinaus.

„Da ist sie!“, hört sie Pascal rufen.

Etwas hält sie am Ärmel fest, sie kreischt panisch auf, schleudert herum und greift ihren Gegner mit dem Brotmesser an.

„Au!“, brüllt jemand. Sie ist frei und rennt los.

„Ella, bleib stehen!“

Nur weg hier, nur weg!

Sie folgen ihr. *Oh* nein! Die Schritte hinter ihr kommen immer näher. Verdammt! Die kalte Luft brennt in ihrer Lunge. Sie kann nicht mehr, stolpert hilflos weiter, in den Wald hinein. Jetzt überholt sie einer. Es ist Pascal. Er schneidet ihr den Weg ab und breitet die Arme aus. „Bleib stehen, Ella. Was soll das denn?“, fragt er mit ruhiger Stimme, als wollte er ein wildes Tier nicht verschrecken.

Sie stoppt und sieht sich hektisch um. Von der anderen Seite kommt Tim auf sie zu und hebt auch die Arme. Panik erfüllt sie. Sie sitzt in der Falle, hat keine Chance zu entkommen. Ihre Knie werden weich. Ihr Herz rast. Nicht umkippen. Bloß jetzt nicht umkippen. Tim kommt näher. „Ella, beruhige dich. Ganz ruhig.“

Ihr Blick hetzt zwischen den Männern hin und her. Pascal tritt einen Schritt vor. „Lass das Messer fallen. Glaub mir, es wird sich nicht gut anfühlen, wenn ich es dir abnehmen muss.“

Sie will ausweichen, doch Tim springt zur Seite, versperrt ihr wieder den Weg. „Lass das Messer fallen, Ella, jetzt.“

Plötzlich zittert sie am ganzen Körper. Sie hat verloren. Es ist vorbei. Alles vorbei. Resigniert lässt sie die Arme sinken. Das Messer fällt in den Schnee.

„Hinlegen. Auf den Bauch“, zischt Pascal, und sie gehorcht. Soll er sie doch töten, dann hat sie es endlich hinter sich.

„Liegen bleiben. Hände nach vorn“, knurrt er. „Ich werde dich jetzt durchsuchen. Keine Bewegung, Schätzchen, oder du lernst mich kennen.“

Zitternd gehorcht sie, fühlt, wie er sie abtastet und anschließend ihre Arme nach hinten zieht. Stählerne Handschellen schnappen um ihre Gelenke zu. Ergeben schließt sie die Augen.

Die Zeit scheint stillzustehen. Sie liegt im Schnee, ihr Atem rasselt, und sie ist den Männern hilflos ausgeliefert. Alles ist vorbei.

„Keine Angst.“ Tims Hand legt sich auf ihre Schulter. „Wir tun dir nichts.“

„Ihr nichts tun? Das überleg ich mir noch. Sie hat dich verletzt! Zeig mal deinen Arm“, sagt Pascal grimmig. Einen Moment ist es still, dann hört sie wieder seine Stimme. Jetzt klingt er ruhiger. „Du hast Glück. Ist nur ein Kratzer. Los, hilf mir, sie hochzuheben.“

Sie packen sie an den Oberarmen, zerren sie auf die Füße und führen sie zurück ins Haus. Mehrmals stolpert sie, doch die Männer halten sie an den Armen aufrecht.

Sie führen sie in die Küche, schubsen sie auf einen Stuhl und sehen sich mit verächtlichen Blicken um.

„Gemütlich hast du es hier, Baby“, stellt Tim deutlich ironisch fest.

„Was soll das? Lasst mich in Ruhe! Ihr habt kein Recht dazu!“, keift sie die völlig unbeeindruckten Männer hilflos an.

Tim hat einen blutenden Kratzer quer über dem Handgelenk bis auf den Handrücken hinunter, und sein Gesichtsausdruck wirkt nicht begeistert, um nicht zu sagen, stocksauer.

Pascal mustert sie mit durchdringendem Blick. „Sie ist krank.“ Er legt die Hand auf ihre Stirn. „Fieber.“

Tim schüttelt den Kopf. „Deswegen muss sie mich doch nicht angreifen. Das hat man davon, wenn man sich Sorgen macht.“ Er baut sich vor ihr auf und betrachtet sie ebenfalls konzentriert. „Du hast recht. Ihre Augen sind ganz glasig.“ Er atmet geräuschvoll aus und stemmt die Hände vor ihr auf den Tisch. „Okay, Ella. Fakt ist, du brauchst Hilfe. Entweder bringen wir dich jetzt zur Polizei und die stecken dich in ein Krankenhaus, oder du kommst mit in meine Wohnung.“

„Nein! Was soll das? Was bildet ihr euch ein? Verschwindet! Verdammt!“ Sie zerrt wild an den Handschellen. „Mach das los! Sofort!“

Pascal packt fest ihre Schultern. „Hör auf zu zappeln, du tust dir nur selber weh.“

Sie beißt die Zähne zusammen und hält still. Er greift in die Innentasche seiner Jacke, holt mehre Fotodrucke heraus und wirft sie vor ihr auf den Tisch. „Ich habe dich beim Stehlen fotografiert, der Gerichtsvollzieher sucht dich, und du willst dich umbringen.“

„Na und? Das geht euch alles einen Scheißdreck an!“

„Diebstahl ist eine Straftat.“

„Das war nur das eine Mal!“

Er lacht. „Das sagen sie alle.“

Tim umfasst fest ihr Kinn. „Sieh mich an.“ Sein Blick ist hart wie schwarzer Granit. „Du wirst hier nicht allein bleiben. Polizei oder meine Wohnung. Entscheide dich. Jetzt.“

Sie starrt ihn an. Seine Finger an ihrem Kinn sind warm, und sie möchte nichts mehr, als sich ihm an die Brust werfen, aber das Brennen, da ist wieder dieses fiese gemeine Brennen überall in ihrem Körper und in ihrer Seele. Sie will etwas sagen, öffnet den Mund, doch kein Laut kommt ihr über die Lippen.

Er seufzt. „Okay. Wir bringen dich zur Polizei."

Pascal greift sie am Arm. „Steh auf."

Er schiebt sie vor sich her bis zum Auto. Tim öffnet die hintere Tür. „Steig ein."

Sie sieht in sein Gesicht. Er verzieht keine Miene und plötzlich hat sie furchtbare Angst, ihn zu verlieren. „Bitte nicht", flüstert sie und schüttelt hilflos den Kopf. „Bitte nicht zur Polizei."

Tim fasst sie an den Schultern, und sie lässt sich mit dem Gesicht gegen seine Brust fallen. Er legt die Hand an ihren Hinterkopf und atmet deutlich hörbar aus. Sie fühlt seinen Herzschlag. Weich streicht er über ihre Haare.

„Bitte nicht zur Polizei", flüstert sie noch einmal, während endlich Tränen ihre Wangen hinablaufen.

„Dann fahren wir jetzt zu mir. Okay?", sagt er sanft, und sie nickt, ohne das Gesicht von seiner Brust zu nehmen.

Er seufzt. „Na komm, steig ein, kleine Fledermaus." Er hilft ihr auf die Rückbank. Als sie sitzt, legt er die Hand an ihre Wange. „Du gehörst definitiv ins Bett, Ella." Er sieht nach vorn, wo Pascal sich bereits hinters Steuer gesetzt hat. „Ich glaube, wir können sie jetzt befreien."

„Nichts da, die Dame ist mir in ihrem Fieberwahn viel zu unberechenbar. Nachher springt sie mir noch ins Genick oder reißt die Autotür während der Fahrt auf."

Tim nickt und verzieht mitleidig lächelnd das Gesicht, als sie laut die Nase hochzieht. „Da hat er recht, Fledermaus. Dein Haus muss noch abgeschlossen werden. Wo ist dein Schlüssel?“

Sie zuckt mit den Schultern und sieht ihn ratlos an. „Ich weiß nicht, vielleicht auf dem Tisch?“

Er lächelt. „Okay. Ich schau mal nach und werde ihn schon finden.“

Er schlägt die Tür zu und geht zurück zum Haus. Ella sieht nach vorn und trifft Pascals harten Blick im Rückspiegel.

Er schüttelt genervt den Kopf. „Guck mich nicht so an, Mädel. Ich tu dir nichts.“

Sie schnieft laut. Seufzend greift er eine Packung Taschentücher, steigt aus und öffnet die hintere Tür auf ihrer Seite. Er zieht ein Tuch raus und hält es vor ihr Gesicht. „Los, schnaub rein.“

Unwillig will sie sich wegdrehen, doch seine drohende Stimme hält sie auf. „Schnauben!“

Sie prustet rein, und er knüllt es zusammen, nimmt ein neues und wischt ihr die Tränen ab. „Lass dir helfen, Ella. Wir sind auf deiner Seite.“

Die Fahrt dauert nicht lange, obwohl Pascal noch einen Umweg macht, um Grippemedikamente aus der Apotheke zu holen. Die Wärme im Auto macht Ella müde. Sie mag nicht mehr kämpfen und nicht mehr denken. Sie möchte nur noch schlafen. Irgendwo im Dunkeln, allein, schlafen und alles vergessen.

In Tims Wohnung öffnet Pascal die Handschellen. Er schiebt Ella auf die Couch und reibt über die Druckstellen an ihren Handgelenken. „Steh nicht allein auf. Du siehst aus, als ob du jeden Moment umkippst.“

Er dreht sich in Richtung Wohnungstür. „Tim, ich bin dann weg. Hab noch zu tun."

„Alles klar, tschau und danke", ruft Tim aus dem Schlafzimmer, und Pascal verschwindet.

Ella ist alles egal. Sie zieht die Beine an, lässt sich zur Seite auf das weiche Polster sinken und schließt die Augen.

Ein sanftes Schütteln an ihrem Oberarm dringt in ihr Bewusstsein. „Ella, komm, Süße, du musst dich ausziehen und ins Bett gehen."

Sie will nichts hören, aber er zieht sie hoch, und sie gehen irgendwo hin. Sie will allein sein. Sie kann das nicht mehr aushalten. „Hau ab, Vinc! Ich will das nicht mehr!", wimmert sie.

„Was willst du nicht mehr, Ella?"

„Geh weg. Geh doch weg. Bitte lass mich."

„Was soll Vinc lassen, Ella?"

„Er soll weggehen."

„Er ist weg. Komm, Fledermaus, leg dich hin und schlaf. Es ist alles in Ordnung."

„Ella, Süße, komm her."

Er lächelt sie liebevoll an, und sie schmiegt sich in seine Umarmung. So lange war sie einsam und allein, und jetzt gibt es endlich diesen wunderbaren Mann in ihrem Leben. Sie kann ihr Glück kaum fassen. Er küsst sie sanft und doch fordernd, zieht ganz leicht an ihren Haaren, sodass ihr Kopf in den Nacken sackt und er mit der Zunge tief in ihren Mund eindringen kann.

Er hebt sie hoch und legt sie rücklings aufs Bett, beugt sich über sie und knöpft mit einem schelmischen Grinsen ihre Bluse auf. Er legt sich neben sie, stützt sich mit dem Ellenbogen auf, sodass er das

Gesicht in die Handfläche legen kann, und sieht mit einem liebevollen Lächeln zu ihr herab. „Süße. Ich möchte dich etwas fragen, und du musst mir versprechen, ehrlich zu antworten."

Sie nickt, und er küsst ihre Nasenspitze. „Wir haben ja schon im Chat über deine Träume, dich von einem Mann beherrschen zu lassen, gesprochen."

Ihr Herz klopft augenblicklich schneller, und sie fühlt, wie ihre Wangen heiß werden. „Ja", haucht sie und versteckt ihr Gesicht verschämt an seiner Brust.

Sanft drückt er sie zurück, sodass sie wieder auf dem Rücken liegt und ihn ansieht. „Und *du* hast auch von Fesseln und Lustschmerz geträumt."

Wieder kann sie nur nicken und verschämt den Blick abwenden. Er lächelt und streicht zart mit dem Finger durch ihre Haare. „Du musst dich nicht schämen. Die meisten Frauen wünschen sich einen dominanten Mann, an den sie sich anlehnen können. Das ist ganz normal."

Er legt seine Hand an ihren Hals und streicht sachte mit dem Daumen über ihre Kehle. „Leg die Hände über den Kopf, Süße."

Zaghaft gehorcht sie. Er zwinkert schmunzelnd und löst seine Krawatte. „Ich möchte dich jetzt damit fesseln. Ist das für dich in Ordnung?"

Sie nickt. In ihrer Klitoris pulsiert es, und zwischen ihren Beinen ist sie nass. Er lächelt und küsst sie auf die Nasenspitze. Dann legt er die Krawatte wie eine Schlinge um ihren Hals und fesselt sorgfältig je eine Hand in ein langes Ende.

„Ist es so angenehm?"

„Ja."

„Nicht zu fest?"

„Nein."

Er nickt zufrieden, knöpft ihre Bluse auf, zieht den BH herunter und tätschelt ihre Brüste. „Du bist meine Traumfrau, kleine Ella. Ich glaube, ich verliebe mich gerade in dich."

Heiße Glücksgefühle durchströmen ihren Körper. „Ich bin auch in dich verliebt, Vinc", flüstert sie.

Er zwirbelt ihre rechte Brustwarze, erst sanft, dann immer stärker, bis sie zuckt, sodass sich die Schlinge um ihren Hals enger zieht und sie ein Wimmern nicht mehr unterdrücken kann. „Bist du jetzt auch noch in mich verliebt, Ella, wenn ich *so was* mit dir mache?"

„Ja."

Er küsst sanft den gerade malträtierten Nippel. „Das ist gut. Wenn das nicht so wäre, müssten wir uns trennen."

Er setzt sich auf und zieht ihr mit einem Ruck Hose samt Slip aus. „Füße aufstellen und Beine breit, Süße."

Sie gehorcht, und ihre Knie zittern. Er legt seine Hand auf ihren Venushügel. „Du bist sorgfältig rasiert. Hast du gehofft, dass ich dich heute ausziehe?"

Ein albernes Kichern entweicht ihr, und sie schließt reflexartig die Beine.

„Beine auseinander, kleines versautes Mädchen. Ich habe sowieso schon gemerkt, dass du bereits klitschnass bist."

Sie zwingt sich, zu gehorchen, und er streicht sanft durch die Flüssigkeit zwischen ihren Schamlippen.

„Hat dir schon mal ein Mann den Hintern versohlt, Kleines?"

„Nein."

„Hast du Angst davor?"

„Ein bisschen."

„Ich möchte dich lieben und für dich sorgen. Und ich werde dich erziehen und hart bestrafen, wenn du nicht brav bist. Möchtest du das?"

„Ja. Das möchte ich, Vinc. Alles."

„Ella! Wach auf. Du musst diese Medikamente nehmen."

Sie schreckt auf und starrt Tim verwirrt und ängstlich an. „Wo ist Vinc?"

„Hier ist kein Vinc, Ella. Hier bin nur ich."

Erleichtert lässt sie sich zurücksinken. Sie liegt im Bett. Es ist Tims Gästebett, und sie trägt einen viel zu großen Pyjama.

„Hab ich geschlafen?"

Er lächelt. „Ja, fünf Stunden, und du kannst gleich weiterschlafen. Du musst nur erst eine Tablette nehmen. Sie schluckt das Medikament und trinkt gierig das Glas Wasser leer, das er ihr reicht. „Danke."

Er legt seine Hand auf ihre Stirn und schiebt ein Fieberthermometer in ihr Ohr, das nach wenigen Sekunden piept. Er liest es ab und nickt. „Gut. Das Fieber ist schon gesunken."

Sie runzelt die Stirn. Es ist dunkel, und im Zimmer brennt Licht. „Wie spät ist es?"

„Gleich neunzehn Uhr."

Sie will sich aufsetzen, doch er drückt sie sanft in die Kissen zurück. „Schlaf weiter, kleine Fledermaus."

Sie seufzt. Ja. Schlafen ist wirklich eine gute Idee.

Als sie das nächste Mal aufwacht, ist es hell. Die Tür ist offen. Irgendwo dudelt ein Radio, und es riecht nach Kaffee.

Ella möchte sich unter der Decke verkriechen und einfach die Augen wieder zumachen, aber sie muss dringend zur Toilette.

Alle Knochen tun ihr weh, als ob sie stundenlang gelaufen wäre, und ihr Hals ist trocken und kratzt.

Stöhnend schiebt sie die Decke zur Seite und setzt sich auf. Als sie aufsteht, ist ihr kurz schwindelig, doch dann geht es. Sie ist barfuß und trägt immer noch diesen viel zu großen Pyjama. Im Türrahmen muss sie sich kurz abstützen.

Sie sieht sich um. Richtig, dass Bad war vorn irgendwo.

Nachdem sie sich erleichtert hat, schlurft sie zum Waschbecken. Aus dem Spiegel starrt ihr eine Leiche entgegen. Egal. Sie dreht den Hahn auf und spritzt sich Wasser ins Gesicht. Alles ist so furchtbar anstrengend. Ohne weiter nachzudenken, bewegt sie sich langsam wieder in Richtung Bett und setzt sich erleichtert auf die Matratze.

„Hey! Da ist ja die Kranke."

Sie sieht auf. Tim steht lächelnd im Türrahmen.

„Guten Morgen", will sie sagen, aber es kommt nur ein seltsames Krächzen aus ihrem Hals, und als sie sich räuspert, tut es schrecklich weh.

Er verzieht mitleidig das Gesicht. „Geh wieder ins Bett. Ich bringe dir Tee mit Honig, das hilft.

Ella ist immer noch alles egal. Sie legt sich hin, zieht die Decke so hoch es geht und schließt die Augen, doch er lässt sie nicht in Ruhe. Erst als sie zwei Becher Tee getrunken, weiches Weißbrot gegessen und Medikamente geschluckt hat, darf sie sich wieder zusammenrollen und weiterschlafen.

Das nächste Mal ist es Pascal, der sie wach rüttelt, damit sie Medikamente schluckt, Tee trinkt und, ja, zum Klo ist sie wohl auch gegangen. Als sie dann wieder aufwacht, ist es schon wieder dunkel. Doch endlich ist die bleierne Schwere aus ihren Gliedern verschwunden, und es riecht so köstlich nach Suppe, dass ihr das Wasser im Mund zusammenläuft.

In der Küche klappert Geschirr, und sie schlurft dem Geräusch entgegen. Tim werkelt am Herd. Sie bleibt schüchtern am Eingang der Küche stehen. Sein großer, sportlicher Körper steckt in einem ausgeleierten T-Shirt und einer ausgebleichten, locker sitzenden Jeans. Sie beobachtet das Spiel seiner Schultermuskeln. So gefällt er ihr besser als im Businessanzug. Vincent trug immer Anzüge. Damals hat sie das schwer beeindruckt. Er war auch groß, aber nicht so muskulös wie Tim.

Er dreht sich um, mustert sie intensiv und nickt dann zufrieden. „Jetzt hast du es überstanden."

Sie räuspert sich. „Wie lange bin ich hier?"

Ihre Stimme klingt noch rau, aber die Schmerzen im Hals sind verschwunden.

„Montag haben wir dich entführt, und heute ist Mittwoch."

„Oh."

Er lacht. „Ja, du bist eine ganz schöne Schlafmütze. Aber jetzt hätte ich dich auf jeden Fall geweckt. Du musst nämlich unbedingt etwas essen. Ich habe Suppe gekocht. Die wird dir guttun, aber erst musst du was anziehen."

Er drängt sich an ihr vorbei, läuft ins Schlafzimmer und kommt mit einer ausgeleierten grauen Jogginghose, einem dicken Wollpullover und Socken zurück. Er zieht ihr die viel zu großen Sachen über den Pyjama, als ob sie ein kleines Kind wäre, aber ihre Gehirnzellen schaffen es noch nicht, ernsthaften Protest zu formulieren. Ihr Blick fällt auf seinen Handrücken. Oh Gott! Was hat sie nur getan? „Es tut mir leid", stammelt sie hilflos. Er stutzt, und sie zeigt auf seine Hand. „Das Messer."

Er winkt ab. „Schon gut. Es war nur ein Kratzer."

„Ich war so … ich dachte … ich …"

„Du hattest Fieber. Vergiss es einfach. Komm, setz dich."

Er schiebt sie auf einen Stuhl am gedeckten Esstisch und stellt den großen Topf Suppe auf den Tisch. Dann schenkt er ihnen beiden Mineralwasser ein und setzt sich ihr gegenüber.

Ellas Magen knurrt, und als sie den ersten Löffel gegessen hat, kann sie nicht wieder aufhören, bis sie so satt ist wie schon seit Wochen nicht mehr.

Ja, sie ist wieder gesund, und als Tim sie anlächelt, fühlt sie auch das Brennen wieder, dieses verdammte, gemeine, fiese Brennen im ganzen Körper.

Er hat sie in Ruhe essen lassen und ist erleichtert, dass das Fieber überstanden ist. Er wollte den Arzt rufen, aber Pascal, als ehemaliger Bulle und ausgebildeter Ersthelfer, meinte, sie bräuchte nur Ruhe. Außerdem vermuteten sie, dass Ella keine Krankenkassenbeiträge bezahlt, und sie wollten die Behörden nicht auf sie aufmerksam machen.

Zum Glück hatte Pascal mit seiner Einschätzung bezüglich ihrer Erkrankung recht. Doch nun ändert sich auch schon wieder ihr Gesichtsausdruck. Die Verschlossenheit kehrt zurück, und sie weicht seinem Blick aus.

Er trinkt einen Schluck, stellt sein Glas wieder ab und dreht es zwischen den Fingern.

„Ella, wer ist Vinc?"

Sie zuckt zusammen und starrt ihn an. „Das war mal mein Freund."

„Erzähl mir von ihm."

Sie zieht die Stirn kraus und kneift die Lippen zusammen. „Das ist lange vorbei", presst sie heraus.

„Trotzdem."

Sie sieht aus, als ob sie jeden Moment ihr Safeword brüllen oder aus dem Fenster springen wollte.

Er lässt das Glas los, beugt sich vor und greift ihr Handgelenk. „Ella, ab jetzt gelten meine Regeln. Solltest du dich in Richtung Haustür bewegen oder in irgendeiner anderen Form den Eindruck erwecken, dass du abhauen willst, habe ich keine Hemmungen, dich ans Bett zu fesseln, und dein Safeword kannst du vergessen. Du wirst mit mir reden und dich deinen Problemen stellen."

Ihr Körper versteift sich, und sie starrt ihn an, als ob er eine geladene und entsicherte Waffe auf sie richten würde.

„Keine Angst, heute lasse ich dich in Ruhe. Du hast Schonzeit, bis du wieder ganz fit bist, aber dann wirst du mir jede Frage beantworten, die ich dir stelle."

Ihre Unterlippe zittert. „Ich kann nicht", flüstert sie so leise, dass er sie kaum versteht.

Er steht auf, tritt hinter sie und umfasst ihre Schultern. „Du wirst, und nun denk nicht mehr darüber nach. Erst musst du wieder zu Kräften kommen. Möchtest du dich wieder hinlegen?"

„Kann ich duschen?"

„Klar." Er drückt noch mal ihre Schultern, und als er sie loslässt, springt sie sofort auf.

„Ist dir noch schwindlig?“
Sie schüttelt den Kopf.
„Okay. Aber falls dir doch schummrig wird, rufst du mich, klar?“
Sie nickt eilig und verschwindet im Bad.

Kapitel 5

Es ist schon wieder Samstag. In Gedanken versunken sieht Ella zum Fenster hinaus in den Garten. Draußen scheint die strahlende Nachmittagssonne auf den glitzernden Schnee. Es erscheint ihr ganz unwirklich, in diesem gemütlichen Wohnzimmer zu sitzen, und sie vermeidet vehement jeden Gedanken an ihr reales Leben.

Tim ist in seinem Arbeitszimmer am Ende des Flures neben dem Gästezimmer, und sie liegt auf der Couch und liest in einem Buch.

Er hat keine Fragen mehr gestellt, aber viel von sich erzählt. Sie durfte sich auch sein Spielzimmer im Keller näher ansehen, und er registrierte grinsend ihre Erregung, als er ihr den Schraubmechanismus einer Nippelklemme erklärte. Er hat ihr aus seiner Jugend erzählt und dass er kein Mensch für eine enge Beziehung ist, weil er seine Freiheit braucht.

Er berichtete von seiner Arbeit als Dozent und verriet ihr einige Tricks, wie man die Körpersprache eines Menschen deuten kann.

Zwei Tage lang war sie einfach nur sein Gast und hat sich von Stunde zu Stunde wohler bei ihm gefühlt. Mona brachte am Donnerstag eine Tasche mit Klamotten von sich vorbei, sodass sie sich richtig anziehen konnte, und dann sind sie im Schnee spazieren gegangen. Tim hat anschließend gekocht und sie hat den Salat geschnippelt. Am Abend haben sie zusammen auf der Couch gelegen und Musik gehört, ohne zu reden. Am Freitagabend war Pascal da. Sie haben Monopoly gespielt, und Ella hat die beiden Männer bis aufs letzte Hemd ausgenommen. Ihr gehörte am Ende des Abends die ganze Stadt, und sie war so fröhlich gewesen wie seit Monaten oder gar Jahren nicht.

Plötzlich hört sie Schritte und dreht den Kopf. Tim kommt herein.

„Bist du mit deiner Arbeit fertig?“, fragt sie, und er nickt.

„Dann können wir spazieren gehen.“

„Nein.“

Sein Blick und seine Tonlage sind aussagekräftig genug. Sie braucht keine weiteren Erklärungen, um zu wissen, was er will. Augenblicklich bildet sich ein fieser, schwerer Betonklotz in ihrem Magen. „Ich kann nicht darüber reden“, flüstert sie.

Er kommt näher und hockt sich vor sie hin. „Vertraust du mir?“

Ihre Gedanken rasen. Das Brennen ist wieder da, und sie hat furchtbare Angst vor dem Schmerz in ihrem Inneren, aber vielleicht ist Tim der Einzige, der sie davon erlösen kann.

Ihre Blicke begegnen sich, und sie fühlt diese starke Sehnsucht in sich.

„Ja“, flüstert sie. „Aber …“

„Kein Aber. Wir werden eine Session haben.“ Es ist keine Frage, aber er sieht sie fragend an. Sie presst die Lippen fest zusammen und zwingt sich, zu nicken.

„Gut.“ Er drückt kurz ihren Oberschenkel. „Dann geh jetzt und zieh dich aus. Schlüpf in den Morgenmantel. Du kannst auch vorher duschen, wenn du möchtest.“

Seine Miene ist ausdruckslos.

„Okay“, würgt sie ängstlich hervor. „Ich möchte bitte vorher duschen.“

Er nickt, streicht ermutigend über ihre Unterarme und steht auf. „Lass dir Zeit.“

Mit weichen Knien verschwindet sie im Bad. Sie lässt sich keine Zeit. Sie will hinter sich bringen, was auch immer er geplant hat. Vielleicht ist er der Einzige, der sie noch retten kann – und wenn nicht? Wenn nicht, wird sie danach endlich den verdammten Strick auf ihrem Dachboden benutzen.

Als sie aus dem Bad kommt, sitzt er auf einem Sessel und blättert gelangweilt in einer Zeitschrift. Er sieht auf, und sie bleibt unschlüssig stehen. Ihr Herz klopft plötzlich schneller. Er mustert sie, steht auf, nimmt ihre Hand und zieht sie zurück ins Bad. „Stehen bleiben." Nachdem er kurz in einer Schublade gewühlt hat, bürstet er mit langen sanften Strichen ihre Haare nach hinten und flicht einen Zopf.

Ella steht regungslos da. Er hat ihr schon mal einen Zopf geflochten, und die Erinnerung daran setzt dieses sehnsüchtige Ziehen in ihrem Becken und ein aufdringliches Pochen in ihrer Klitoris in Gang.

Als er fertig ist, zupft er einmal neckisch an seinem Werk und lächelt. „So, Fledermaus, jetzt bist du bereit."

Sie starrt ihn durch den Spiegel an. „Warum nennst du mich Fledermaus?"

Er legt warm seine Hände auf ihre Schultern und streicht mit den Daumen an den Seiten ihres Halses entlang. „Weil du versuchst, dich vor der Welt zu verstecken." Er zwinkert. „Und weil du nicht zusammenzuckst, wenn ich dich so nenne."

Das Brennen ist nun da. Sie wird es nicht aushalten, doch bevor sie irgendwie reagieren kann, schlingt er sich den Zopf um die Hand, sodass ihr Kopf leicht in den Nacken gezogen wird. „Auf geht's, Baby."

Stocksteif lässt sie sich aus der Wohnung hinaus und die Treppen nach unten führen. Im Keller bleibt er im halbdunklen, engen Flur vor seinem Spielzimmer stehen und drückt sie von hinten mit seinem Körper gegen die Wand. Sein Mund ist dicht an ihrem Ohr. „Ab jetzt, Ella, gehörst du mir, und wenn wir hier wieder rauskommen, gehörst du wieder dir selbst. Hast du das verstanden?“

Sie öffnet den Mund und haucht ein atemloses „Ja“. Ihre Lippen sind ganz trocken, und die Erregung wummert wie der Bass bei einem Rockkonzert in ihrem Unterleib. Er dreht ihren Kopf und presst seine Lippen auf ihre. Seine Zunge fordert Einlass, und ohne zu zögern, öffnet sie sich ihm, damit er ihren Mund in Besitz nehmen kann, was er auch ausgiebig tut. Ihr Körper entspannt sich von ganz allein. Sie will nirgendwo anders sein als genau hier.

Er beendet den Kuss und dreht sie mit dem Gesicht wieder zur Wand. „Keine Bewegung, Ella, leg es nicht darauf an, mich zu reizen.“

Er lässt sie los, und ihre Hände zittern. Sie hört Stoff rascheln, dann verbindet er ihr mit einem kühlen, glatten Tuch die Augen.

Die Tür knarrt, und er schiebt sie vorwärts. In dem Raum ist es angenehm warm. Leise Geigenmusik umhüllt sie.

Nach einigen Schritten stößt sie leicht mit den Beinen gegen eine Kante. Tim dreht sie um, zieht ihr mit einer fließenden Bewegung den Morgenmantel aus und drückt sachte auf ihre Schultern.

„Das ist ein Stuhl. Setz dich.“ Seine Stimme ist klar und ausdruckslos. Weder sanft noch böse, eher gleichgültig. Wärme trifft sie, und Helligkeit schimmert am Rande der Augenbinde. Sie wird anscheinend von den Spots angestrahlt. Ihr Herz donnert jetzt bis in ihren Hals hinein.

Es ist ein harter Holzstuhl. Ihr Hinterkopf berührt eine hohe Lehne. Sie will die Hände ineinander verschränken, doch Tim greift nach ihrem rechten Unterarm. „Lass los." Wieder dieser gleichgültige Ton.

Sie überlässt ihm ihr Handgelenk und fühlt, wie er eine weiche Manschette darum schließt. Er zieht ihren Arm zur Seite, und es klickt. Ihr Handgelenk ist fixiert, und sie begreift, dass er die Manschette an der Stuhllehne befestigt hat. Er geht um sie herum, streift ihre Schultern und ihren Hinterkopf ganz leicht und beschäftigt sich in aller Ruhe mit dem anderen Arm. Könnte er sich nicht beeilen? Ihr Herz überschlägt sich gleich. Sie atmet erleichtert auf, als auch die zweite Hand an der Stuhllehne befestigt ist. Tim entfernt sich einen Moment lang von ihr, sie hört leises Rasseln, wie von einer Kette. Dann ist er wieder da, und sie zuckt zusammen, als sich kaltes Metall um ihren Hals legt.

„Keine Angst, ich will dich nicht würgen, nur sicherstellen, dass du sitzen bleibst. Nicht, dass du aufspringst und dir dabei die Schultern verrenkst", erklärt er gelassen und küsst sie hauchzart auf die Stirn. Wieder klickt es, und er entfernt sich erneut. Ella bewegt den Kopf. Die Kette liegt locker auf ihren Schlüsselbeinen.

Ihr Herz beginnt zu rasen. Sie hört ihn nicht mehr. Weder Schritte noch irgendwelche anderen Geräusche dringen an ihr Ohr. Die Minuten vergehen wie Stunden. Dann hört sie die Tür schlagen und flüsternde Stimmen. Unruhig rutscht sie auf dem Stuhl hin und her und ruckt an den Handfesseln. Die Kette an ihrem Hals ist lose, fühlt sich aber trotzdem wie eine Bedrohung an.

„Scht … Ganz ruhig, Kleines, keine Angst."

Tims sanfte Stimme, irgendwo hinter ihr, trifft sie wie ein scharfes Messer mitten ins Herz. Sie atmet zischend ein und beißt die Zähne zusammen, um nicht zu schreien.

„Entspann dich, Süße, hab Vertrauen."

Ein wütendes Wimmern dringt aus ihrer Kehle, und sie ballt, in dem völlig dämlichen Versuch, sich loszureißen, die Hände zu Fäusten. „Nenn mich nicht so."

In ihr brennt es so schlimm, dass sie es kaum aushalten kann.

„Warum nicht? Du bist doch eine kleine Süße."

Wutschnaubend beißt sie die Zähne fester zusammen.

„Hör auf, dich zu wehren, Kleine, du bist sicher bei mir." Verdammt! Er soll das lassen!

„Hör auf damit!" Rasend vor Wut bäumt sie sich auf, sodass der Stuhl ins Wackeln gerät. Hände legen sich schwer auf ihre Schultern.

„Nicht doch, du fällst noch und tust dir weh." Das ist Pascals Stimme.

Sie stößt einen grellen Schrei aus. „Lass mich los! Du miese Ratte! Geh weg!"

„Scht … Ganz ruhig." Das ist wieder Tim. Seine Finger legen sich auf ihre Rippen, streichen sanft über ihre Brüste und kneten sie zärtlich, während die Daumen fest über ihre Nippel reiben. „Warum wehrst du dich so? Es erregt dich doch, wenn wir so mit dir umgehen."

„Nein!", kreischt sie und versucht, die Hände von ihrem Körper abzuschütteln, doch unbeirrt streichelt er sie weiter, während Pascal sie hält.

„Du willst nicht, dass es dich erregt, aber du kannst deine Gefühle und Instinkte nicht steuern, und ich bin mir ganz sicher, dass dich die Kombination aus Unterwerfung, Schmerz und Zärtlichkeit extrem heißmacht. Soll ich mal nachsehen? Sei brav und halt still“, sagt Tim sanft.

Heiße Wellen der Erregung schießen durch ihre Adern. Sie kann es nicht verhindern, und der Zorn explodiert in ihr. Wieder kreischt sie wütend und tritt mit den Füßen wild um sich. Mit einem Ruck zieht Pascal die Stuhllehne nach hinten, und sie gerät in eine halb liegende Position. Sie strampelt weiter, doch er wartet still ab, bis sie irgendwann außer Atem innehält. Wieder hört sie Kettenklirren und Karabinerklicken. Anscheinend haben sie jetzt den Stuhl in dieser halb liegenden Position verankert. Ihr Nacken drückt sich hart gegen die Lehne, am Hinterkopf berührt sie Pascals Körper. Ein schwacher Luftzug streift ihre Haut. Sie wird sich ihrer Nacktheit bewusst, und warmer Saft tropft aus ihrer Vagina.

„Süße kleine Ella, deine Brustwarzen sind ganz hart. Das sieht sehr schön aus.“ Wieder Tims sanfte Stimme.

Verzweifelt versucht sie erneut, ihn zu treten. „Nicht doch, Kleines, gib auf, du kannst weder deine Gefühle beeinflussen noch deine Erregung vor mir verstecken.“

Tränen tropfen aus ihren Augen und laufen unter der Augenbinde heraus über ihre Wange. „Hör auf damit! Verdammt noch mal, lass mich los! Das ist nicht fair.“

Wieder Stille, sie hört ihr eigenes Keuchen. Ihre Abwehr und ihr Geschrei bleiben völlig wirkungslos.

„Warum ist es so schlimm für dich, Ella? Warum kannst du es nicht einfach genießen?“

Sie öffnet den Mund, doch ihre Kehle ist plötzlich wie zugeschnürt. Verzweifelt wirft sie den Kopf hin und her, bis sanfte Hände an ihren Wangen sie stoppen.

„Du wirst mir heute erzählen, was dir passiert ist, Süße. Das verspreche ich dir.“

Ein panisches Keuchen kriecht ihr aus der Kehle. „Atme, Ella“, befiehlt Pascal scharf, und sie saugt reflexartig neue Luft ein.

Plötzlich zieht sich eine breite, weiche Schlinge um ihr rechtes Fußgelenk zusammen, und das Bein wird erst nach oben, dann so weit nach außen gezogen, bis ihr Knie sich nicht mehr weit von ihrem Kopf entfernt befinden kann. Sie zappelt mit ihrem linken Bein, doch schon passiert mit ihm das Gleiche. Jetzt liegt sie fast wie beim Gynäkologen auf dem Stuhl, nur in einer viel extremeren, entwürdigeren Pose. Ihr Lustzentrum ist weit geöffnet. Sie fühlt die Wärme der Lampen an ihren geschwollenen Schamlippen und hat kaum noch Möglichkeiten, ihren Körper zu bewegen. Pascal legt von hinten seine Hand auf ihre Stirn, und Tim streicht an ihren Oberschenkeln entlang bis in ihre feuchte Mitte. „Deine Pussy ist nass, und deine Schamlippen glänzen. Das sieht wunderschön aus. Warum regst du dich auf? Möchtest du, dass ich dir einen Orgasmus schenke?“

„Nein! Bitte hör auf!“ Ihre Stimme zittert, wird dünner, sie hat keine Kraft mehr, sich gegen die Männer zu wehren. Finger streichen über eine ihrer Brüste und beginnen, den Nippel zu zwirbeln, erst leicht, dann immer fester. Ihr Körper reagiert, sie kann es nicht unterdrücken. Geilheit und Hitze lassen weitere Flüssigkeit aus ihrem engen Eingang tropfen, was Tim gleich wieder mit einem sanften, tiefen „Das ist gut so, Ella, du musst dich nicht schämen“, kommentiert.

Die Verzweiflung treibt ihr Tränen in ihre Augen. Sanft streicheln Daumen ihre Schläfen. „Ganz ruhig, Süße, es ist alles gut. Genieße es, lass dich gehen.“ Tim ist ganz nah, sie spürt seinen Atem auf ihrer Wange, aber das Brennen in ihrem Inneren wird sie töten.

„Warum wehrst du dich immer noch so, Kleines? Wovor hast du Angst?“

Oh Gott, sie kann es nicht mehr aushalten. „Bitte hör auf, bitte, bitte hör auf!“, schluchzt sie, und er seufzt. „So kommen wir nicht weiter, Ella, du brauchst eine Steigerung. Pascal, gib mir doch mal die Klammern rüber.“

Pascal entfernt sich, und Ella weint hemmungslos. Eine Schublade wird aufgezogen, dann wieder Schritte, Berührungen an ihrer Schulter. Metall klirrt. Plötzlich kratzt etwas Hartes über ihre linke Brustwarze, und sie zuckt zusammen. „Halt still, Süße. Das ist eine Nippelklemme. Die gefällt dir doch, erinnerst du dich?“

Ihr Körper bebt. Heiß pulsiert das Blut in ihrem Unterleib, und in ihren Ohren rauscht es leise. Ihre inneren Muskeln ziehen sich zusammen. Alles Denken setzt aus, und sie kann nicht anders, als sich diesem Kratzen auf ihrer Brustwarze entgegenzudrücken. „So ist es schön, das machst du sehr gut.“

Sie wimmert, Schmerz und Erregung durchzucken ihre Adern wie Stromschläge. Er dreht die Schraube fester, und das fiese Ziehen lässt sie sich aufbäumen. Unbeirrt beschäftigt er sich in aller Ruhe mit der anderen Brustwarze und befestigt auch hier die Klemme. Schmerzwellen und ungehemmte Hitze toben durch ihre Muskeln, und seine Finger streichen durch die Nässe um ihre geschwollene Lustperle herum. „Wunderschön, Kleines."

Sie weint, wimmert, seufzt, stöhnt und bebt, fühlt nur noch, ohne zu denken. Sie hört auf, sich zu wehren, lässt sich von ihrer Erregung, ihrer Geilheit und Hitze mitreißen, streckt sich den Männerhänden schamlos entgegen. Wieder streichen Finger durch ihre Nässe, deuten sanft ein Eindringen in ihre Vagina an, und ihre Bauchmuskeln beben.

„Bitte", flüstert sie, und endlich reibt ein Finger über ihre Klit, zupft und drückt, bis die Wellen eines Orgasmus sich ankündigen und langsam steigern. Die Finger verschwinden. Genervt stöhnt sie auf. Die Männer lassen sich Zeit. Irgendetwas klappert, ein leises Brummen ertönt. Plötzlich wird ein Vibrator gegen ihre Klit gedrückt, und Ella schreit überrascht auf. Die Vibrationen lassen die Wellen wieder steigen, höher, schneller. Sie seufzt, bebt, ihre Hüfte zuckt, und wieder hören sie auf, bevor der Orgasmus sie erreicht. Wütend bäumt sie sich auf. „Bitte!"

„Was bedrückt dich, Ella?"

Sie weint, schüttelt den Kopf, spürt wieder die Hände an ihren Wangen. Verdammt, sie sollen es endlich beenden. Sie kann nicht mehr, doch die Männer spielen mit stoischer Geduld weiter mit ihr. Wieder Erregung, Vibrator, Pause, dann die erneute Frage. Ellas Atem geht keuchend, Schweiß läuft ihr unter der Binde in die Augen. „Bitte, bitte hört auf", schluchzt sie.

„Wogegen wehrst du dich, Ella? Ich erlöse dich erst, wenn du redest. Heute gibt es keine Flucht mehr." Tims Stimme ist jetzt hart und fordernd.

Sie schluchzt laut auf. „Ich darf das nicht!"

„Darf es dich nicht erregen, was wir mit dir tun?"

„Nein, es muss aufhören. Es muss aufhören, es tut so weh!"

„Wo tut es weh?"

„Innen, es zerreißt mich!"

„Was zerreißt dich, Ella? Was ist es? Warum muss es aufhören?"

Sie schluchzt, schüttelt wild den Kopf und zerrt an ihren Fesseln. Wieder der Vibrator, wieder die ansteigenden Wellen, dabei ist sie doch schon viel zu erschöpft.

„Was zerreißt dich? Ella! Sag es!", donnert er sie an.

„Schuld! Ich! Bin! Schuld!"

„Jetzt, Ella." Seine Finger dringen tief in sie ein, und eine einzige riesige Flutwelle überrollt sie, zieht sie mit in eine gleißende Explosion. Erlöst schreit sie auf und lässt sich in den Orgasmus fallen, spürt, wie Tims Berührungen sanfter werden, wie sie langsam wieder in ihren Körper zurückkehrt.

Plötzlich fühlt sie die Erleichterung in ihrem Brustkorb, als ob das Geständnis eine Schleuse in ihr geöffnet hätte. „Ich bin schuld, ich bin schuld!", schluchzt sie, und alles strömt aus ihrem Körper heraus, alle Muskeln werden weich, das Reißen und Brennen löst sich auf.

Es dauert eine Weile, bis sie wieder ruhiger wird und registriert, dass Tims Finger immer noch ihre Mitte bespielen.

„Pascal macht jetzt die Klammern ab, das wird noch mal wehtun."

„Ja."
„Erregt dich der Schmerz?"
„Ja."
Eine Hand streift ihre Brüste, die erste Klammer löst sich, und ihr Körper bebt. Tims Daumen reibt über ihre Klit, die von den eben erlebten Qualen so überempfindlich ist, dass Ella sofort wieder zucken und wimmern muss. Neuer Druck baut sich in ihr auf, neue Wellen drängen sich durch ihren Blutkreislauf. Sie seufzt, bebt, jammert, kann doch schon längst nicht mehr, alle Gedanken zerfallen zu Staub.
„Ist das schon immer so?"
„Ja."
„Wann hast du es zum ersten Mal gemacht?"
„Mit … mit …"
Die zweite Klammer wird gelöst, und sie schreit auf. Tims Finger krümmen sich und reizen die Nerven in ihrer Vagina. Ihre Hüften drängen sich ihm entgegen.
„Wann, Ella? Mit wem?"
„Mit Vincent!", schreit sie und ein neuer Höhepunkt tobt durch ihren Körper. Als sie sich wieder beruhigt hat, fühlt sie nur noch Resignation, völlige Erschöpfung und totale Entspannung.
Pascal schiebt ihr ein Kissen in den Nacken, sodass die Lehne nicht mehr drückt, und Tim streicht sanft über ihr Bein. „Erzähl es mir, Ella. Was hat Vincent gemacht?"
„Ich habe ihn geliebt, ihm blind vertraut und meinen Papa dazu überredet, sein Land zu verkaufen, weil Vinc mich auf seine Reisen mitnehmen wollte. Erst war es so gut mit ihm, dann nur noch schrecklich, aber ich war zu feige, es zu beenden, weil mein Vater dann erfahren hätte, was für eine perverse Tochter er hat. Dann waren die Immobilien wertlos.

Vinc ist abgehauen, und mein Papa hat sich aufgehängt." Die Worte quellen aus ihrem Mund, als ob sie nur darauf gewartet hätten, endlich einen Weg nach draußen zu finden.

„Welche Immobilien, Ella?"

„Die Wohnungen, die mein Papa gekauft hat, weil Vinc es ihm empfohlen hat. Wir wollten alle glücklich von den Mieten leben, aber das war alles Betrug. Ich habe mich nicht gegen Vinc gewehrt, weil ich so feige war. Wenn mein Vater erfahren hätte, was er mit mir macht! Ich konnte nicht! Deshalb ist er tot. Nur deshalb, weil ich feige und schwach war." Nachdem sie es ausgesprochen hat, strömen die Tränen endlich ungehemmt und erlösend aus ihr heraus.

Pascal entfernt alle Fesseln, und Tim hält sie fest, damit sie nicht vom Stuhl kullert. Er streift das Tuch von ihren Augen und zieht sie eng an seinen Körper. „Halt dich fest, Fledermaus."

Sie schlingt die Arme um seinen Nacken, und er hebt sie hoch, trägt sie ein paar Schritte und setzt sich mit ihr auf die Couch. Sie vergräbt ihr Gesicht an seiner Brust. „Niemand weiß es. Ich konnte es nie jemandem sagen. Ich schäme mich so. Ich habe meinen Papa betrogen, weil ich geil auf Schmerz und Unterwerfung bin. Ich bin so schlecht, so dreckig. Und es würde immer wieder passieren. Ich könnte mich nicht dagegen wehren, wenn ein Mann meine Neigungen ausnutzen will, weil ich so ein elendiger, mieser Schwächling bin."

Tim küsst zart ihre Stirn, streichelt beruhigend ihren Arm, und sie fühlt verwundert die Leichtigkeit in ihrem Körper. Der Schmerz ist weg, kein Brennen mehr, nur noch Erleichterung und Trauer. Es ist ausgesprochen. Die ganze böse Wahrheit ist endlich rausgekommen. Egal was nun folgt, es wird ihr Innerstes nicht mehr zerfressen.

Nach einer Weile zupft Pascal an ihrem halb aufgelösten Zopf. „Geht nach oben, ihr zwei. Ella braucht eine Decke und etwas zu trinken."

Tim nickt. „Du hast recht. Komm, Fledermaus. Aufstehen. Kannst du laufen?"

„Ja." Sie rutscht von seinem Schoß. Pascal hilft ihr in den Morgenmantel, Tim schließt ihn sorgfältig, nimmt sie fest in den Arm, führt sie nach oben und steckt sie auf der Couch unter eine Wolldecke.

Nachdem sie getrunken und sich ordentlich die Nase geschnäuzt hat, setzt er sich zu ihr und nimmt ihren Kopf auf seinen Schoß. Sie dreht sich auf die Seite, sodass sie ihr Gesicht an seinen Bauch drücken kann. Sie hat es ausgesprochen. Zum ersten Mal ist die Wahrheit über ihre Lippen gekommen. Sie ist ein mieser, schwacher, schlechter Mensch. Das weiß Tim nun, Pascal weiß es auch, und bald werden es alle wissen. Tim wird froh sein, wenn sie aus seinem Leben verschwindet. Sie wird gehen und endlich den Strick auf dem Dachboden benutzen. Morgen. Heute saugt sie noch einmal, ein letztes Mal, seine Wärme und Zärtlichkeit in sich auf. Nur noch dieses eine Mal.

Er öffnet ihren Zopf und kämmt mit den Fingern immer wieder über ihre Kopfhaut und durch ihre Haare. Fast kommen ihr schon wieder die Tränen bei dem Gedanken, dass es wahrscheinlich das letzte Mal ist, dass er sie berührt.

„Ella, wach auf."

„Was?"

Tim küsst sie auf die Schläfe, und sie öffnet die Augen. Sie liegt immer noch auf der Couch. Aber inzwischen ist es dunkel, eine kleine Lampe verbreitet schummriges Licht.

Sie dreht sich um und sieht in sein lächelndes Gesicht.

„Komm, Fledermaus, aufstehen. Mach dich frisch und zieh dir was an. Leon und Mona kommen gleich zum Essen."

Unwillig verzieht sie das Gesicht. Sie möchte keine Menschen sehen, nicht nett am Tisch sitzen und Small Talk halten, als wäre in ihrem Leben alles in bester Ordnung.

Bevor sie ihren Protest artikulieren kann, legt er seinen Finger über ihre Lippen. „Ich habe die beiden angerufen, weil ich will, dass du mit Mona sprichst."

Ein schwerer Stein drückt in ihren Magen. „Hast du es ihnen erzählt?"

„Ja."

„Warum?"

„Weil Mona besser mit dir reden kann als wir Männer. Das wird dir helfen. Vertrau mir."

Während Ella sich im Gästezimmer anzieht, hört sie schon die Klingel und die Stimmen der Neuankömmlinge. Leon wird sie verachten. Er und ihr Vater mochten sich.

Seufzend kämmt sie noch ihre Haare und öffnet die Tür.

Als sie ins Wohnzimmer kommt, zieht Leon sie in eine herzliche Umarmung und reicht sie dann weiter zu Mona, die das Gleiche macht. Ella ist ganz verlegen, so gut kennen sie sich doch eigentlich gar nicht.

Tim grinst. „Setzt euch, Kinder. Ich habe einen LKW voll Spaghetti gekocht. Ist gleich fertig. Wollt ihr Wein?"

Mona nickt, Ella schüttelt den Kopf.

Leon mustert sie interessiert. „Trinkst du nie Alkohol, Ella?"

„Nein."

„Wegen deinem Vater?"

Verlegen senkt sie den Kopf. „Wegen meiner Mutter."

„Deine Mutter?"

Sie nickt. „Sie war keine Alkoholikerin, aber jedes Mal, wenn eine Feier war oder Besuch kam, hat sie sich betrunken. Das war sehr peinlich."

„Wie alt warst du da?"

Sie zuckt mit den Schultern und kramt in ihrem Gedächtnis. „Das erste richtig schlimme Erlebnis war ein Kindergeburtstag von mir. Ich hatte nachmittags Schulkameraden zu Besuch, und als abends die Mütter kamen, um meine Gäste abzuholen, schwankte meine Mutter, und alle waren ganz entsetzt."

„Oh je." Mona verzieht wie unter Schmerz das Gesicht. „Das muss schrecklich für dich gewesen sein."

Ella zuckt mit den Schultern. „Sie konnte nicht nur ein oder zwei Gläser trinken. Wenn sie einmal anfing, trank sie bis zum Umfallen."

„Und jetzt denkst du, bei dir wäre das auch so?"

„Es ist mir einmal passiert, danach habe ich nie wieder Alkohol angerührt."

„Das verstehe ich."

Tim stellt die Nudeln und die Soße auf den Tisch, und alle bedienen sich. Ella ist still, während die anderen drei sich fröhlich unterhalten, bis Tim sich irgendwann Mona zuwendet. „Wann hast du dir das erste Mal deine devoten und masochistischen Neigungen eingestanden?"

Sie neigt den Kopf etwas und sieht Richtung Zimmerdecke. „Lass mich überlegen … Also, es hat mich schon sehr früh angemacht, wenn ich im Fernsehen Szenen sah, in denen eine Frau überwältigt wurde, aber richtig eingestanden habe ich es mir erst später, so mit sechzehn oder siebzehn, da habe ich heimlich die ersten SM-Romane gelesen, dachte aber, dass es nur in meiner Fantasie anregend ist."

„Wie meinst du das?"

„Na ja, ich war ganz sicher, wenn ich den richtigen Mann treffe, werde ich beim normalen Sex bestimmt nicht solche Wünsche haben."

„Hattest du aber doch."

„Was soll ich sagen?" Sie atmet resigniert aus. „Die paar Beziehungen, die ich hatte, waren irgendwie unbefriedigend, doch ich hätte mir nie eingestanden, woran das lag, bis ich Tim traf."

Ella sieht auf. „Du hattest was mit Tim?"

Mona lacht. „Ja, er hat mich schamlos überrumpelt. Das war furchtbar peinlich. Kurz danach hat Leon mich entführt und mich gezwungen, mir das ganze Ausmaß meiner versauten Wünsche einzugestehen." Sie grinst. „Zum Glück."

Leon schmunzelt. „Ja, das hat Spaß gemacht."

Sie streckt ihm schelmisch die Zunge raus, woraufhin er zwinkert. „Danke, Kolibri, diese Geste könnte dich heute noch etwas kosten."

Übermütig wackelt sie mit dem Glas in ihrer Hand. „Keine Chance. Alkohol!"

Die beiden sehen sich an und grinsen.

Fasziniert beobachtet Ella die beiden, bis Tim seine Hand auf ihren Arm legt. „Wie war es bei dir, Ella?

Wann hast du zum ersten Mal diese Neigungen gespürt?“

Sie denkt nach und bricht in albernes Kichern aus. „Am Marterpfahl.“

Mona grinst. „Erzähl.“

Sie fühlt, wie ihr die Hitze ins Gesicht steigt, und spielt verlegen mit der Gabel herum. „Na ja, ich habe mit meinen Nachbarn gespielt, Wilder Westen, Winnetou und Old Shatterhand.“ Sie zuckt mit den Schultern und grinst. „Das waren alles Jungs, und sie haben mich an unseren Kirschbaum gefesselt, ein Lagerfeuer gemacht und darüber beratschlagt, wie sie mich foltern wollen.“

„Und dann?“

„Nichts. Wir waren ja noch Kinder.“

„Dann hat es dich aber nicht sexuell erregt.“

„Ich weiß nicht, ich erinnere mich daran, dass mein Herz laut klopfte und ich nicht losgebunden werden wollte.“

Mona kichert. „Das wäre mir sicher auch so gegangen.“

Leon sieht neugierig zu ihr hinüber. „Dein Vater erzählte mal stolz, du wärst für ihn wie ein Sohn und wolltest den Hof übernehmen.“

Sie seufzt. „Ja.“

„Wolltest du eigentlich lieber mehr Mädchen sein?“, fragt Mona mitleidig.

„Ich weiß nicht. Ich wollte nicht wie meine Mutter werden, aber es war so anstrengend, wie ein Junge zu sein, vor allem, als meine Mutter dann krank wurde. Mein Vater war so hilflos. Nach dem Tod seiner Frau bekam er Depressionen, und ich kämpfte jeden Tag darum, den Hof zu erhalten. Dann träumt man eben …“

„Von einem, der dominant ist, an den man sich anlehnen und dem man die Verantwortung überlassen kann, und der dir mit Schmerzen hilft, ehrliche Gefühle zu zeigen, stimmt's?"

Ella nickt und erzählt leise weiter. „Als ich siebzehn war, fing ich an, im Internet über BDSM-Communitys Kontakte zu knüpfen, und dadurch lernte ich Vincent kennen."

„Was ist dann passiert?"

Resigniert atmet sie aus und fixiert mit den Augen ihren leeren Teller. „Am Anfang war es toll. Er war einfühlsam und fürsorglich. Ich habe ihn sehr schnell bedingungslos geliebt. Später wurde er immer fordernder und fieser. Ein Nein gab es bei ihm nicht, und ich war feige, hab alles mit mir machen lassen. Ich war wie verblendet und ihm hörig. Ich hätte mich wehren müssen, aber das habe ich nicht getan und damit meinen Vater ins Unglück gestürzt. Vinc drohte damit, überall zu erzählen, was wir tun. Die Vorstellung, mein Vater und andere Leute, Freunde, könnten erfahren, was ich mit mir machen lasse, war so schrecklich, dass ich es nicht geschafft habe, diese Beziehung zu beenden. Das war so dumm, so unverzeihlich! Es hat meinen Vater in den Selbstmord getrieben. Ich schäme mich furchtbar."

Sie schüttelt den Kopf und atmet tief durch. „Vinc war Geschäftsmann und kam immer nur mal für ein oder zwei Tage zu uns. Er wollte mich mitnehmen, ich sollte bei ihm leben. Aber ich konnte meinen Vater nicht mit der ganzen Arbeit allein lassen. Vincent meinte, wir sollten alles verkaufen und er könnte das Geld so anlegen, dass genug zum Leben für uns alle da ist. Ich habe meinen Vater überredet, ihm zu vertrauen, und er hat alles verkauft. Vinc vermittelte ihm das Anlageobjekt, Eigentumswohnungen in der Nähe von Magdeburg. Dann stellte sich jedoch heraus, dass es sich um wertlose Bauruinen handelte, die man nicht vermieten konnte. Vinc ist abgehauen, und mein Vater hat sich auf dem Dachboden aufgehängt."

Alle schweigen, und Ellas Blick verschwimmt. „Ich bin schuld, dass mein Vater alles verloren hat, weil ich so egoistisch und feige war."

„Nein", sagt Mona wütend. Ellas Kopf zuckt hoch.

„Du hast keine Schuld. Dieser Mistkerl ist schuld, und dein Vater hat Schuld, aber nicht du."

Ella schüttelt den Kopf. „Hör auf."

Mona springt auf. „Hat dein Vater sich die Wohnungen angesehen?"

„Nein."

„Und die Verträge?"

„Nein."

„Also hat er blind irgendwas unterschrieben."

„Ja, aber weil ich ihn dazu überredet habe."

„Nein, weil er bequem war, und dann hat er sich umgebracht und sein einziges Kind einfach im Stich gelassen. So eine Gemeinheit."

Ella schüttelt den Kopf. „Er hat mir vertraut."

„Er hat dir viel zu früh viel zu viel Verantwortung aufgehalst, und du hast diesem Typen vertraut, der das größte Arschloch in dieser Geschichte ist. Hast du ihn angezeigt?"

„Nein."

„Warum nicht?"

Hilflos starrt Ella in Monas wütendes Gesicht. „Ich weiß nicht. Er hat ja nichts Illegales getan. Er wusste auch nicht, dass diese Wohnungen Schrott waren und die Verkäufer Betrüger und …"

„Was und?“

„Na ja, ich schämte mich ja auch so, weil ich … also, weil er das alles mit mir gemacht hat und ich so pervers … ich meine, vor Gericht wäre ja alles bekannt geworden. Ich habe es einfach nicht gekonnt. Was sagen die Leute, wenn sie hören, dass man sich verprügeln lassen hat, und damit den eigenen Vater in den Selbstmord …“

„Still!“

Mona atmet geräuschvoll aus, setzt sich auf den freien Stuhl neben Ella und nimmt sie in den Arm. „Hör zu. Du hast keine Schuld. Ich würde auch alles glauben und für einen Mann tun, wenn ich ihn liebe. So sind leider viele Frauen. Dafür braucht man nicht mal devot oder masochistisch veranlagt zu sein. Auch Leon könnte mich manipulieren, weil ich ihn liebe und ihm vertraue. Das hat mit dem Sex gar nichts zu tun. Ein Partner soll den anderen stärken und ihn unterstützen, man will sich doch gegenseitig Rückhalt im Alltag geben. Mich hätte genauso jemand reinlegen können, wie es dir passiert ist. Bevor ich die Beziehung zu Leon hatte und meine Neigungen noch nicht ausgelebt habe, war ich schüchtern und unsicher, das Leben war anstrengend. Es ist reines Glück, dass ich ihn traf und nicht irgendein Arschloch, das meine Unsicherheit ausgenutzt hätte. Also, dich trifft keine Schuld.“

„Liebe geht nur mit Vertrauen, und damit besteht immer das Risiko, dass man belogen oder betrogen wird“, sagt Tim leise. „Das hat nichts mit SM zu tun, das kann jedem passieren.“

Leon schmunzelt. „Seit wann hast du so tiefgreifende Erkenntnisse? Das kennt man ja gar nicht von dir.“

Tim strafft sich. „Das sind keine tiefgreifenden Erkenntnisse, das ist einfach nur die Wahrheit."

Als Leon und Mona sich verabschieden, nimmt Ella alle Kraft zusammen und zwingt sich, es auszusprechen. „Könnt ihr mich mitnehmen und zu Hause absetzen?"

Tim und Leon ziehen wie auf Kommando die Augenbrauen hoch. „Was willst du da jetzt? Ohne Heizung und Strom?", fragt Leon.

„Ich … ich …"

„Schluss mit Flucht, Ella." Tims Stimme klingt nicht geduldig und auch nicht liebevoll.

„Ich kann doch nicht einfach so hierbleiben? Ich meine … du …"

„Was ich?"

Hilflos zieht sie die Schultern hoch und starrt ihn ratlos an.

„Natürlich bleibst du hier."

Leon legt Mona den Arm um die Schultern und dreht sich mit ihr zur Tür. „Wir fahren jetzt. Gute Nacht, ihr Lieben."

Als sie allein sind, ist es still und die Atmosphäre fühlt sich irgendwie geladen an. Tim lehnt im Türrahmen und betrachtet Ella, als ob er darüber nachdenkt, was er jetzt mit ihr anfangen soll.

Unsicher setzt Ella sich auf die Couch und fummelt an ihren Fingernägeln herum.

„Hör zu, Fledermaus."

Sie sieht auf, und er kommt auf sie zu, setzt sich in den Sessel vor ihr und nimmt ihre Hände.

„Ich mach dir einen Vorschlag."

Er reibt mit den Daumen über ihre Handrücken. „Du weißt ja, dass ich kein Typ für eine Beziehung bin. Aber ich mag dich.“ Er zwinkert. „Die Sessions mit dir sind wirklich heiß.“ Sie fühlt die Hitze in ihrem Gesicht und senkt verschämt den Kopf, doch er schüttelt leicht ihre Hände, damit sie ihn wieder ansieht. „Und du hast Angst vor einer Beziehung, weil du wieder an den Falschen geraten könntest. Richtig?“

Sie nickt, und er räuspert sich. „Wir könnten uns für eine Weile gegenseitig nützlich sein. Du kannst mit meiner Hilfe deine sexuellen Neigungen austesten und ausleben, ohne Angst haben zu müssen, noch mal in so eine Abhängigkeit zu geraten, denn außerhalb von Bett und Session bin ich einfach nur ein Freund, der dir hilft, dein Leben wieder in den Griff zu bekommen. Was hältst du davon?“

Ihr Herz klopft schneller, und ganz automatisch greifen ihre Hände fester um seine Finger.

„Gehst du auch in diese Clubs?“

„Nein. Bis letztes Jahr hatten wir einen ziemlich offenen Freundeskreis gleichgesinnter, aber wir haben schlechte Erfahrungen gemacht und trauen nur noch ganz engen Freunden.“ Zweifelnd betrachtet er sie. „Möchtest du denn so was?“

„Nein!“ Vehement schüttelt sie den Kopf.

Er atmet auf. „Gut. Also, was sagst du zu meinem Angebot?“

„Das …“ Sie muss sich räuspern. „Das wäre … also … ähm …“

„Keine Hemmungen, Ella. Sag einfach Ja oder Nein. Möchtest du, dass wir Freunde sind, die heißen Sex haben, ohne sich gegenseitig zu irgendwas zu verpflichten?“

Sie atmet geräuschvoll aus. „Ja.“

„Ja? Ganz sicher?“

„Ja."

Er grinst. „Das finde ich gut."

Ihre Mundwinkel wandern von ganz allein breit auseinander. „Ich auch."

Er steht auf und zieht sie mit hoch. „Okay, dann lass uns jetzt schlafen gehen."

Sie folgt ihm in Richtung seines Schlafzimmers. An der Tür stemmt sie sich jedoch gegen den Rahmen, und er sieht sie irritiert an. „Was ist?"

„Ähm … Freunde schlafen nicht in einem Bett, oder?"

Er runzelt die Stirn. „Das können sie schon. Das ändert nichts."

Kapitel 6

Er zieht sie weiter, bleibt neben dem Bett stehen und umfasst mit beiden Händen ihr niedliches Gesicht. „Außerdem findet heißer Sex ja nicht nur unten im Keller statt, oder?“

Sie kichert und greift in sein T-Shirt. „Nein?“

„Nein.“

Er senkt seine Lippen auf ihre und zupft verführerisch an ihrer Unterlippe. Sie kann gar nicht anders, als seiner Zunge Einlass zu gewähren. Er dringt in sie ein, zieht ihren Kopf in den Nacken. Nach einem langen, fordernden Kuss löst er sich von ihr und schubst sie rückwärts auf die Matratze.

„Hey!“

„Liegen bleiben.“ Darauf wartet er schon den ganzen Nachmittag. Jedes Mal, wenn er daran dachte, wie sie mit weit gespreizten Beinen vor ihm gelegen hatte, wollte er sie für einen Quickie auf den Esszimmertisch werfen. Aber sie war so erschöpft gewesen, dass er seine sadistische Ader im Zaum gehalten hatte. Doch jetzt wird er sich holen, was sie ihm schuldet.

Grinsend öffnet er den Knopf ihrer Jeans, zieht sie rüde samt Slip über ihre Füße und pfeffert alles in die Ecke des Zimmers.

„Hände hoch.“

Sie gehorcht, immer noch albern kichernd, und ruckzuck ist sie ganz nackt. Ohne den Blick von ihr abzuwenden, zerrt er sich selbst die Klamotten vom Leib. Er spürt ihren Blick, der an seinem Körper hinabwandert und auf sein steil aufgerichtetes Glied fällt. Ihr Atem wird schneller. Wenn sie sich jetzt noch mit der Zunge über die Lippen fährt, wird er vor ihren Augen kommen. Fuck!

„Ich bin hart, seit wir heute Nachmittag im Keller waren", knurrt er, legt sich zu ihr und rutscht über ihren Körper, sodass sein Schwanz auf ihren Bauch drückt. „Das wird jetzt kein besonders einfühlsamer Fick, Fledermaus."

Ella stöhnt etwas, das sich sehr deutlich wie ein halb gekichertes Ja anhört. Ihre Arme umschlingen ihn, und sie streicht über seinen Rücken, während er seine Lippen erneut auf ihre drückt. Das fühlt sich so verdammt richtig an. Er küsst sie hart und beißt sanft in ihr Kinn. Seufzend streckt sie ihm ihre Kehle entgegen. Sein Schwanz zuckt, und seine Hände schieben sich unter ihren Körper auf ihre Schulterblätter, während er sich mit den Ellenbogen aufstützt, sich ihre Kehle entlang nach unten küsst, mit dem Mund über ihre Schlüsselbeine wandert und schließlich die rechte Brustwarze in seinen Mund saugt. Sie wimmert, und er grinst. „Tut das etwa weh?"

„Die sind noch etwas empfindlich … ähm … von …" In diesem Moment begegnen sich ihre Blicke. Sie kapiert, dass er sie veräppelt und boxt gegen seinen Brustkorb. „Du!"

Er lacht. „Was ich?"

„Ein höflicher Mann lacht nicht über so was."

Er wirft den Kopf in den Nacken. „Seit wann bin ich höflich?"

Sie kichert. „Zum Glück nicht. Das war ganz schön irre heute …"

Er zwinkert. „Demnächst will ich dich noch mal in der Position, Fledermaus, die war nämlich verdammt heiß."

Sie läuft rot an und stöhnt. Sein Schwanz platzt gleich, und seine Hoden ziehen sich zusammen. Er kann nicht länger warten. Fluchend holt er sich ein Kondom aus der Schublade und streift es sich eilig über. Er schiebt ihre Beine grob auseinander, sodass seine Eichel gegen ihren Eingang drückt, als er sich wieder auf sie herabsenkt. Sie seufzt, und ihre Hüften zucken, als er mit großem Genuss abwechselnd in ihre Brustwarzen beißt, sie leckt und an ihnen saugt. Ihre Fingernägel bohren sich in seinen Rücken und stacheln ihn so zusätzlich an.

Einen Moment lang will er diesen Sog noch stoppen, einen Moment noch die Vorfreude genießen. Er greift nach ihren Armen, drückt ihre Hände über ihren Kopf und betrachtet sie. Ihre Augen sind halb geschlossen, ihr Mund geöffnet, und ihr Herz klopft schnell. Sie wölbt stöhnend den Rücken, streckt ihm ihre Brüste entgegen. Es macht sie an, dass er sie so hält. Ein sehnsüchtiges Ziehen und euphorische Glücksgefühle rauschen gleichzeitig durch seinen Körper. Sie ist so süß, so hingebungsvoll, ihre Reaktionen so ehrlich und vertrauensvoll. Sein Blick fällt auf die Narben an den Unterseiten ihrer Arme, knapp über den Achselhöhlen. „Was sind das für Narben, Ella?"

Augenblicklich legt sich ihre Stirn in dicke Falten, und sie versucht, ihm ihre Hände zu entziehen. Er hält sie jedoch weiter fest. Dann eben nicht reden. Seinem Schwanz sind ihre dämlichen Narben sowieso egal. Er wird jetzt seine Ankündigung wahrmachen und sie hart ficken, und zwar so hart, dass jede Erinnerung an diesen Scheißtypen in ihrem Schädel für immer wie eine Seifenblase zerplatzt. Er drückt ihre Beine weiter auseinander. „Wehr dich ruhig, das mag ich, kleine Fledermaus“, brummt er, und sie dankt es ihm mit einem Zischen.

„Ich glaube, du laberst nur gern, Sonnyboy. Zeig doch endlich mal, was du wirklich draufhast.“

Mit einem harten, festen Stoß bohrt er sich in ihren engen Gang, und sie schreit auf, als ihre vaginalen Muskeln ihn fest umschließen.

Er zieht sich zurück und stößt erneut hart zu. Sie streckt ihm ihre Brüste noch mehr entgegen, und er beißt in einen Nippel, zieht ihn in die Länge, bis sie schreit und sich ihr Becken ihm noch mehr entgegenwölbt. Beim nächsten Stoß vergräbt er sich noch tiefer in ihren bebenden Leib.

Er kann nicht mehr denken, will nur noch ihrem Körper seinen Stempel aufdrücken. Ihre warme Höhle umschließt fest seinen Schwanz. Mit einem tiefen Stöhnen richtet er sich etwas auf, um ihren G-Punkt zu erreichen. Sie dankt es ihm mit einem Seufzen. Er fickt sie hart, schnell, effizient, und dann bäumt sie sich schon schreiend auf und ihre inneren Muskeln beginnen, um seinen Schwanz herum zu kontrahieren, sodass er seinen Höhepunkt auch nicht mehr hinauszögern kann. Sein Körper versteift sich, und sein Saft ergießt sich in mehreren tiefen Schüben in ihren Leib.

Ihr Höhepunkt ebbt ab. Tim ist immer noch hart. Vorsichtig lässt er seinen Körper auf ihren sinken. Sie bewegt sich Gott sei Dank nicht. Er hört ihren schnellen Atem und spürt seinen eigenen rasenden Puls. Nach einer Weile beruhigt sich sein Körper, und sein Penis beginnt, zu erschlaffen. Der Sex mit ihr ist verflucht gut. Daran könnte er sich gewöhnen. Definitiv.

Vorsichtig zieht er sich aus ihr zurück, und sie zuckt wimmernd zusammen, als er dabei ihre Klitoris streift. Innerlich gönnt er sich ein kleines gehässiges Grinsen. Sie bleibt nach einem Höhepunkt lange empfindlich. Ein Umstand, der einem sadistischen Mann nicht ungelegen kommt.

Aber heute hat sie genug gelitten. Er küsst ihren Bauch und steht auf, um das Kondom zu entsorgen und etwas zu trinken zu holen.

Als er sich wieder zu ihr legt, kuschelt sie ihr Gesicht an seine Brust und streicht über seine Rippen. Er küsst ihre Haare und saugt ihren Geruch ein. Seufzend schiebt sie ein Bein zwischen seine und küsst seine Haut.

„Tim, wann hast du deine Neigungen zum ersten Mal vor dir selber zugegeben?“, fragt sie nach einer Weile des einvernehmlichen Schweigens.

„In der Schule.“

Sie kichert. „Hast du die Mädchen an den Haaren gezogen?“

„Ich habe im Englischunterricht gesessen und mir vorgestellt, die Lehrerin mit gespreizten Beinen an ihren Stuhl zu fesseln und von der ganzen Klasse mit faulem Obst bewerfen zu lassen,“ antwortet er grinsend.

Ella quietscht vergnügt. „Vielleicht hat sie auch so was geträumt.“

Er lacht. „Das glaube ich nicht, obwohl, wenn ich es mir so recht überlege, es kann schon sein, dass sie insgeheim masochistisch war.“

Wieder ist es eine Weile still, dann räuspert sie sich. „Die Narben stammen von Zigaretten“, sagt sie leise. „Vinc hat irgendwann damit angefangen, damit ich an ihn denke, wenn er länger wegblieb. Erst unter den Armen, dann kam er auf die Idee, seine Initialen auf meine Schenkel zu schreiben. Ich wollte es nicht, es hat mich nicht erregt. Trotzdem habe ich mich nicht gewehrt."

Tim zieht sie ein Stück höher und küsst sie auf die Stirn.

„Schließ mit der Vergangenheit ab, Ella. Ab jetzt beginnt ein neues Leben für dich. Du bist nicht allein. Du hast mich als Freund, und Leon und Mona und Pascal. Wir werden dir alle helfen, dein Leben auf einen guten Weg zu bringen. Vertrau uns. Alles wird gut, Süße."

Er will sich gerade auf die Zunge beißen, weil ihm das Kosewort rausgerutscht ist, da registriert er mit Staunen, dass sie nicht zurückgezuckt ist. Er muss schlucken, und irgendwie jucken seine Augen. Mit einem Ruck zieht er sie noch ein wenig enger an sich heran.

Als Ella am nächsten Morgen aufwacht, weiß sie sofort, dass alles anders ist.

Die Farben im Raum sind heller, die Luft, die sie einatmet, ist klar und leicht, ihr Körper fühlt sich herrlich benutzt und entspannt an, und der Mann, an den sie sich kuschelt, ist ihr Freund, der alles von ihr weiß.

Sie trägt kein schweres Geheimnis mehr mit sich herum. Es gibt Menschen, die wissen, was sie getan hat und wie sie ist, und diese Menschen mögen sie trotzdem. Sie mögen sie nicht nur, sie finden sie vollkommen normal.

Als Tim sie am Abend gevögelt hat, ohne Gerede, ohne Unterwerfung, einfach mit grandioser ungehemmter Lust, heiß auf sie als ganz normale Frau war, da konnte sie sich zum ersten Mal nach langer Zeit voller uneingeschränkter Hitze und Freude hingeben. Kein schlechtes Gefühl, kein schlechtes Gewissen, keine Scham.

Er hat sie gerettet. Definitiv. Das wird sie ihm nie vergessen. Niemals. Wann immer er in den nächsten hundert Jahren ihre Hilfe braucht, wird sie für ihn da sein.

Sie liegt immer noch in seinem Arm, er atmet gleichmäßig und tief. Vorsichtig rutscht sie etwas zurück und stützt sich mit dem Ellenbogen auf, um ihn zu betrachten. Die Decke ist weggerutscht und bedeckt ihn nur unterhalb des Bauchnabels.

Er hat einen wunderschönen Körper. Kräftige, aber keine aufdringlichen Muskeln, sondern sehr ästhetisch-sportliche. Seine Wangenknochen sind stark ausgeprägt und seine Lippen voll und geschwungen. Lippen, die sie schon wieder auf ihrem Körper spüren möchte. Seine Hand liegt auf seinem Bauch. Er hat lange Finger, die wahre Wunderdinge mit ihr anstellen können. Ein leises Kichern entfährt ihr. Sie zieht sachte die Decke tiefer, und ihre Augen wandern zu seinem schönen Penis, der noch, genauso wie sein Besitzer, entspannt schläft.

Sie hat noch nie einen Mann ganz ungezwungen und in Ruhe von Nahem betrachtet. Jetzt beugt sie sich vor und holt das nach. Sein Schwanz ist schön. Wunderschön. Die Haut wirkt weich, fast wie Samt. Sie streicht vorsichtig mit einem Finger über die Seite und zuckt zurück, weil er mit einer kleinen Bewegung auf die Berührung reagiert.

Vorsichtig lugt sie nach oben. Tims Augen sind geschlossen, er schläft noch.

Sie kann nicht widerstehen und berührt ihn erneut. Wieder eine kleine Bewegung, und sie wird mutiger, streicht mit der ganzen Hand bis an den Ansatz, umfasst ihn und berührt die Hoden. Tim seufzt, rekelt sich, und nun erwacht sein Schwanz zum Leben. Wow. Beeindruckend.

Sie umfasst ihn und fühlt die dicken Adern entlang, zieht die Vorhaut zurück und streicht mit dem Daumen sachte über die Eichel. Tim stöhnt, und als sie jetzt einen Blick nach oben wirft, sind seine Augen halb offen. Sie grinst ihn verschmitzt an und umfasst wieder seinen Penis, diesmal etwas fester. Ein Lusttropfen glänzt auf der Eichel, und in ihrem Becken beginnt es zu pulsieren, sie wird feucht. Plötzlich greift er mit einer Hand in ihre Haare. Nein! Reflexartig versteift sie sich. Tims Gesicht zuckt, sein Blick ruht einen langen Moment auf ihr, dann lässt er ihre Haare los und streicht zärtlich hindurch. Er zwinkert. „Schublade, Fledermaus."

Sie beugt sich über ihn, öffnet die Lade und holt ein Kondom heraus. Er grinst. „Zieh es mir über."

Sie versucht, sich ihre Verlegenheit nicht anmerken zu lassen, reißt die Packung auf und stülpt es ihm unbeholfen über seinen Schwanz. „Und jetzt setzt dich auf mich und hab deinen Spaß."

Ups! So was hat noch nie jemand zu ihr gesagt. Ein albernes Kichern dringt aus ihrer Kehle. Vorsichtig kniet sie sich über ihn und führt ihn an ihren Eingang. „Bist du feucht genug?", fragt er heiser, und sie nickt. „Okay, dann mach es dir gemütlich."

Sie muss die Augen schließen, weil sie vor Scham zergeht, wenn sie in seine blickt. Sie lässt sich auf ihn herabsinken und stöhnt auf. Wow. Was für ein Gefühl. Langsam dringt sein Schwanz in sie ein und füllt sie vollständig aus. Sie bleibt regungslos sitzen und wartet, bis sich ihre Muskeln seinem Schwanz anpassen. Ihre Augen klappen wieder auf und treffen seinen Blick, der dunkel und glühend ist.

„Beug dich etwas vor, Ella."

Sie gehorcht, und er legt seine Hände leicht auf ihre Brüste.

„Wie fühlen sich deine Brustspitzen heute an, Ella?"

Prompt wird ihr Gesicht heiß. Oh Mann! „Geht schon."

Er grinst, zupft einmal an den Nippeln, sodass sie leise aufschreit, und rutscht mit den Händen um ihre Taille.

Seine Frage hat ihre Erregung noch gesteigert. Sie hebt sich, lässt ihn ein Stück aus sich herausgleiten und sinkt wieder auf ihn herab.

Er stöhnt. „Geil, Fledermaus. Das ist so geil. Mach weiter. Genauso. Bitte."

Sie lächelt und wird mutiger. Etwas schneller hebt und senkt sie sich, fühlt das Summen in ihrem Unterleib und verlagert ihr Gewicht ein wenig, damit er noch tiefer in sie eindringen kann. Wow, das ist gut. Das ist unglaublich gut. Das will sie unbedingt noch länger auskosten und wird wieder langsamer. Er stöhnt lauter, festigt seinen Griff um ihre Taille etwas, doch sie lässt sich nicht manipulieren. Seine Reaktionen erregen sie unglaublich, sie setzt sich gerader hin, drückt den Rücken durch und lässt sich schwer auf ihn sinken. Er stöhnt. Sein Schwanz berührt diesen Punkt tief in ihr, Blitze zucken, und sie schreit leise auf, noch mal, genauso noch mal, wow, heiß, einfach nur heiß. Plötzlich liegt sein Daumen auf ihrer Klit und beginnt, sie zu umkreisen. Erst langsam und sanft, dann etwas härter. Er kratzt darüber, und ihr Atem geht schneller, Druck baut sich in ihrem Inneren auf. Beim nächsten Herabsinken lehnt sie sich etwas zurück, und er trifft noch direkter ihren G-Punkt. Sie seufzt auf, und die Wellen eines Höhepunktes tragen sie davon. Es ist anders als sonst, weicher, zärtlicher und trotzdem sehr intensiv. Er stöhnt laut, drückt sein Becken nach oben, um sich weiter in sie hineinzuschieben, und sie sinkt mit dem Oberkörper herab.

Mit einem Ruck dreht er sie beide um, schlingt die Arme um ihre Kniekehlen und hebt ihre Beine hoch, sodass sie auf seinen Schultern liegen. Er stößt zu, und sie schreit überrascht auf, ihre Klit explodiert unter der neuen Berührung, und er reibt sie noch härter, ihre Muskeln zerfließen, ihr gerade abebbender Orgasmus steigert sich zu einem neuen. Sie ist noch nie von einem so langanhaltenden Höhepunkt geschüttelt worden, dann stöhnt Tim tief und animalisch auf, versteift sich mehrmals und schenkt ihr seinen warmen Saft.

Ihre Beine rutschen von seinen Schultern herunter, und er lässt seinen Körper auf ihren sinken. Ganz allmählich kommen sie beide wieder zur Ruhe.

„Guten Morgen, Fledermaus.“ Er atmet geräuschvoll aus. „Das war gerade ein ziemlich geiler Weckdienst.“

Sie kichert. „Guten Morgen, Sonnyboy. Freut mich, wenn es dir gefallen hat.“

Ella schiebt den Teller zurück und lässt sich gegen die Rückenlehne des Stuhles sinken. Tim zieht besorgt die Augenbrauen hoch. „Bist du schon satt?“

„Ich habe drei Brötchen gegessen.“

Er grinst, und sie verdreht die Augen. „Du veräppelst mich schon wieder."

„Stimmt, du Vielfraß."

Er mustert sie und ist zufrieden. Ihr Gesicht wirkt jetzt entspannt, nicht mehr so verschlossen wie sonst.

Er neigt den Kopf etwas. „Was meinst du, Fledermaus, wollen wir heute mal das Durcheinander deines Lebens in Angriff nehmen? Diese Woche kann ich dir helfen, nächste muss ich für vier Tage nach Köln."

Sie atmet tief ein und zieht die Schultern hoch. „Ja. Es wird Zeit und …", sie lässt die Schultern sinken, „ich habe keine Ahnung, wo ich anfangen soll." Ratlos sieht sie ihn an.

„Hast du eigentlich eine Berufsausbildung?"

„Nein. Ich sollte Hauswirtschafterin werden, weil es klar war, dass ich den Hof übernehme. Aber dann war ich so schlecht in der Schule, weil ich ja jeden Tag die Kühe gefüttert und gemolken und dafür in der berufsbildenden Schule geschwänzt habe." Sie schüttelt den Kopf. „Irgendwie habe ich dann den Anschluss verpasst."

„Hattest du Berufsträume, bevor du diesen Scheißtypen kennengelernt hast?"

Ihr Blick gleitet zum Fenster, und sie schweigt eine Weile, dann lächelt sie unsicher. „Ich habe mal davon geträumt, auf dem Hof ein Ausflugslokal mit einem Streichelzoo zu eröffnen, für Familien mit Kindern." Sie trinkt einen Schluck Kaffee, stellt den Becher wieder hin und lacht. „Ich habe sogar schon ein Rezeptbuch dafür. Jede Menge Mittagsgerichte, Kuchen und Torten."

„Du kannst kochen?"

„Ja, ich koche gerne."

„Dann solltest du vielleicht eine Ausbildung in der Gastronomie machen.“

Sie nickt langsam. „Ja, aber das geht nicht so einfach. Ich habe …“ Sie atmet wieder tief durch. „Ich habe so viel nicht bezahlt. Ich habe den Kopf in den Sand gesteckt. Alle Rechnungen und Mahnungen liegen ungeöffnet in einem großen Karton im Wohnzimmer, und ich habe keine Ahnung, wie hoch der Schuldenberg ist und was mit meinem Bankkonto passiert ist. Ich bin einfach nicht mehr hingegangen.“

Tim nickt. „Am besten fahren wir gleich zu dir und holen diesen Karton. Dann sortierst du alles und wir sprechen mit der Bank und dem Gerichtsvollzieher. Irgendwie wird es sich schon regeln lassen. Ist das Haus auch beliehen?“

„Nein. Vincent meinte, Papa solle eine Hypothek aufnehmen, damit er noch mehr Wohnungen kaufen kann, aber zum Glück hat er das nicht gemacht. Er hat sogar eine kleine Weide am Haus behalten, damit unsere Kinder später ein Pony haben können.“

Sie presst die Lippen fest zusammen, und in ihren Augen schimmert es verdächtig. Schnell legt Tim seine Hand auf ihre. „Es ist Vergangenheit, Ella. Sieh nach vorn.“

Sie seufzt. „Ja.“

Eine Stunde später parken sie auf dem Hof. Tim wirft ihr einen schnellen Seitenblick zu, doch ihre Mimik ist ausdruckslos. Sie steigen aus und betreten das Haus. Zum Glück ist es in den letzten Tagen nicht noch kälter geworden, und an diesem Morgen zeigt das Thermometer sogar Plusgrade an. Der Schnee schmilzt, die Wasserleitungen funktionieren wieder.

Ella geht zielstrebig durch den Flur ins Wohnzimmer. Direkt neben der Tür steht ein großer Karton voll mit ungeöffneten Briefen. Sie zeigt darauf. „Da sind sie."

Er klopft ihr ermutigend auf die Schulter. „Zum Glück hast du sie nicht weggeworfen, dann wäre jetzt alles viel schwieriger."

Sie seufzt. „Ja."

In der Küche sieht sie sich um. „Ich muss aufräumen."

„Die nächsten Wochen bleibst du noch bei mir. Du kannst hier wieder einziehen, wenn es wärmer ist, du Arbeit hast und der Strom wieder eingeschaltet ist."

Sie zieht die Stirn kraus. „Aber das geht doch nicht."

„Warum nicht?"

„Weil … weil es dich nerven wird. Du lebst schließlich allein, weil du dich allein wohlfühlst."

Er lächelt und zieht sie in eine Umarmung. „Ein paar Wochen halte ich es mit dir schon aus."

Sie drückt ihn ein Stück zurück, um zu ihm aufsehen zu können. „Du musst das alles nicht für mich tun."

Er küsst sie auf die Nasenspitze. „Ich kann aber. Außerdem …" Er greift ihre Handgelenke und führt sie auf ihren Rücken, wodurch sich ihr Körper an seinen anschmiegt und sie zulassen muss, dass er an ihrem Ohrläppchen knabbert. „Außerdem kann ich dich, solange du bei mir wohnst, wann immer ich Lust habe in meinen Keller schleifen und hemmungslos quälen."

Sie kichert albern und versteckt ihr Gesicht an seiner Brust, doch er hat gespürt, dass einen Moment lang ihr Atem stockte und ihr Herz schneller schlug.

„Nimm dir noch Sachen zum Anziehen mit, dann kann Mona ihre wiederhaben."

Sie nickt und löst sich von ihm.

Er begleitet sie in ihr Zimmer und sieht zu, während sie einen kleinen Koffer packt. Ihr Kleiderschrank ist halb leer, und Wintersachen hat sie gar keine. „Warum hast du so wenig Klamotten?"

„Das meiste habe ich auf dem Flohmarkt verkauft, um mir was zu essen zu kaufen."

Er schüttelt den Kopf. „Mädel, Mädel. Hast du denn keine Freunde oder Verwandte, die dir hätten helfen können?"

Sie senkt den Kopf. „Ich konnte doch nicht sagen, was passiert ist."

Er seufzt. „Wir kaufen dir nachher noch was. Wir müssen sowieso in die Stadt, um dir ein Smartphone zu besorgen."

„Nein!"

„Erstens will ich nicht noch mal deinen Krankenpfleger spielen, und zweitens musst du erreichbar sein und Internet haben, schon allein, um Stellenangebote zu lesen."

„Aber das Geld!"

„Du kannst es mir zurückgeben. Ich leihe es dir. Das ist ganz normal unter Freunden."

Sie schließt seufzend den Koffer. „Okay, dann können wir los."

Als sie das Haus schon fast verlassen haben, fällt ihm noch etwas ein. „Wo geht's zum Dachboden hoch?"

Irritiert hebt sie die Augenbrauen. „Warum?"

„Frag nicht, rede."

„Da." Sie zeigt auf die Treppe.

„Okay. Führ mich hin."

„Aber was willst du …"

Er legt seine Hand in ihren Nacken. „Führ mich hin, Fledermaus."

Sie geht los und er folgt, ohne seine Hand von ihr zu lösen.

Die Bodenklappe steht offen, und eine Trittleiter lehnt daran. Sie wird nervös, ihre Wangen glühen. „Da oben. Aber da ist nichts. Ich weiß nicht …"

„Hochklettern."

Sie stöhnt genervt und klettert vor ihm her nach oben.

Der Strick hängt an einem Balken mitten im Raum.

„Hat sich dein Vater hier umgebracht?"

„Mmh." Sie starrt auf den Boden.

„Und du wolltest es auch tun."

Sie nickt zaghaft, ohne aufzusehen.

Er schnaubt zornig, zieht die Leiter durch die Luke nach oben und lehnt sie an den Balken. „Los, klettere rauf und nimm das Ding ab."

Sie gehorcht, fummelt den Knoten auf und lässt das Seil nach unten fallen. Als sie von der Leiter steigt, zeigt er auf den Boden. „Aufsammeln. Mitnehmen."

Sie verlassen den Dachboden. Sie folgt ihm in die Küche und sieht ihn fragend an."

„In den Ofen und anzünden."

Sie gehorcht. Gemeinsam sehen sie zu, wie die trockenen Fasern verglühen.

„Versprich mir, dass du nie wieder auf so eine Scheißidee kommst."

„Ich verspreche es."

„Gut."

Kapitel 7

„Ich hab einen Job. Ich hab einen Job. Ich hab einen Job."

Übermütig tanzt Ella die Straße entlang, springt dabei wie ein Kind in jede Pfütze und kichert albern, als eine ältere Frau missbilligend den Kopf schüttelt.

Sie kann ihr Glück kaum fassen. Es ist noch keine drei Wochen her, dass sie sich das Leben nehmen wollte, und nun sieht die Zukunft so rosig aus. Nachdem sie letzte Woche alle Rechnungen sortiert hatte, war Tim mit ihr zur Bank gegangen und ruckzuck war alles geregelt.

Monas Schreibwarenladen kommt in Sicht, und Ella beschließt hineinzugehen, um ihr großes Glück mit ihr zu teilen. Mona hat sich vor Kurzem mit der Inhaberin des Nachbarladens zusammengetan. Sie haben die Wand zwischen den beiden Geschäften herausgerissen und teilen sich jetzt die Angestellten. So rentieren sich die Läden wieder, was vorher nicht der Fall war.

Sie öffnet die Tür. Ein Glöckchen klingelt, und Mona, die gerade an ihrem Tresen steht, sieht auf.

Sie lächelt, als sie Ella erkennt. „Hi!"

„Hi Mona, stell dir vor, ich habe einen Job!"

„Hey! Das ist ja klasse! Erzähl!"

„Im Hotel David. Erst mal als Küchenhilfe, und wenn sie mit mir zufrieden sind, kann ich im Herbst eine Ausbildung zur Hotelfachfrau machen."

Mona umarmt sie fest. „Super! Herzlichen Glückwunsch, Ella! Das ist wirklich, wirklich toll."

Ella atmet tief durch. „Ja. Ich bin so froh und erleichtert. Das habe ich alles Tim zu verdanken."

„Wo ist der eigentlich? Weiß er es schon?“

„Nein, er arbeitet diese Woche in Köln, kommt aber heute Abend nach Hause.“

Mona deutet nach hinten. „Komm, wir setzen uns in mein Büro. Ich gebe einen Kaffee aus.“

Sie sagt ihrer Mitarbeiterin Bescheid, und sie gehen nach hinten. Mona schenkt aus einer Thermoskanne Kaffee ein, und sie setzen sich.

„Hast du schon deine Geldangelegenheiten geregelt?“

„Ja. Gott sei Dank. Allein hätte ich das nie so schnell hinbekommen. Tim hat mir Geld geliehen, und ich konnte mein Konto ausgleichen und alle Rechnungen bezahlen. Es waren fast fünfzehntausend Euro. Die muss ich jetzt bei ihm abstottern. Zum Glück hat das mit dem Job so schnell geklappt, sodass ich gleich damit anfangen kann.“

Mona zwinkert. „Bist du jetzt mit Tim zusammen?“

Ella schüttelt heftig den Kopf. „Nein. Wir sind nur Freunde.“

„Aber er legt dich übers Knie.“

Ella zuckt zusammen und spürt, dass sie rot wird. Mona grinst. „War mir klar.“

Ella kann sich ein Kichern nicht verkneifen. „Also direkt übers Knie noch nicht, aber er hat’s versprochen.“

Sie lachen beide, albern wie pubertierende Teenies.

„Ich bin so froh, dass es euch alle gibt“, stößt Ella atemlos hervor, als sie sich endlich gefangen haben. „Es ist so erleichternd für mich, dass ihr so locker mit diesen Themen umgeht.“

„Hast du sonst niemanden?“

„Nein. Als ich mit Vincent zusammen war, habe ich alle Kontakte zu meinen Freunden abgebrochen. Ich hatte viel zu viel Schiss, dass sie mitkriegen könnten, welcher Art mein Verhältnis zu ihm war."

„Und er hatte auch keinen Freundeskreis?"

„Nein. Er war ja ständig auf Reisen, hat eigentlich nur in Hotels gelebt." Sie schüttelt den Kopf. „Ich hab ihn angehimmelt wie einen Gott, und alles andere war mir egal."

Mona beugt sich vor. „Manchmal ist man einfach blind. Ich kann das gut verstehen."

Ella seufzt. „Ich werde allein bleiben. Das habe ich mir geschworen. Mit normalem Sex komme ich auf Dauer nicht klar, und da ich dominante Männer ja anscheinend nicht gut genug einschätzen kann, lasse ich es lieber ganz."

Mona grinst. „Außer mit Tim."

„Wir sind nur Freunde mit gelegentlichem Sex ohne Verpflichtungen. Klare Abmachung."

Mona grinst. „Typisch Tim."

„Ich will gar nicht mehr."

„Rede nicht. Ihr seid ineinander verliebt, das sieht jeder."

Ella hebt abwehrend die Hände. „Nein, ganz sicher nicht. Ich verliebe mich nicht mehr. Niemals wieder darf ein dominanter Mann in meinem Leben irgendetwas bestimmen."

Mona legt eine Hand auf ihren Arm. „Ella, du verwechselst Dominanz und Egoismus. Dominante Männer wie Tim oder Leon sind fürsorglicher als jeder normale Typ. Sie lieben ihre Frauen, achten auf sie und beschützen sie." Sie verdreht die Augen. „Zugegeben, Letzteres manchmal etwas übertrieben." Sie lächelt. „Einem dominanten Mann kannst du dein Leben anvertrauen. Es gefällt ihm zwar, dir Striemen auf den Arsch zu zaubern, aber er würde dir niemals ernsthaft schaden. Typen wie dein mieser Ex sind einfach nur egoistisch. Sie missbrauchen Frauen unter dem Deckmantel BDSM für ihre Zwecke und saugen sie aus. Das eine hat mit dem anderen nichts zu tun."

Ella nickt nachdenklich. „Ich glaube, ich verstehe, was du meinst." Sie atmet tief durch. „Ich muss jetzt los. Tim wird gegen acht kommen, und ich will ihn zur Feier meines neuen Jobs mit einem Essen überraschen. Dafür muss ich noch einkaufen."

Mona grinst. „Zieh einen engen Rock ohne Slip an."

„Was?"

„Enger Rock, kein Slip. Glaub mir, das wird heiß."

Ella kichert. „Ich habe keine Röcke mehr."

„Dann kauf dir einen. Gegenüber in der kleinen Boutique gibt es gerade ein paar Sonderangebote. Nimm einen aus Stretch, den er einfach hochschieben kann."

Tim summt gut gelaunt die Radiomusik mit. Endlich Freitag. Ein halbes Stündchen noch, dann ist er zu Hause. Er freut sich auf die kleine Fledermaus. Nachdem sie letzte Woche gemeinsam Ellas Geldangelegenheiten geregelt hatten, war sie von Tag zu Tag lockerer geworden, und sie hatten jeden Tag Sex. Normalen Sex. Albernen Sex. Sex mit durchkitzeln, Sex unter der Dusche und Sex im Flur an der Wand. Es war, als ob sie nach diesen intensiven ersten Begegnungen beide ein Bedürfnis nach fröhlicher Normalität hätten. Während der letzten Tage haben sie Millionen von Textnachrichten durchs Netz geschickt und jeden Abend telefoniert, gescherzt und geflirtet. Sie sind sich vertrauter geworden, und allmählich drängt sich die sadistische Ader in ihm wieder in den Vordergrund.

Vergnügt malt er sich aus, was er in den nächsten Wochen in seinem Spielekeller alles mit ihr anstellen wird, er hat nämlich jetzt Urlaub, drei Wochen lang. Was für herrliche Aussichten!

Aufatmend betätigt er den Blinker. „Geschafft."

Was Ella wohl macht? Ob sie schon auf ihn wartet?

Pfeifend zieht er den Koffer aus dem Auto und eilt die Stufen zur Haustür hinauf.

Im Treppenhaus empfängt ihn fetzige Popmusik aus seiner Wohnung. Schmunzelnd schließt er auf, betritt den Flur und stellt den Koffer in die Ecke. Das Wohnzimmer ist leer, aber der Esstisch ist für zwei gedeckt. Mit Blumenschmuck und Kerzen. Er schlendert Richtung Küche. Da steht sie, mit dem Rücken zu ihm an der Spüle. Der Mixer ist an, deswegen hört sie ihn nicht. Er verschränkt die Arme vor der Brust, lehnt sich an den Türrahmen und mustert sie voller Genuss von unten bis oben. Ein breites Grinsen schleicht sich in sein Gesicht. Sie ist barfuß, die Beine sind nackt. Dann kommt, etwa zwanzig Zentimeter über dem Knie beginnend, ein blauer knallenger, dünner Rock, durch den er die Konturen ihrer strammen Arschbacken bewundern kann. Sie wippt im Takt der Musik mit den Hüften, und er wird augenblicklich hart. Obenrum trägt sie eine weiße durchschimmernde Bluse im Stil eines Männerhemdes. Die unteren Ecken hat sie am Bauch verknotet, sodass die Zipfel der Bluse nicht über den Rock hängen. Unter diesem weißen Etwas Stoff trägt sie anscheinend nichts. Auf ihrem Rücken ist kein BH-Riemchen zu erkennen. Die Ärmel hat sie bis zu den Ellenbogen aufgekrempelt, und ihre langen Haare sind zu einem Zopf geflochten.

Der Mixer geht aus, sie dreht sich halb um und zuckt mit einem kleinen Aufschrei zusammen, als sie ihn entdeckt, doch gleich darauf verzieht sich ihr süßes Gesicht zu einem verzückten Lächeln. „Da bist du ja."

„Da bin ich." Er grinst, sie fällt ihm in die Arme und streckt sich ihm entgegen. Wer sollte da widerstehen? Sie versinken in einem langen, tiefen Kuss.

Als er sich von ihren Lippen löst, lächelt sie gleich wieder. „Ich habe eine Lasagne vorbereitet, die Füllung ist ein Spezialrezept. Meine Erfindung. Wenn wir essen wollen, brauchen wir sie nur noch für eine halbe Stunde in den Ofen zu schieben, und zum Nachtisch gibt es Mousse au Chocolat."

Ella duftet frisch geduscht und nach einem unauffälligen, leichten Parfüm. Er muss sie noch einmal küssen und beschnuppern. Während ihre Zungen sich wieder umschlingen, wandern seine Hände auf ihre Pobacken, und er zieht ihr Becken fest an seinen harten Schwanz. Sie stöhnt. Er kann gar nicht anders, als in ihr Ohrläppchen zu beißen. „Ella, ab jetzt gilt dein Safeword wieder. Versprich mir, dass du es benutzt, wenn es nötig ist. Ich muss mich darauf verlassen können."

Sie zieht herrlich misstrauisch die Stirn kraus. „Warum sagst du das gerade jetzt?"

„Versprich es", raunt er, und sie nickt. „Ich verspreche es."

„Das ist gut, ich habe nämlich die Absicht, dich jetzt hart zu bestrafen." Er könnte schwören, dass genau in diesem Moment die Erde eine Sekunde lang bebt. Ihre Wangen färben sich rot.

„Warum? Ich habe nichts getan!"

Er überlegt einen Moment. „Ruhestörung."

„Was?"

„Die laute Musik."

Sie kichert und schlägt mit der flachen Hand gegen seinen Brustkorb. „Du willst mich mal wieder veräppeln."

Er knabbert an ihrer Kehle. „Wenn dir der Grund nicht gefällt, such dir einen anderen."

Sie will ihn wegdrücken. „Hey! Was soll das denn heißen?"

Er greift ihren Zopf und zieht ihren Kopf in den Nacken, bis sie ihm in die Augen sehen muss. „Ich bin ein Sadist, und du bist eine Masochistin und wackelst aufreizend mit deinem prallen Arsch. Einen anderen Grund brauche ich eigentlich nicht."

Ihr Atem geht schneller, ihre Augen werden größer. Ihr rechtes Lid zuckt, ihre Unterlippe auch.

Ja, genau so soll es sein.

Er lässt sie los und zeigt lässig in Richtung Flur. „Okay, Fledermaus. Ich denke, wir gehen ins Wohnzimmer. Du zuerst, und zieh den Rock hoch."

Sie dreht sich um und will loslaufen.

„Halt! Erst den Rock hoch."

Ihre Finger zittern leicht, als sie den Stoff berührt, sie zögert, stößt plötzlich einen spitzen Schrei aus und rennt los in Richtung Schlafzimmer. Bevor sie ihm die Tür vor der Nase zuknallen kann, hat er seinen Arm um ihre Taille geschlungen und sie zurückgerissen. Albern kichernd strampelt sie in seiner Umklammerung. „Lass mich los! Lass mich sofort los!"

„Oh, oh, Fledermaus. Du glaubst ja nicht, was für einen Gefallen du mir mit solch einer Aktion tust.

Ich liebe es, wenn kleine Mädchen aufmüpfig werden, umso geiler ist es, sie zu unterwerfen.“

Seine Worte lassen sie keuchen, und vergnügt nimmt er wahr, dass ihre Abwehr nur noch mit halber Kraft erfolgt. Er verpasst ihr einen hübschen Knutschfleck unter dem Ohr. Okay, das gehört eigentlich in die Pubertät, aber er kann sich gerade nicht beherrschen. Ihr Keuchen wird zu einem wütenden Schnauben, aber schließlich gibt sie auf. Wow, sie fühlt sich so gut an, so weich und geschmeidig.

Er schiebt sie vor sich her, ohne den festen Griff um ihre Taille zu lösen. „Weißt du, wie sich ein gehorsames Mädchen benimmt, wenn es übers Knie gelegt wird, Ella?“

„Nein, Sonnyboy, und das interessiert mich auch nicht“, keift sie, bäumt sich erneut auf, und er lacht. „In Zukunft wird dich das interessieren, Schätzchen, das verspreche ich dir.“

Er rückt einen Stuhl vom Tisch ab, setzt sich und zieht sie bäuchlings über seinen Schoß. Sie macht sich steif, und er grinst. „Keine Chance, Baby, du verschwendest nur deine Kräfte.“ Mit geübtem Griff dreht er ihr einen Arm auf den Rücken und klemmt sich einen Fuß unter sein Bein. Sie bäumt sich zischend auf, merkt, dass sie machtlos ist, und lässt schwer atmend den Kopf sinken.

„Dieser Rock gefällt mir ausnehmend gut, aber momentan stört er.“

In aller Ruhe zieht er den elastischen Stoff bis zur Taille hoch. „Kein Slip. Hab ich mir doch gedacht. Sehr schön, kleine Fledermaus. Dieser Umstand könnte sich strafmildernd auswirken, wenn du jetzt schön brav bist.“

Ihre Pobacken zucken, und sie hat genüsslich gestöhnt, als er ihr über ihren Arsch gestreichelt hat.

„Es gefällt dir anscheinend, so auf meinem Schoß zu liegen.“

„Leck mich!“, zischt sie mit Inbrunst.

„Vielleicht später. Jetzt ist erst mal was anderes dran.“

Er tätschelt ihre weiche Haut und fühlt, wie darunter die Muskeln zucken. „Lass los, Ella. Du willst es doch.“

Er massiert sie gefühlvoll und reizt mit den Fingerspitzen den Übergang zu ihrem Rücken, wo die Nerven unter der Haut besonders empfindlich sind. Es dauert nicht lange, bis sie seufzt und sich entspannt. Sicher denkt sie, es bleibt so schön. Einen köstlichen Moment lang lässt er sie in diesem Glauben. „Dein Arsch ist perfekt geformt, Fledermaus. Ich liebe ihn, und er wird gleich schön glühen.“

Sie zittert und stöhnt, ihr Arm zuckt unter seinem Griff.

„Bist du schon feucht, Ella?“

Sie antwortet mit einem gestöhnten, wütenden „Umpfmistarsch“.

Er drängt mit seinen Fingern in ihre Mitte, und schwer atmend öffnet sie ihre Beine. Ihre Pussy ist nass. Klatschnass. Fast möchte er das Spanking verschieben, sie auf die Couch werfen und sie vögeln, bis sie schreit. Aber dafür war sie gerade zu frech.

„Sehr schön, die kleine Fledermaus ist bereit.“ Noch ein Aufbäumen und zischendes Atmen. Sie beißt die Zähne zusammen. Wie süß. Er beginnt mit leichten Schlägen und lässt ihr Zeit, sich an den Rhythmus zu gewöhnen. Was für ein herrliches Geräusch ist doch das Klatschen der flachen Hand auf weichem Frauenfleisch. „Gib auf, Ella. Genieß es." Er intensiviert die Schläge, sie quietscht schrill und verkrampft. „Locker hab ich gesagt, Ella, mach es dir nicht so schwer, es nützt dir nichts. Du wirst gleich schreien und mich verfluchen, anschließend weinen und mich lieben. Akzeptier es, dann hast du es leichter."

Ohne weiter auf ihre Abwehr zu achten, gibt er sich jetzt ganz seinem Vergnügen hin, achtet aber darauf, den Schmerz in einem Bereich zu halten, in dem sie loslassen kann. Dieses Spanking dient der Lust, ihrer und seiner. Er klatscht auf ihren Arsch, abwechselnd rechts und links, dann mal etwas tiefer auf die empfindliche Haut am Übergang zu den Oberschenkeln. Sie kämpft noch einen Moment gegen Stolz und Scham, dann gibt sie nach, akzeptiert, dass der Schmerz sie erregt. Die Tränen rinnen ihre Wangen herunter, während sie ihm ihren Po schamlos entgegenstreckt. Er lässt ihre Hand los, und sie krallt sich in sein Hosenbein. Das Wimmern wird zu heißem Stöhnen, ihr Fleisch zittert und bebt, die Haut glüht feuerrot. So geil. „Die Beine breit, Ella", brummt er, und sie gehorcht auf der Stelle. Er spielt mit ihrer Perle, bis sie sich stöhnend aufbäumt, und drängt sich dann hart mit zwei Fingern in ihren engen Gang. Sie ist so nass und heiß, dass sie fast augenblicklich in einem Orgasmus explodiert. Lächelnd stimuliert er sie weiter, bis sie sich beruhigt. Er streicht sanft über ihren Rücken. Sie bleibt liegen, schluchzend, schniefend, stöhnend, losgelöst von dieser Welt. Sie versucht, nicht aufzustehen. Sie will nicht weg. Er liebt es, wenn ein Mädchen sich ihm so hingibt. Eine Weile genießt er es, streicht über ihre Haare und über den bebenden, heißen Arsch, doch dann fordert sein harter Schwanz sein Recht. Er greift in ihren Zopf. „Aufstehen, Ella. Wir sind noch nicht fertig miteinander“, sagt er fröhlich und schiebt den Arm unter ihren Brustkorb, um ihr hoch zu helfen.

„Arsch“, flüstert sie hingebungsvoll.

Fuck! Sie ist perfekt.

Sie lässt sich willig hochziehen, und er drängt sie an einen der dicken Stützpfeiler mitten im Raum, hebt ihre Hände und fesselt diese mit den an den Ketten hängenden weichen Manschetten über ihrem Kopf. Es sind selbst konstruierte Teile mit raffinierten Schnellverschlüssen. Alles geht so schnell, dass sie es erst kapiert, als er längst fertig ist. Er zieht die Ketten so hoch, dass sie gerade noch auf dem Boden stehen kann. Ihr Gesicht ist verheult, die Augen rot, das Haar zerzaust, genauso wie es sich für ihn nach einem ordentlichen Spanking gehört. Einen Moment lang versinkt er in ihrem hingebungsvollen Blick, dann schließt sie die Augen. Er hebt ihr Kinn an und legt seine Lippen auf ihre. Willig öffnet sie den Mund und empfängt seine Zunge. Sie stöhnt und wimmert leise, während er ihre Mundhöhle in Besitz nimmt. Beide genießen den langen, fordernden Kuss.

„Geht es dir gut, Ella?“, fragt er leise an ihrem Ohr.

„Ja“, flüstert sie und lächelt.

In aller Ruhe knöpft er ihre Bluse auf und legt seine Hände auf ihre Brüste. Sie bebt und reckt sich ihm entgegen. Ihr Brustkorb zittert, und sie wimmert, als er beginnt, die rosa Nippel mit wachsender Intensität zu zwirbeln, bis sie geschwollen und dunkelrot sind.

„Sieh mich an, Ella.“

Ihre Augen klappen auf. Er zieht an ihren Nippeln, und sie streckt sich ihm wimmernd entgegen. Nur sie und er. Wie in einer Blase gefangen, getrennt vom

Rest der Welt, so intensiv miteinander verbunden, wie es für sie nur in einer SM-Session möglich ist. Er legt seine Hand an ihre Wange, und sie schmiegt ihren Kopf hinein. Seine Finger rutschen weiter, streichen über ihre Kehle, und sie streckt seufzend und vertrauensvoll den Kopf in den Nacken, sodass er nur zuzudrücken bräuchte, um sie zu erwürgen. Aber sie vertraut ihm. Sie gehört ihm. Ihr Körper und ihre Seele. Er betrachtet ihren flachen Bauch. Der Rock hängt zusammengeschoben über der Taille, dazu die offene Bluse. Dieser Anblick törnt ihn mehr an, als wenn sie ganz nackt wäre. Ihre Brust hebt sich bei jedem Atemzug, ihre Pussy glänzt vor Feuchtigkeit.

Ohne sie aus den Augen zu lassen, greift er in die Hosentasche, holt ein Kondom heraus und öffnet seine Hose.

Sie sieht aus gesenkten Lidern zu, bis er bereit für sie ist. Dann zieht er ihr linkes Bein hoch, drängt an ihren nassen Eingang und schiebt sich mit einem harten Stoß in ihre Vagina. Sie schreit leise auf. Sie ist so nass und weich, dass er ohne Widerstand tief in ihre Enge gleiten kann. Er stöhnt und drückt seine Lippen auf ihre, beißt in ihre Unterlippe. Ihr Körper zuckt, und er zieht seinen Schwanz zurück, um kurz darauf erneut tief in sie einzudringen. Sein Mund wandert zu ihren Brüsten, seine Zähne beißen leicht in die bereits herrlich geschwollenen Nippel, sie schreit, und ihre inneren Muskeln zucken um seinen Schwanz herum. Was für ein Gefühl!

„Greif in die Ketten, Ella. Halt dich fest“, murmelt er, und sie gehorcht. Er zieht auch den rechten Fuß hoch, sodass sie in den Manschetten hängt. Sie umklammert mit den Beinen seine Taille. Jetzt wird sein Schwanz härter, und er stößt schneller zu, ohne dass sie ihm ausweichen kann. Sie stöhnt, schreit, neue Tränen laufen über ihre Wangen, dann bäumt sie sich auf, wirft den Kopf in den Nacken, und elektrische Impulse scheinen fest um seinen Schwanz herum zu pulsieren. Seine Hoden ziehen sich zusammen. Mit einem heiseren Schrei versteift er sich und entlässt seinen Samen in ihren Leib. Er umfasst ihren Po, um sie zu stützen, und sie zischt durch die Zähne, als er die heiße Haut berührt. Sein Schwanz ist immer noch steinhart und zuckt unkontrolliert, immer noch hält sie ihn in sich fest. Ihre Stirn sackt an seine Brust, und ganz allmählich entspannen sich ihre Körper, bis er sich endlich vorsichtig aus ihr zurückziehen kann. Langsam stellt er sie wieder auf den Boden. Einen Moment lang lehnt er seine Stirn gegen ihre. Ihr Wangen glühen, Haare fallen zerzaust in ihre Stirn. Sanft schiebt er sie zur Seite und küsst ihre Nasenspitze. „Kannst du stehen, Fledermaus? Ich muss dich loslassen, um deine Hände zu befreien."

Ihre Augen sind geschlossen. „Mmh."

„Lass dich einfach gegen mich fallen, okay?"

„Mmh."

Er lässt die Ketten ein Stück herunter, löst die Schnellverschlüsse an den Manschetten, legt ihre Arme um seinen Nacken und fängt sie auf. „So ist es gut. Komm, Baby, auf die Couch."

„Ist die Session vorbei?", fragt sie träge, mit den Lippen an seinem Hals.

„Ja. Das ist sie."

Ihre Lippen bewegen sich auf seiner Haut. Aus halb geschlossenen Lidern blinzelt sie zu ihm hoch.

Sie seufzt. „Gut. Ich kann auch nicht mehr."

Er küsst ihre Haare. „So soll es sein, kleine Fledermaus."

Er schiebt sie zur Couch, legt sie hin und geht, um das Kondom zu entsorgen und sich endlich aus seinem blöden Anzug zu befreien.

Im bequemen, ausgeleierten Jogginzeug kommt er zurück und kuschelt sich mit ihr zusammen unter eine Wolldecke.

Sie seufzt und schiebt ihre Hand unter den Stoff auf seine Haut. Er küsst ihre Stirn. „Alles okay, Ella?"

Sie atmet tief durch. „Ja. Alles bestens."

Er lacht leise. „Da habe ich ja Glück gehabt."

„Es ist ganz anders. So wie mit dir muss es sein. Nur so ist es richtig."

„Wie meinst du das?"

„Vinc wollte immer das schüchterne, ängstliche Mädchen. Ich musste absolut gehorsam sein. Wenn ich geflucht oder mich gegen ihn gewehrt hätte, hätte er mich auf der Stelle beleidigt verlassen. Und davor hatte ich am meisten Angst. Es war nicht nur in den Sessions so, es war immer so, jede Sekunde unseres Zusammenseins."

„Das hört sich nach ziemlichem Psychoterror an."

„Ja, das war es. Er hat mich nie mit körperlicher Kraft überwältigt, aber wenn ich nur einmal aufbegehrt hätte, wäre er gegangen. Hätte ich das doch bloß getan! Es wäre viel einfacher, wenn ich jetzt sagen könnte, er hätte mich zu all dem gezwungen."

„Er hat dich gezwungen, Ella, auf eine ganz gemeine und perfide Art. Du hattest keine Chance gegen ihn. Vergib dir."

Sie schweigt, und er zieht sie enger an sich. „Du magst es also, dich zu wehren und ordentlich zu fluchen?"

Sie kichert. „Ja. Fuck! Ich liebe es, es ist geil."

„Und du magst es, gefesselt zu sein?"

„Ja, zur Hölle, verdammt, auch das."

„Und gegen Zuschauer hast du auch nichts einzuwenden, wenn ich mich daran erinnere, wie heiß es dich gemacht hat, als Pascal dabei war."

Sie versteckt ihr Gesicht an seinem Brustkorb und zieht sich gequält stöhnend die Decke über die Augen. „Aber nicht mit Fremden."

Er zieht die Decke wieder runter und küsst ihre Stirn. „Im Zweifel hast du immer dein Safeword. Zögere nicht, es anzuwenden, falls ich dich falsch einschätze."

Sie nickt und kichert wieder albern. „Bisher war der Vogel immer putzmunter."

Er lacht laut. „Oh Fledermaus, wir werden noch viel Spaß miteinander haben."

„Das war absolute Spitzenklasse", sagt Tim und schiebt den Teller zurück.

Ella strahlt. „Freut mich, dass es dir geschmeckt hat."

„Werde ich jetzt immer so empfangen, wenn ich von einer Seminarreise nach Hause komme?"

„Nein. Heute ist eine Ausnahme, ich habe nämlich was zu feiern."

Seine Augenbrauen heben sich im Zeitlupentempo. „Sag nicht, du hast Geburtstag."

Sie kichert. „Nein."

Er atmet erleichtert aus und wischt sich mit einer theatralischen Geste den imaginären Angstschweiß von der Stirn. „Okay, was ist es dann?"

„Ich habe einen Job."

„Hey! Das ist klasse! Erzähl!"

„Im Hotel David in der Fußgängerzone. Sie hatten gestern eine Anzeige im Internet. Ich habe mich heute vorgestellt und fange zum nächsten Ersten an. Erst als Aushilfe in der Küche, und wenn ich gut arbeite, kann ich im nächsten Jahr eine Ausbildung beginnen."

Er steht auf und breitet die Arme aus. „Komm her, du. Das ist toll."

Sie schiebt ihren Stuhl zurück und lässt sich von ihm in eine feste Umarmung ziehen. „Ja, ich bin so erleichtert, und ich bin dir so dankbar. Ohne dich hätte ich mein Leben nicht auf die Reihe bekommen. Ich werde dir nie vergessen, was du für mich getan hast."

Er küsst sie. „Schon okay, Ella. Dazu sind Freunde da."

Er klapst mit einem schelmischen Zwinkern auf ihren heißen Po, und sie zuckt zischend zusammen. „Sadistisches Monster!"

Er grinst und lässt sie los.

Sie räumen gemeinsam den Tisch ab und machen es sich bei einem spannenden Thriller vor dem Fernseher gemütlich. Irgendwann brummt das neue Handy auf dem kleinen Beistelltisch. Ella grapscht danach und guckt aufs Display. Es ist eine Textnachricht.

Glüht der Arsch schon?, steht da mit drei Fragezeichen und einem Smiley. Sie kichert unkontrolliert los. Neugierig dreht Tim das Handy in ihrer Hand, liest und zieht die Stirn kraus. „Was soll das denn heißen?"

„Das ist von Mona. Ich war heute bei ihr im Laden. Wir haben Kaffee getrunken, und sie hat mir den Tipp gegeben, diesen Rock anzuziehen."

Tim grinst, nimmt das Handy und tippt los. „Was schreibst du?" Sie reckt sich vor, um mitlesen zu können.

Man kann Eier drauf kochen. Hast was gut bei mir. Tim.

Während sie noch lacht, brummt es wieder.

Ich habe ihr beigebracht, was uns gefällt, also habe ich was gut. Ich nehme zwei Stunden morgen Abend in deinem Keller. Leon.

Ella verdreht die Augen. „Oh Gott, wo bin ich gelandet?“

Kapitel 8

Ella sitzt in einem Sessel und liest ein Buch. Sie blickt auf, als Tim die Wohnung betritt. Er grinst. „Armer Kolibri. Das werden harte zwei Stunden.“

Augenblicklich entsteht vor ihrem inneren Auge ein beängstigendes Bild. Sie sieht den beeindruckend großen, breiten Leon, wie er ungehemmt mit einer langen Peitsche auf die zierliche, zerbrechliche Mona am Andreaskreuz einschlägt, und in ihrem Magen bildet sich ein unangenehmer Klumpen. Ob er wirklich nur Sachen mit ihr macht, die ihr auch gefallen? Leon ist so extrem, so hart, genau wie Pascal. Wenn diese Männer ihren dominanten Blick aufsetzen, bekommt eine Frau schlotternde Knie und kann nicht mehr klar denken, so wie es ihr mit Vinc ergangen ist; man wird hörig, wehrlos, fühlt sich vollkommen ausgeliefert. Dazu braucht es keinen körperlichen Zwang. Jedenfalls bei ihr nicht. Ob Mona wirklich so selbstsicher ist, wie sie sagt?

Tim hockt sich vor sie. „Ist was?“

Schnell schüttelt sie den Kopf. „Nein, alles okay. Kommen die beiden nachher rauf oder fahren sie gleich wieder?“

„Sie kommen hoch. Wir haben verabredet, noch einen Wein zusammen zu trinken.“

Es dauert keine zwei Stunden, bis die Tür aufgeht und Leon die in ein Laken eingewickelte Mona in die Wohnung trägt. Ella zuckt zusammen und schlägt vor Schreck die Hand vor den Mund. Oh Gott!

Doch Leon und Tim grinsen nur. „Leg sie auf die Couch“, sagt Tim.

Leon stellt Mona vorsichtig ab, und das Laken sackt herunter. Ella erstarrt. Über Monas Rücken, ihren Po und, soweit sie es sehen kann, auch über ihre Taille und ihre Oberschenkel ziehen sich feine rote Striemen. Es wird Tage dauern, bis das verschwindet. Ellas Herz klopft ganz oben in ihrem Hals. Das kann sie nicht gewollt haben, das ist unmöglich.

Mona wimmert, sie hat die Augen geschlossen. Ihr Gesicht ist verheult und rot. Leon wickelt sie erneut sorgfältig ein, küsst sie auf die Stirn und flüstert ihr irgendwas ins Ohr. Dann hebt er sie wieder hoch und legt sie auf die Couch. Tim bringt eine Wolldecke. „Das Laken allein ist zu dünn, hier, deck sie damit zu."

Leon nickt und breitet die Decke über sie.

„Nicht weggehen", jammert Mona panisch, immer noch mit geschlossenen Augen, und greift suchend mit der Hand ins Leere.

„Scht … Kolibri, keine Angst. Ich bin da", sagt Leon leise und legt seine Hand auf ihre Schulter. „Ich hole nur etwas zu trinken." Seine Stimme ist sanft und liebevoll.

„Bleib bei ihr", sagt Tim. „Ich hole was."

Leon nickt. „Danke."

Ella sitzt stocksteif da. Sie kann weder wegsehen noch irgendetwas tun. Ihre Kehle ist wie zugeschnürt.

Leon hebt Monas Oberkörper an, setzt sich und zieht sie halb auf seinen Schoß. Sie kuschelt sich an seinen Bauch, und er streicht liebevoll über ihre Haare.

Er hebt den Kopf, begegnet Ellas schockiertem Blick und zwinkert. „Keine Angst, Ella, es ist alles in Ordnung."

Verschämt nickt sie und zwingt sich, wegzugucken.

Tim ist wieder da. Er hat Gläser, Wein und Mineralwasser mitgebracht. Leon hält Mona ein Glas Wasser an die Lippen. „Komm, Süße, trink ein bisschen."

Sie gehorcht. Dann prosten Tim und er sich mit Wein zu, und sie beginnen, über irgendwelchen total unwichtigen Alltagskram zu reden. Das kann doch nicht wahr sein? Sie können doch nicht einfach so zur Tagesordnung übergehen, nachdem Leon ganz offensichtlich die Kontrolle verloren hat. Er muss doch schockiert sein und ein schlechtes Gewissen haben!

Irgendwann dreht Mona sich, schlägt die Augen auf und sieht sich um. Tim grinst. „Hi Mona! Wieder bei uns?"

„Mmh." Ihr Blick wandert weiter und bleibt an Ella hängen. Sie grinst verschämt. „Hi Ella."

Ella schluckt. „Alles in Ordnung?"

Mona lächelt verträumt. „Mmh."

Leon sieht auf sie hinab, streicht ihr das Haar aus dem Gesicht und zwinkert. „Möchtest du jetzt auch ein Glas Wein, Kolibri?"

Sie seufzt. „Oh ja, gerne."

Sie schiebt sich etwas höher, sodass sie sich in halb sitzender Position in Leons Arme kuscheln kann, und greift nach dem Glas. Ihre Hand zittert, und Leon legt seine um ihre und hilft ihr, zu trinken. Sie atmet tief durch. „Lecker."

Zufrieden lehnt sie sich wieder an seine Brust.

Sie sitzen eine Weile zusammen. Die Männer unterhalten sich, Mona blickt ins Leere, trinkt Wein und lächelt verträumt vor sich hin. Ella sitzt regungslos da, beobachtet die Szene und wird diesen blöden fiesen Stahlgürtel um ihren Brustkorb nicht mehr los, der jeden Atemzug zur Qual macht. Mona hat nicht die Wahrheit gesagt. Sie hat nur so getan, als ob sie so frei und selbstbewusst ist, in Wahrheit kann sie sich nicht gegen Leon wehren. Dieser Abend ist der Beweis.

Irgendwann küsst Leon Monas Stirn. „Wir müssen jetzt aufstehen, Süße."

Sie rümpft die Nase. „Nö."

Er lächelt. „Doch. Wir wollen nach Hause. Duschen und noch mal heißen Sex haben, solange deine Haut noch so schön glüht."

Sie kichert leise. „Okay." Seufzend lässt sie sich hochziehen.

Leon hält sie im Arm und nickt Tim und Ella zu. „Ihre Sachen sind unten. Ich zieh sie dort an, und dann verschwinden wir durch den Hintereingang. Schlaft gut, ihr beiden."

Ella nickt, und Tim begleitet das Paar aus der Wohnung heraus.

Als er wiederkommt, beugt er sich von hinten über den Sessel, legt seine Hand an Ellas Kehle und zieht sanft ihren Kopf nach oben. „Was ist los mit dir?"

„Nichts."

„Leon hat nichts mit ihr gemacht, was sie nicht wollte."

„Ich weiß."

„Du sagst das so, als ob du es nicht glaubst."

„Er hat sie ganz schön zugerichtet."

„Weil sie das so wollte. Okay?"

„Ja."

„Es bedrückt dich."

„Nein. Ist schon okay."

„Wirklich?"

Unwillig zieht sie den Kopf weg. „Ja. Ganz sicher. Alles in Ordnung."

Misstrauisch mustert Tim Ellas Gesicht. Irgendetwas stimmt nicht mit ihr.

Seit Leon und Mona da waren, ist sie still und in sich gekehrt. In der Nacht hat sie sich so eng an ihn gekuschelt, als ob sie Angst hätte, verlassen zu werden, und jetzt sitzt sie am Frühstückstisch, redet nicht und starrt aus dem Fenster. Etwas geistert in ihrem kleinen Köpfchen herum, was da nichts zu suchen hat. Natürlich hat er eine Ahnung, aber er will es von ihr hören.

„Ella. Was ist los? Rede mit mir."

Ihr Gesicht zuckt herum. „Nichts ist. Was sollte denn sein?"

„Irgendetwas beschäftigt dich seit gestern Abend."

Missmutig schüttelt sie den Kopf. „Quatsch."

Er grinst frech. „Möchtest du es mir lieber im Keller sagen?"

„Was? Nein! Es ist nichts! Verdammt!" Sie springt auf und stellt sich mit verschränkten Armen vors Fenster.

Er ist ja ein geduldiger Mensch, aber so langsam wird es Zeit, ihr eine Lektion zu erteilen.

Innerlich böse grinsend schlendert er an den Schrank und holt sich eine lange dünne Kette und einen größeren geschlossenen Metallring heraus. Sie beobachtet ihn misstrauisch. „Was soll das?"

Gelassen zieht er die Kette ungefähr in ihrer Mitte durch den Ring, sodass sich eine Schlaufe bildet. „Komm her."

„Ganz sicher nicht. Ich habe keine Lust auf irgendwelche Spielchen."

„Komm her oder muss ich dich holen?"

Sie geht einen Schritt rückwärts, stößt fast an die Wand. „Ich will nicht!"

Er geht auf sie zu. Sie wird nervös und hebt abwehrend die Hände, doch er ist schneller. Mit einer einzigen Bewegung liegt die Kette um ihren Hals. „Hände runter", befiehlt er scharf, und sie gehorcht sofort. „Mitkommen." Er zieht sie wie einen Hund an der Leine mit zu einer der Stützsäulen, zieht dort die Kette auf halber Höhe durch einen der verankerten Ringe und befestigt sie dann mit einem Karabiner ein gutes Stück höher an einem zweiten Ring, sodass Ella sie nicht selber lösen kann.

Sie steht halb gebeugt eng an den Pfahl gepresst und umklammert die Kette. Sie kann nur frei atmen, wenn sie in dieser unbequemen Haltung bleibt. Geradestehen geht nicht und hinknien auch nicht. Lange wird sie das nicht durchhalten. „Mach das los", flüstert sie.

Gelangweilt setzt er sich auf einen Sessel und betrachtet sie. „Nö."

„Das ist nicht erotisch."

„Stimmt, aber es macht Spaß."

Ihre Unterlippe zittert, und sie schluckt. „Bitte. Du machst mir Angst." Tränen treten in ihre Augen.

„Das ist der Sinn."

Einige Minuten lang starrt sie ihn fassungslos an. Ihre Fingerknöchel werden weiß, so fest umklammert sie die Kette. Wenn sie es nicht gleich kapiert, wird er sie befreien und ein sehr ernstes Gespräch mit ihr führen müssen.

Sie schließt die Augen. „Vogel tot."

Na endlich! Mit einem Satz ist er da, löst den Karabiner und zieht sie in seine Arme.

Keuchend schiebt sie ihn weg. „Du Schwein! Du miese Ratte! Warum hast du das gemacht?“

„Mona hat auch ein Safeword.“

Einen Moment lang ist es ganz still. Nur ihre Hände ballen sich immer wieder zu Fäusten. „Du hast das nur gemacht, damit ich das Safeword sage?“

Er zieht sie fest in seine Arme und küsst ihre Schläfe. „Du bist bei mir sicher, und Mona ist bei Leon sicher, denn das Safeword funktioniert immer.“

Sie reagiert nicht, und er schiebt sie ein Stück weg, um in ihr Gesicht sehen zu können. Es ist kalkweiß, und ihre Unterlippe zittert immer noch.

Er nimmt ihr die Kette ab, zieht sie mit zur Couch und setzt sich mit ihr im Arm hin. „Hat dieses Arschloch dich gewürgt?“

Sie nickt. „Mit seiner Krawatte.“

„Und da hattest du kein Safeword.“

Sie lacht trocken auf. „Nein. So was kannte Vinc nicht. Und wenn ich eins gewollt hätte, hätte er mich auf der Stelle verlassen.“

„Aber jetzt hast du eins, und ich werde niemals böse, beleidigt oder enttäuscht sein, wenn du es benutzt. Warum hast du eben so lange gezögert, es zu sagen?“

Sie zuckt mit den Schultern. „Ich weiß nicht.“

„Ist es das, was dir Angst macht, Ella?“

„Was ist, wenn man nicht mehr an das Safeword denkt?“, fragt sie heiser. „Wenn man so tief drinsteckt, dass man gar nicht mehr denkt, dass man zu allem Ja sagt?“

„In diesen Zustand kommst du nur, wenn der Schmerz mit starker Erregung gepaart ist, sonst funktioniert es nicht, und Erregung fühlst du nur, wenn du vertraust, oder?“

Sie nickt langsam. „Ich habe das noch nie bei jemand anders gesehen. Mona war so willenlos. Er hätte alles mit ihr machen können“, flüstert sie an seiner Brust.

„Du kennst diesen Zustand, zumindest ein wenig. Du liebst ihn, und du willst mehr davon.“

Sie nickt.

„Du brauchst davor keine Angst zu haben. Es ist sozusagen das Sahnehäubchen für einen masochistischen Menschen, und es ist etwas Anderes als das, was du mit diesem Typen erlebt hast. Bei Mona und Leon gestern ging es nur um die Session. Als sie in den Keller gegangen sind, wusste Mona, dass er sie in diesen Zustand bringen würde. Als er den ersten Schlag getan hat, wusste sie, dass er nicht eher aufhören würde, bis sie in diesem Zustand angekommen ist. Sie hätte ihr Safeword benutzt, vorher! Verstehst du? Sie ist ihm nicht hörig. Es geht nur um die Session. Mona ist frei, selbstbestimmt und selbstsicher. Und die beiden kennen sich sehr gut. Leon weiß, wie sie tickt und was sie möchte.“

Ella schweigt.

Tim seufzt, greift zum Telefon und ruft Leon an.

„Seit ihr heute Nachmittag zu Hause?“

„Ja, wir haben nichts vor. Oder, Mona?“

Aus dem Hintergrund hört man kurz ihre Stimme, bevor Leon sich wieder meldet. „Keine Pläne.“

„Okay, wir kommen zum Kaffee vorbei. Ella hat ein paar Fragen an Mona.“

Leon lacht. „Das habe ich mir gestern schon gedacht. Klar, kommt her. Bringt Kuchen mit.“

Als sie auf den Hof fahren, scheint die Sonne. Der Schnee ist geschmolzen, und die Luft lässt den nahen

Frühling erahnen. Mona werkelt mit Schubkarre und Harke im großen Eselgehege herum und winkt ihnen fröhlich zu, als sie aussteigen.

„Ich geh mal zu ihr", sagt Ella, und Tim nickt, als er das Kuchenpaket vom Rücksitz nimmt, das sie in einem Café gekauft haben. „Ja, mach das. Ich bin drin bei Leon."

„Hi Ella!" Mona strahlt. „Komm rein, die Eselbande muss noch gestriegelt werden. Hilf mir ein bisschen."

„Gerne."

Eine Weile putzen und bürsten sie die vier Esel. Ella entspannt sich. Es tut gut, mit den fröhlichen Vierbeinern zusammen zu sein.

Als sie fertig sind und das Putzzeug weggeräumt haben, zeigt Mona in Richtung ihrer neuen Töpferwerkstatt. „Willst du mal meine ersten stümperhaften Becher bewundern?"

Ella nickt eifrig. „Klar."

Sie betreten die kleine Werkstatt. Der Ofen in der Ecke brennt, und es ist gemütlich warm. Ella bewundert Monas erste Werke, dann zupft die sie am Ärmel. „Komm, lass uns hier hinsetzen, und dann sag mir, was dich bedrückt."

Sie setzen sich nebeneinander auf eine schmale Bank an der Wand, und Mona kichert, nachdem sie beim Hinsetzen kurz gequält das Gesicht verziehen muss. Ella sieht sie mitleidig an. „Macht er das öfter so schlimm?"

Mona grinst frech. „Klar. Ich liebe es. Auch die Nachwirkungen."

Ella seufzt. „War es dir nicht unangenehm gestern, dass wir dich so gesehen haben? Tim und ich?"

Mona lacht. „Nein. Tim hat mich schon ganz anders gesehen."

„Wie hast du dich gefühlt?"

„Herrlich. Vollkommen befriedigt und entspannt, geborgen, geliebt. Wie ein zufriedenes Baby."

Ella schweigt. Sie starrt auf den Boden und schiebt mit den Fußspitzen ein Stück getrockneten Ton hin und her.

„Du musst mit Tim nicht so extrem spielen, Ella. Ihm reicht, was dir gefällt", sagt Mona.

Ella schüttelt den Kopf. „Ich glaube, ich mag es auch ganz schön extrem, aber ich bin so unsicher. Bei Vincent ist es nachher nicht mehr schön gewesen, aber ich habe trotzdem nicht Nein gesagt."

„Wichtig ist, über alles zu reden. Grenzen und Tabus werden vorher abgesteckt. Da wird nicht wild drauflosgeschlagen."

„Bist du ganz sicher, dass Leon nie die Kontrolle über sich verlieren würde?"

„Ja. Ich vertraue ihm zweihundertprozentig. Hast du Angst vor Tim?"

„Nein. Tim vertraue ich auch."

Mona legt die Hand auf ihren Arm. „Erzähl mir von diesem Typen. Wie hat es angefangen?"

Ella seufzt und lehnt sich zurück. „Ich war einsam und sehnte mich danach, jemanden zu haben. Mein Vater war eher schüchtern und ruhig. Solange meine Mutter lebte, war sie das Oberhaupt der Familie, als sie starb, war er total hilflos, und ich versuchte, irgendwie alles am Laufen zu halten. Ich sehnte mich so sehr nach jemandem, der mich liebt, mich unterstützt, an den ich mich anlehnen kann und der mir Verantwortung abnimmt und", sie zuckt mit den

Schultern, „na ja, mir natürlich die anderen heimlichen Träume erfüllt."

Mona nickt. „Das kann ich gut nachvollziehen. Dann hast du diesen Typen getroffen."

„Ja. Wir haben uns in einem BDSM-Chat kennengelernt."

„Was hat er mit dir gemacht?"

„Er hat nichts verlangt und mich zu nichts körperlich gezwungen, aber er hat mich von Anfang an jede Minute spüren lassen, dass er nur bleibt, solange ich mich ihm absolut unterordne und bedingungslos gehorche."

„Du hattest kein Mitspracherecht?"

Ella lacht trocken. „Nein. Ich habe ihn angehimmelt und wäre nicht im Traum darauf gekommen, Nein zu sagen, egal was er wollte, und es hat mich ja auch am Anfang sehr angemacht, ihm so viel Macht über mich zu geben. Er sah toll aus, trug immer teure Anzüge und fuhr heiße Autos, er brachte die große Welt auf unseren kleinen Hof. Er war zuerst unheimlich liebevoll und fürsorglich, fast väterlich." Sie schüttelt den Kopf. „Ich fühle mich so schuldig, weil ich tief in mir drin bald gemerkt hatte, dass es sich in eine falsche Richtung entwickelt, aber ich wollte es wohl nicht wahrhaben. Ich habe mich geschämt und hätte niemals irgendjemandem davon erzählen können. Das ist das Schlimmste. Ich wusste, dass es nicht richtig ist, und habe es trotzdem getan. Ich darf diesem Trieb nicht nachgeben, ich bin so extrem, dass ich nie den Absprung schaffen würde, wenn mich einer ausnutzen will." Sie lacht höhnisch auf. „Und obwohl ich das weiß, mache ich es jetzt schon wieder. Nicht mal nachdem es meinen Vater umgebracht hat, kann ich es lassen."

Mona legt ihren Arm um sie. „Ella, wir können nicht aus unserer Haut, und das ist auch nicht das Problem. Du warst jung, einsam und überfordert. Du wärst auch auf einen raffinierten Typen reingefallen, ohne auf SM zu stehen. Das passiert täglich auf der ganzen Welt. Dein Vater hätte diesen Typen kritischer beurteilen müssen. Er ist eigentlich schuld daran, dass es so weit gekommen ist. Dir wird so etwas nicht noch mal passieren. Da bin ich mir sicher."

„Woher willst du das wissen? Ich bin auch mit Tim einfach so mitgegangen, obwohl ich ihn nicht kannte."

„Du warst verzweifelt, und irgendwo tief in dir drinnen wusstest du, dass du bei ihm sicher bist."

Ella nickt zaghaft.

Mona stößt sie sanft an. „Gönn dir den Spaß. Tim würde niemals dein Leben manipulieren. Genieße es, mit ihm deine Fantasien zu leben. Er ist doch ein heißer Typ, oder etwa nicht?"

Ella kichert. „Stimmt. Sehr heiß."

Mona zwinkert. „Sei stolz, dass du den Mut dazu hast. Wie viele Frauen träumen ihr Leben lang davon und sind zu feige, dazu zu stehen. Erlaube dir, du selbst zu sein. Lebe im Jetzt. Es ist in Ordnung. Er wird niemals etwas tun, was dir schadet."

Ella grinst verschämt. „Hört sich irgendwie gut an."

Mona zieht sie lachend in eine Umarmung. „Es ist gut. Du kannst jederzeit mit mir reden, Ella. Über alles. Wir sind Freundinnen. Klar?"

Sie gehen über den Hof und finden die Männer im Wohnzimmer. Tim mustert sie und grinst. „Mona hat anscheinend die richtigen Worte gefunden."

Ella setzt sich zu ihm auf die Lehne des Sessels und nickt. „Ja. Danke."

„Wofür?"

„Für alles. Und euch danke ich auch." Sie nickt Mona und Leon zu. „Ohne euch alle hätte ich es nie geschafft, mein Leben wieder in den Griff zu bekommen."

Eine Träne quetscht sich aus ihrem Auge, und Tim zieht sie lächelnd in seine Arme.

Zwei Stunden später brechen sie auf. Als sie bei Tim ankommen, treffen sie Pascal im Treppenhaus. Ella fällt ihm um den Hals. „Danke."

Irritiert schiebt er sie etwas unbeholfen zurück und sieht auf sie hinab. „Äh … hab ich was verpasst?"

Sie schnieft. „Nein. Ich wollte bloß … ihr habt mich gerettet, und ich habe mich noch nie richtig bedankt. Ich werde euch das nie vergessen. Danke. Für alles." Sie streckt sich, zieht seinen Kopf herunter und drückt ihm einen Kuss auf die Wange.

Pascal wirft Tim einen etwas ratlosen Blick zu, der gelangweilt mit den Schultern zuckt. „Bisschen sentimental heute, die Fledermaus. Bestimmt kriegt sie ihre Tage."

Sie boxt ihn mit der Faust gegen den Oberarm. „Du bist doof."

Er hatte recht. Am gleichen Abend spürt sie nach dem Essen dieses typische Ziehen im Unterleib, das das Einsetzen der Regelblutung ankündigt. Kopfschüttelnd krabbelt sie zu ihm auf die Couch. „Wieso weißt du, dass ich meine Tage bekomme?"

Er legt den Arm um sie und küsst sie auf die Nasenspitze. „Ein wenig kenne ich dich schließlich schon.

Wenn man spielt wie wir, lernt man den anderen ziemlich schnell einzuschätzen."

„Ihr könnt euch doch auch auf die Safewords verlassen."

„Leon hätte ein verdammt schlechtes Gewissen, wenn Mona ihr Safeword sagen müsste, weil er selber nicht merkt, dass er sie überfordert. Und so geht es mir auch. Wenn eine Frau sich mir anvertraut, ist das eine Verantwortung, die ich nicht enttäuschen will. Die Safewords dienen als Notfall-Sicherungsleinen. Sie sichern beide Beteiligten ab, sollten aber auch nur im Notfall verwendet werden."

Nachdenklich spielt sie mit den Knöpfen seines Hemdes. „Ich war am Anfang, als wir uns kennenlernten, ganz schön unfair zu dir. Das tut mir leid."

Er lächelt. „Ich hätte unsere erste Session ja abbrechen können."

„Hast du aber nicht."

Kapitel 9

Drei Tage noch, dann ist der erste März und ihr erster Arbeitstag. Oh Gott! Wie soll sie das bloß aushalten? Drei Tage! Ihr Blick gleitet durch den Raum. Fenster putzen. Ja. Das ist eine gute Idee. Voller Tatendrang öffnet Ella die Tür der kleinen Abstellkammer neben dem Gästezimmer und sucht nach Eimer, Schwamm und Abzieher. Mit einem lauten Knall fällt der an die Wand gelehnte Staubsauger um.

„Was machst du denn für einen Lärm?", schreit Tim aus dem Wohnzimmer.

„Ich brauche nur einen Eimer."

„Wozu?"

„Fenster putzen."

„Was?"

„Die haben es nötig." Sie greift sich ihr Equipment und marschiert damit ins Wohnzimmer. Tim sieht von seinem Laptop auf und verdreht genervt die Augen.

„Bring das wieder weg. Draußen regnet es. Und außerdem putzt Frau Waldmann die Fenster einmal im Monat."

Ella lässt sich nicht beirren. Schwungvoll schiebt sie den Sessel und die Stühle beiseite, um Platz an der großen Terrassentür zu schaffen. „Wo hast du eine Trittleiter?"

„Ich sagte, das macht Frau Waldmann einmal im Monat, und zwar immer dann, wenn ich nicht da bin." Timms Stimme klingt langsam, aber sicher ziemlich angepisst. Ella stemmt die Hände in die Taille. „Dann braucht sie eben diesen Monat nicht zu kommen."

„Ella! Was soll das?"
„Ich muss was tun!"
Irritiert starrt er sie an. „Warum? Genieß es, faul zu sein, ab nächste Woche hast du genug Arbeit."
Sie heult gequält auf. „Aber erst nächste Woche!"
Er runzelt die Stirn, dann schleicht sich ein Schmunzeln in sein Gesicht. „Hast du Lampenfieber?"
„Quatsch!"
„Du hast heute schon Kuchen gebacken, die Betten bezogen und die Badewanne geschrubbt. Das reicht. Du bist nicht meine Angestellte. Setz dich jetzt hin und lies ein Buch."
„Nein! Ich sitze jeden Tag nur rum. Ich muss mich beschäftigen!"
„Ich beschäftige dich gleich."
„Ist das eine Drohung?"
„Ja."
Sie grinst frech. „Willst du mich übers Knie legen?"
Er grinst zurück. „Das wäre ja eine Belohnung."
Kichernd wirft sie den trockenen Putzschwamm nach ihm, der mitten auf der Laptoptastatur landet.
Tim rümpft die Nase. „Nimm sofort den alten Lappen hier weg."
„Nö."
„Ella!"
„Sonnyboy?"
„Okay. Du hast es nicht anders gewollt." Mit einer ruhigen, lässigen Bewegung stellt Tim den Laptop auf den Tisch, räuspert sich und steht langsam auf. Sehr langsam. Augenblicklich donnert Ellas Herz in ihrer Brust, und schrill kichernd will sie in Richtung Küche abhauen, doch sein fester Griff um ihre Taille hält sie auf. „Hiergeblieben, junge Frau. Erst frech werden

und dann den Schwanz einziehen, das sind mir die Richtigen."

„Deiner ist doch eingezogen, ich hab gar keinen", stößt sie lachend hervor und kreischt, als er sie mit einem festen Griff an die Schulter in die Knie zwingt.

„Ausziehen, Ella."

Sie hebt das Gesicht, um ihm einen passenden Kommentar entgegenzuschleudern, doch der Blick, der sie aus seinen Augen trifft, lässt ihr die Worte im Hals gefrieren.

„Jetzt." Seine Stimme ist schneidend wie eine Rasierklinge. In ihr tobt die Wut, doch sie traut sich nicht mehr, ihm zu widersprechen. Mit fahrigen Händen und fest zusammengepressten Lippen greift sie zum Saum ihres Sweatshirts und reißt es hoch. Er hilft ihr, es über den Kopf zu ziehen, und greift anschließend in ihre Haare. „Vorwärts, Baby." Er geht los, und ihr bleibt nichts Anderes übrig, als zwischen seinen Beinen auf den Knien mitzurutschen. Dieser fiese Mistkerl!

Neben einem der Stützpfeiler in der Raummitte drückt er ihren Kopf nach unten, sodass ihre Stirn auf dem Boden landet. „Keine Bewegung, Ella. Leg es nicht darauf an, mich richtig sauer zu machen. Ich warne dich nicht noch mal."

Sie rührt sich nicht. Ihr Denken ist auf die Wahrnehmung seiner Stimme und seiner Bewegungen reduziert. Er entfernt sich, sie hört die Schranktür und das Klirren von Ketten. Eine Gänsehaut kriecht ihr über den Rücken. Gleichzeitig wird dieses herrliche Summen in ihrem Becken lauter.

„Die Hände, Ella."

Zitternd biegt sie die Arme auf den Rücken. Er legt die Manschetten um ihre Handgelenke und verbindet sie miteinander. Dann klickt noch ein Karabiner. Er zieht langsam an einer Kette am Pfeiler, bis ihre Arme gerade so weit nach oben gestreckt werden, dass es zwar unbequem, aber noch nicht schmerzhaft ist. In dieser Stellung verankert er die Kette.

„Nun komm zur Ruhe, kleine Fledermaus." Er streicht über ihren Rücken. „Wenn du dich benehmen willst, darfst du mich darum bitten, dich zu befreien." Er entfernt sich, in ihr kocht die Wut, aber ihr Höschen ist feucht.

Sie hört nur das leise Klappern der Tastatur seines Laptops, sonst ist es still. Ihre Muskeln beschweren sich über die unbequeme Haltung, und der Zorn brodelt in ihrem Magen. Sie beißt die Zähne fest zusammen, um die Schimpfworte aus ihrem Kopf nicht in die Freiheit zu entlassen. Nach einer gefühlten Ewigkeit ist sie so voller Hass, dass sie explodieren möchte. Tränen sammeln sich in ihren Augen und dann, ganz plötzlich, schlägt ihre Stimmung um. Sie gibt auf, wehrt sich nicht mehr gegen ihre Lage, und in ihren Kopf kehrt eine angenehme Ruhe ein. Sie fühlt seine Blicke auf ihrem Körper wie einen warmen Mantel aus Geborgenheit. Er passt auf sie auf. Es ist alles gut.

Irgendwann hört sie seine Schritte. Er hockt sich neben sie und legt seine Hand auf ihren Kopf. „Tja, Ella, eigentlich wollte ich dich jetzt befreien, aber der Blick auf deinen Körper hat mich auf andere Ideen gebracht. Ich fürchte, du wirst heute noch etwas leiden müssen."

Ellas Herz schlägt augenblicklich schneller, heißes Blut pulsiert durch ihre Lustperle, und sie kann nicht anders, als lüstern zu stöhnen.

„Spreize die Beine für mich."

Gehorsam öffnet sie die Schenkel und wimmert kurz auf, weil sie dabei versehentlich über die Handfesseln an ihren gestreckten Schulterblättern zerrt.

Seine Hand legt sich zwischen ihren Beinen auf den Jeansstoff. „Na, dein Slip ist doch bestimmt schon nass, oder?"

Sie krächzt ein gestöhntes „Bitte mach mich los".

Doch der Schuft steht auf und geht wieder. Ihr entschlüpft ein neues verzweifeltes Wimmern. Er lässt sie nicht weiter schmoren, sondern kommt wieder, um eine neue Kette wie einen Gürtel um ihre Taille zu legen. Dann löst er ihre Handgelenke aus der gestreckten Position und befestigt sie an der neuen Kette neben ihrem Körper. Ella atmet auf.

„Steh auf. Du darfst dich jetzt auf die Couch legen."

Er zieht sie hoch, dreht sie und drückt sie vor der Couch seitlich wieder runter, sodass sie auf ihr zum Liegen kommt. Als sich ihre Blicke treffen, grinst er. „Wo ist dein Übermut geblieben, kleine Fledermaus?"

„Arsch", zischt sie lüstern, und er lacht. „Tja, Süße, nur brave Mädchen werden übers Knie gelegt, böse müssen leiden."

Ella ruckt reflexartig an den Fesseln und ballt die Hände zu Fäusten. Das hört sich nicht nach heißem Sex an.

Er zieht ihr Hose und Slip aus. „Klatschnass, die Fledermaus." Er schüttelt gespielt schockiert den Kopf. „Tse … tse … tse … Du brauchst ja ein Handtuch unter deinem Hintern, damit du mir nicht die Couch versaust."

Sie kneift die Beine zusammen.

„Ach Ella." Er wuschelt ihr fröhlich durch die Haare und verschwindet im Bad.

„Los, Arsch hoch, Süße."

Ihr Gesicht glüht, aber sie gehorcht und drückt das Becken hoch, damit er das Handtuch unter sie legen kann.

Er greift nach einer weiteren dünnen Kette, die er anscheinend zuvor auf dem Tisch abgelegt hat, ohne dass sie es gemerkt hat. Ella schluckt. Es hängen vier kleine, silberne Klammern daran. Augenblicklich spürt sie die Härte ihrer aufgerichteten Brustwarzen.

Er setzt sich an ihrer Taille auf das Polster der Couch und betrachtet sie. „Diese Klammern sind fester als die, die du bereits kennengelernt hast. Sie werden dich eine Weile beschäftigen, und ich bin gespannt, wie du darauf reagierst."

Sie starrt in sein Gesicht, ihr Herz hämmert in der Brust, und in ihrer geschwollenen Klit pulsiert es erregend. Angst und Erregung, eine explosive Mischung.

Seine Mundwinkel zucken belustigt, während sein Finger spielerisch ihre Brüste umkreist. Ihre Haut kribbelt. Wie hypnotisiert starrt sie auf die Kette in seiner anderen Hand. Er lässt sie hängen und einen Moment lang vor ihren Augen pendeln, dann breitet er sie auf ihrem Bauch aus. Es sind drei mit einem Karabiner verbundene Stücke, zwei kurze mit jeweils einer Klammer und ein längeres mit zwei Klammern am Ende.

Er zupft an ihrer rechten Brustwarze, die längst steil und hart aufgerichtet ist. Ihr Brustkorb bebt, ihr ganzer Körper ist angespannt, ihre Bauchmuskeln zucken. „Angst, kleine Fledermaus?"

Würde er wenigstens höhnisch grinsen! Es ist aber ein liebevolles Lächeln, und das facht ihre Wut erneut an. Dieser Arsch. Sie wird ihm nicht die Genugtuung geben, zu betteln. Mit einem tiefen Ausatmen zwingt sie sich, ihren Körper zu entspannen. „Nur zu. Viel Spaß, Sonnyboy", bringt sie spöttisch hervor und keucht eine Sekunde später auf, als er die erste Klammer zuschnappen lässt.

„So mag ich mein Mädchen, mutig und stolz." Er küsst zart die schmerzende Brustwarze, nur um gleich darauf spielerisch an der Kette zu ziehen, woraufhin sie sich wimmernd aufbäumt, um dem Zug zu entgehen.

Es schmerzt und erregt sie in einem nie gekannten Maße, steigert das sehnsüchtige Ziehen in ihrem Becken, sodass sie die Beine spreizt und ihm schamlos ihre Pussy entgegenstreckt. Oh Gott, sie ist so erregt, dass es kaum auszuhalten ist.

„Sehr schön, und nun die zweite", sagt Tim, und Ella kann nicht anders, als den Kopf in den Nacken zu legen und ihm ihre Brust schwer atmend entgegenzustrecken. Sie schließt die Augen und stöhnt laut auf, als er den Nippel berührt, ihn zwirbelt und anschließend die zweite Klammer zuschnappen lässt.

„Das ist heiß, Ella Petersen, verdammt heiß." Seine Hand liegt auf ihrem Bauch. Er beobachtet sie. Sie spürt seine Augen auf ihrer Haut, während ihr Körper bebt, während sie keucht und ihre Scham darum bettelt, berührt zu werden. Er wartet ab, bis sie sich langsam wieder beruhigt, als der Schmerz dumpfer wird.

„Bereit für die anderen beiden, Fledermaus?"

Ihre Lippen sind trocken, sie leckt darüber und zwingt sich, ihre Beine noch ein Stück weiter zu spreizen. „Eine meiner leichtesten Übungen", keucht sie, und er lacht leise. Ihre Bauchmuskeln zittern, ihre Oberschenkel zittern und sie ist verdammt nass.

Seine Hand streicht an ihrem Bein entlang. „Deine Schamlippen sind bereits so geschwollen, dass dich die Klammern besonders erfreuen werden, Ella. Wehr dich nicht dagegen, genieß es einfach.“

Sein Daumen reibt über ihre Klit. Seine Ankündigung hat die Hitze in ihrem Unterleib so sehr angefacht, dass sie unverhofft die Wellen eines Orgasmus in schwindelnde Höhen treiben. Sie windet sich, jammert, stöhnt, und er gibt ihr Zeit, ihren Atem zu beruhigen.

„Nach deinem netten kleinen Orgasmus gerade wird es sich noch besser anfühlen, Süße. Ganz locker.“ Seine Stimme ist leise, liebevoll, und sie gehorcht. Die erste Klammer schnappt zu, der Schmerz jagt wie ein Pfeil durch ihre Nervenbahnen. Wieder reizt er mit dem Daumen ihre Klit, stößt mit zwei Fingern in ihre längst bereite Vagina, und sie wimmert. Oh Gott! Das kann sie nicht aushalten! Die letzte Klammer schnappt zu. Sie schreit laut auf, als der Schmerz in ihr explodiert. Seine Finger krümmen sich und finden ihren G-Punkt. Noch einmal facht er das Feuer in ihrem Unterleib an, und ihr Körper reagiert auf die Stimulation bis in die Haarwurzeln hinein.

„Atmen und entspannen, Fledermaus, dann ist es leichter“, wispert er.

Sie denkt nicht mehr, hört nur noch seine Stimme und gehorcht. Die Schmerzen werden zu dumpfem Dröhnen, begleitet von den sanften Wellen der Erregung, die sie zum nächsten Orgasmus tragen werden, sobald er sie wieder berührt. Es ist zu viel, um noch irgendetwas kontrollieren zu wollen. Ihre Muskeln entspannen sich, sie bewegt sich nicht. Ein seltsamer Nebel umhüllt sie, ähnlich dem, der sie umgibt, wenn er sie bis zur völligen Hingabe schlägt.

Leise entfernt er sich, kommt mit einem Getränk, einem Glas, in dem Eiswürfel lustig klingeln, wieder. Er setzt sich neben die Couch in den Sessel, trinkt ab und zu einen Schluck und betrachtet sie. Ella ist es egal. Sie starrt gegen die Decke, ohne etwas zu sehen. Ganz im Hintergrund laufen noch diese sanft pulsierenden Wellen ohne Unterlass durch ihren Körper. Kein wirklicher Schmerz, oder doch? In ihrem Kopf ist Leere. Entspannung. Sie ist angekommen, irgendwo, nirgendwo.

Ihre Atemzüge werden länger, wie in einer tiefen Trance.

Es ist still, nur das Klappern der Eiswürfel ist ab und zu zu hören. Was für eine angenehme Ruhe. Zu Hause. Geborgenheit. Alles ist friedlich.

Sie zuckt zusammen, als das Handy vibriert, und fühlt Tims Hand weich und beruhigend auf ihrem Arm, während er sich leise meldet.

„Hi."

„Die kann gerade nicht."

Er lacht leise. „Ich kann sie jetzt nicht holen. Sie meditiert."

Wieder leises Lachen. Ella ist es egal.

„Ich sag es ihr. Tschau."

Seine Hand wandert zu ihrem Kinn, und er dreht ihren Kopf zu sich. „Wie geht es dir, Ella?"

Sie sieht ihn wie durch Nebel und kann ihm nicht antworten. Ist ja auch egal. Sie schließt die Augen.

Sein Finger spielt zärtlich an ihrer Klit. Sie stöhnt. Das ist so gut. Die Wellen steigen wieder höher, nicht die Schmerzwellen, eher die, die einen Orgasmus ankündigen, aber die Schmerzwellen müssten doch eigentlich auch noch da sein, oder? Es summt und vibriert in ihrer Mitte. Seine Finger streichen an ihren Schamlippen entlang, er zupft an den Ketten, sie schreit leise auf und öffnet die Augen. Tim kniet zwischen ihren Beinen. Er ist nackt und sein Schwanz steil aufgerichtet. Gerade streift er sich ein Kondom über. Ihre Blicke begegnen sich. Er lächelt. Seine Hand streicht über ihren Bauch. „Jetzt, Ella, lernst du den Sadisten in mir kennen."

Sie seufzt und streckt sich ihm entgegen, dann löst er die Klammern an ihren Schamlippen, und sie schreit auf. Während der Schmerz in ihr wütet, dringt er mit einem festen Stoß hart in sie ein. Gott! So was hat sie noch nie gefühlt. Das ist Himmel und Hölle, Gewitter und Sturm, Feuerwerk und Sternschnuppenregen. Er stöhnt und hebt ihr Becken hoch, sodass er noch tiefer in sie hineinstoßen kann.

Zwei, drei, vier tiefe Stöße, dann trifft er ihren G-Punkt, und sie schreit erneut. Wie als Antwort hört sie durch das Rauschen in ihren Ohren sein animalisches Stöhnen, während er sich mehrmals hart in sie hineinrammt. Sein Oberkörper fällt nach vorn, er stützt sich ab, ihre Blicke versinken ineinander. Seine Lippen berühren sanft ihre Wange. Sie schließt die Augen und lauscht ihrer beider Keuchen. Sie brauchen eine Weile, um sich zu beruhigen. Sein heißer Atem weht über die Haut an ihrem Hals, bevor seine Lippen eine heiße Spur zu ihrem Kinn ziehen. Schweiß tropft zwischen ihre Brüste. Sie hält ganz still. Ihr Brustkorb hebt sich seinem entgegen.

„Wow." Seine Stimme klingt heiser. „Alles klar, Fledermaus?"

„Mmh."

Vorsichtig zieht er sich aus ihr zurück, und sie wimmert, weil ihre Vagina viel zu empfindlich ist, um diese Reibung ertragen zu können. Er steht auf. Ella ist immer noch irgendwo im Nirwana gefangen. Glücksgefühle und totale Erschöpfung sind alles, was sie momentan wahrnehmen kann. Sie wird die nächsten Jahre keine Bewegung mehr machen, einfach nur hier liegen bleiben und sich weiterhin so fühlen.

Plötzlich berührt seine Hand ihre Wange. „Ella, bist du wieder bei mir?"

Ihre Augen klappen auf. Er lächelt. Sie lächelt zurück.

„Mmh?"

„Tut mir leid, Süße, ich muss dir jetzt noch mal wehtun."

„Nein. Bitte, ich kann nicht mehr", stöhnt sie, und er küsst zart ihre Lippen. „Ich weiß, es geht nur leider nicht anders. Es ist ganz schnell vorbei." Mit einer Bewegung zieht er die Klammern an ihren Brustwarzen ab und legt sofort die Hände darauf, um sie besänftigend zu massieren. „Es tut nur einen Moment so weh, Baby, weil das Blut wieder in die Zellen schießt. Das lässt sich leider nicht vermeiden. Aber es hört gleich auf."

Der Schmerz lässt schnell nach, und er wischt mit seinem T-Shirt ihre Tränen fort. Ihre Augen fallen zu. Langsam, ganz langsam kehrt ihre Wahrnehmung in die reale Welt zurück. Seine Hand streicht sanft über ihre Wange, ihre Stirn, über ihre Kehle und zwischen ihren Brüsten hindurch. Oh Gott, sie ist so erschöpft und befriedigt, wie noch nie in ihrem Leben. Sie hat keine Muskeln mehr, die sind alle zu Watte geworden.

„Ella. Bitte mach die Augen auf und sieh mich an. Alles in Ordnung mit dir?"

Seufzend gehorcht sie. Sein Gesicht sieht besorgt und liebevoll aus, aber vor allem besorgt. Sie lächelt.

Das muss Liebe sein. „Liebe“, flüstert sie und will eine Hand heben, um über seine Wange zu streichen, doch das geht nicht, sie ist ja noch gefesselt.

Er starrt sie an, schließt die Augen und küsst sie für einen langen Moment sanft auf die Stirn.

Sie seufzt und leckt sich über ihre trockenen Lippen. „Durst.“

Er hebt ihren Kopf und lächelt. „Schon gut, ich kümmere mich um dich, Fledermaus.“

Er löst die Fesseln und die Kette, hebt ihren Oberkörper an und hält ihr ein Glas Wasser an die Lippen. Wasser schmeckt wirklich unglaublich gut. Nachdem sie getrunken hat, streicht er über ihre Wange. „Bist du okay?“

Sie grinst. „Scheiße, das war irre. Wie ein Drogenrausch.“

Er lacht leise und legt seine Hand auf ihre Stirn. „Das sind Hormonausschüttungen. Geht es dir wirklich gut? Ich habe dich beobachtet und darüber die Zeit vergessen. Ich liebe das, weißt du, dieses Beobachten.“

„Ich dachte, du hättest E-Mails gelesen“, sagt sie träge, und er grinst. „Das war vorher. Eben konnte ich mich von deinem Anblick einfach nicht mehr losreißen.“

„Das gefällt mir.“

„Was?“

„Wenn du dich von mir nicht losreißen kannst.“ Sie seufzt. „Können wir jetzt kuscheln?“

Sie will nach ihm greifen, doch er hält sie zurück. „Bleib noch einen Moment liegen. Ich lasse Badewasser ein.“

Sie rekelt sich wohlig. „Das hört sich gut an.“

Er entfernt sich, und sie schließt die Augen, bis er wiederkommt und sie fürsorglich auf seine Arme hebt. Sie kichert. „Ich kann auch laufen."

„Du hast es dir heute verdient, verwöhnt zu werden."

Sie legt ihr Gesicht an seinen Hals und küsst die weiche Haut. „Du riechst so gut. Ich liebe deinen Geruch."

Sie sind im Badezimmer angekommen, und er setzt sie ab. „Komm, Fledermaus. Ab ins Wasser mit dir."

In seiner großen runden Wanne wartet ein duftendes Schaumbad auf sie. Mit einem glücklichen Seufzen taucht sie ein. Er steigt mit in die Wanne und zieht sie rückwärts an seine Brust.

Seine Hand legt sich sanft auf ihre Kehle, und sie lässt den Kopf an seinen Körper fallen. Seine Lippen berühren ihre Schläfe, und sie hat sich noch nie im Leben so sicher und geborgen gefühlt wie in diesem Moment.

Sie klingelt. Er öffnet und zeigt einladend Richtung Wohnzimmer. „Hi Ella. Komm rein."

Als Ella die Treppe hinaufsteigt, klopft ihr Herz lauter. Warum eigentlich? Blöd. Es gibt überhaupt keinen Grund für Nervosität. *Pascal will was mit dir besprechen, du sollst hochkommen,* hat Tim zu ihr gesagt. Sie atmet tief durch. Dämlich, diese Unsicherheit. Aber es ist eben Pascal, die personifizierte männliche Dominanz. Sie hat keine Angst vor ihm, aber wenn er seine eisblauen Augen auf sie richtet, zieht sie ganz automatisch den Kopf ein.

Sie war noch nie in seiner Wohnung. Es ist Tims ehemalige. Er hatte sich den Dachboden ausgebaut, als seine Eltern noch unten gewohnt haben. Nun ist seine Mutter tot, und sein Vater lebt in einem Seniorenheim. Vor Pascal hat Mona eine Zeit lang darin gewohnt.

Neugierig sieht sie sich um. Die Wohnung ist gemütlich. Viel Balkenwerk, fast wie in einem Fachwerkhaus, und wie bei Tim hängen Ketten und Schlaginstrumente herum und ein paar BDSM-Bilder als Schmuck an der Wand. Pascal zupft im Vorbeigehen freundschaftlich an ihren Haaren. „Hast du dich von deiner gestrigen Meditationssitzung erholt?"

„Was?"

Er lacht. „Schon gut. Ist Tim nicht da?"

„Nein, der ist heute mit Leon unterwegs, um irgendwo Möbel abzuholen, die Leon gekauft hat, um sie aufzuarbeiten. Äh … Warum? Wolltest du mit uns beiden sprechen? Tim sagte nur, dass ich hochkommen soll."

Pascal winkt ab. „Ja, das ist auch richtig. Setz dich. Willst du was trinken? Kaffee vielleicht?"

„Ähm … ja, gerne. Danke."

Sie beobachtet, wie er hinter seinem Küchentresen verschwindet und den modernen Kaffeeautomaten bedient. Pascal ist groß und kräftig, hat aber nicht die dicken Muskeln eines Bodybuilders. Seine Bewegungen sind sehr geschmeidig und effizient. Das kommt sicher, weil er seit seiner Jugend Kampfsport betreibt. Er hat auch diese undurchdringliche Mimik eines Kämpfers. Man weiß nie, was er denkt. Was kann er mit ihr besprechen wollen?

„Wann fängst du an zu arbeiten?", fragt er von Weitem.

Sie stöhnt. „Übermorgen."

Er kommt mit dem Kaffee, setzt sich ihr gegenüber und schmunzelt. „Hast du etwa Angst vor dem Job?"

Ganz automatisch senkt sie den Kopf. Selbst wenn er nett lächelt, wirkt er einschüchternd auf sie. Sie war noch nie mit ihm allein. Ein komisches Gefühl. Er lächelt selten, wahrscheinlich nur, wenn eine Frau ihn um Gnade anwinselt. Ella trinkt einen Schluck. „Ähm … nein, nur etwas Lampenfieber."

„Du schaffst das schon."

Sie räuspert sich. „Was willst du denn mit mir besprechen?"

„Hast du schon Pläne für deinen Hof?"

„Nicht direkt." Sie zögert. „Wahrscheinlich ist das eine dumme Idee …", verlegen senkt sie wieder den Kopf, „aber ich habe darüber nachgedacht, eine Wohngemeinschaft zu gründen. Das Haus hat ja acht Zimmer, und ich brauche nur eins. So hätte ich Mieteinnahmen."

„Vielleicht könntest du mir ein paar Zimmer vermieten. Samt der großen Scheune."

Überrascht zuckt ihr Blick hoch, um seinem gleich wieder auszuweichen. „Ähm … ja, klar, ähm … willst du da wohnen?"

„Ella."

„Ja?"

„Guck mir in die Augen. Wir sind hier nicht in einer Session."

Umgehend spürt sie, wie ihr die Hitze ins Gesicht steigt. „Entschuldigung." Oh Gott! Wie peinlich.

„Hast du Angst vor mir?" Seine Stimme klingt leicht spöttisch. Arsch!

„Nein. Ich bin eben so."

„Wie, eben so?"

Generervt stöhnt sie auf. „Leicht zu verunsichern. Das weißt du ganz genau.“

Einen Moment lang mustert er sie schweigend. „Ich kann dir beibringen, selbstsicherer zu werden.“

Schon wieder überrascht er sie, und ihr Blick zuckt hoch. „Wie meinst du das?“

„So, wie ich es sage. Ich war früher bei der Polizei und arbeite jetzt selbstständig als Personenschützer und privater Ermittler. Man kann lernen, sich von anderen Menschen nicht manipulieren und einschüchtern zu lassen.“

Sie nickt und wartet gespannt darauf, dass er weiterredet. Er beugt sich vor und legt seine Unterarme auf dem Tisch ab. „Okay, erst mal zu meinem Anliegen. Einige Sicherheitsfirmen, für die ich gelegentlich arbeite, haben Interesse daran, ihr Personal von mir schulen und regelmäßig trainieren zu lassen. Dein Hof würde sich dafür eignen. Es wären Gruppen von vier bis acht Leuten, die wochenweise anreisen. Sie könnten in deinem Haus schlafen und in der Scheune und auf dem Hof würde ich mit ihnen trainieren. Was hältst du davon?“

Ein freudiger Schreck zuckt durch ihren Körper. „Das wäre toll.“

„Ja?“

„Ja. Klar. Aber ich habe kein Geld, um irgendetwas umzubauen oder Möbel anzuschaffen.“

Er winkt ab. „Das brauchst du auch nicht. Es sind junge Leute, Jungs und Mädels, aber sie müssten natürlich auch deine Küche und dein Bad benutzen. Wäre das okay?“

„Frauen sind auch dabei?“

„Natürlich.“

Sie zuckt mit den Schultern. „Klar. Kein Problem. Aber es ist alles ziemlich veraltet und nicht gerade schick.“

Er lacht. „Das muss es auch nicht sein. Im Gegenteil. Sie sollen den harten Alltag üben, und bei dir auf dem Hof hätten wir den nötigen Platz und die Abgeschiedenheit für ein ungestörtes Training.“

Ella nickt. „Ja, Platz ist da genug. Was übt ihr denn so?“

„Zum einen trainieren wir Kondition und Kampfsport, zum anderen üben wir konkrete Arbeitssituationen. Zum Beispiel, wie man jemanden abschirmt, der aus einem Auto aussteigt und in ein Gebäude geht. Oder wie man einen Politiker schützt, der auf einer Bühne steht, eine Rede hält und anschließend hundert Hände schüttelt, oder wie man einen Angreifer überwältigt, ohne ihn zu verletzen.“

Sie nickt. „Das hört sich spannend an. Klar machen wir das. Ist doch eine optimale Lösung.“

Er schmunzelt. „Freut mich, dass dir die Idee gefällt. Dann werden wir uns über das Geld sicher auch einig. Denk drüber nach, wie viel Miete du haben willst, okay?“

„Mache ich.“

Sie trinkt mit großen Schlucken ihren Kaffee aus und steht auf. „Gut, dann will ich dich nicht länger stören.“

Er bleibt sitzen und sieht belustigt zu ihr auf. „Du störst nicht. Ich glaube, du hast doch Angst vor mir.“

Sie verdreht die Augen. „Lach mich nur aus.“

Er steht auf, nimmt sie in den Arm und streicht über ihren Rücken. „Mein Angebot steht. Wenn du willst, üben wir das mit dem Selbstbewusstsein. Du wirst sehen, es ist gar nicht so schwer.“

„Das wäre wirklich toll.“
„Okay, abgemacht.“
Als sie schon in der Tür steht, dreht sie sich noch einmal um. Schon wieder schlägt ihr Herz lauter. Sie trägt den Gedanken bereits seit einiger Zeit mit sich herum. Soll sie ihn fragen?
Er hebt auffordernd die Augenbrauen, und sie holt tief Luft.
„Du bist doch, wenn ich das richtig verstanden habe, auch so was wie ein Privatdetektiv, oder?“
„Stimmt. Ich ermittle, und man kann mich als Bodyguard engagieren.“
Sie starrt angestrengt auf ihre Schuhe. „Was kostet denn so was?“
„Das kommt ganz drauf an. Los, spuck es aus. Wo drückt der Schuh?“
„Könntest du Vincent für mich suchen?“
„Das Arschloch, das euer Geld verzockt hat?“
Sie nickt. Er neigt den Kopf und mustert sie. „Das kann ich machen.“
„Echt?“
„Natürlich. Gib mir alle Informationen, die du über ihn hast, dann schau ich mal, ob ich ihn finde.“
„Aber, also, ähm … ich muss aber vorher wissen, was das kostet.“
„Das verrechnen wir mit der Miete. Mach dir keine Gedanken.“
„Danke.“ Sie nickt ihm zu und will hinaus.
„Und was ist, wenn ich ihn finde?“
Sie stockt und zieht die Schultern hoch. „Ich weiß nicht … ich will einfach nur wissen … na ja …“
Einen Moment ist es still, dann nickt er. „Bring mir alles, was du hast.“

Kapitel 10

„So nicht, Leute, ihr seid zu langsam. Lina, stell dich mehr links zum Auto, sonst siehst du nicht genug. So, ja, richtig. Noch mal von vorn.“

Ella sitzt an ihrem Küchentisch und trinkt Kaffee. Pascals Stimme ist so durchdringend, dass sie zum Fenster hinaussieht und schmunzelt. Seine Schützlinge schwitzen schon gewaltig, und er ist immer noch nicht zufrieden. Sie haben ein Auto auf dem Hof abgestellt und üben, eine Person aus der Scheune heraus und so schnell und sicher wie möglich ins Auto zu bringen. *Es sieht aus, als ob ein Fernsehfilm gedreht wird,* denkt sie belustigt.

Kaum zu glauben, wie schnell sich alles eingespielt hat. Es ist Mitte Mai. Seit sechs Wochen arbeitet sie in der Hotelküche, und vor drei Wochen reisten zum ersten Mal Pascals Auszubildende an. Es sind immer kleine Gruppen, und sie bleiben manchmal die ganze Woche, manchmal auch nur ein paar Tage. Diese hier fahren heute Abend wieder.

Es ist Mittwoch, und Ella hat zwei Tage frei. Sie hat für die Truppe draußen eine Suppe vorbereitet. Die können sie mittags essen. Das macht sie gerne, wenn sie die Zeit hat.

Ella ist glücklich. Durch Pascals großzügige Miete und ihren Job im Hotel kommt sie gut über die Runden und kann auch Tim regelmäßig etwas zurückzahlen. Wenn er da ist, übernachtet sie meist bei ihm, wenn er zu seinen Workshops und Seminaren reist, wohnt sie auf dem Hof. Im April hat sie mit Leon und Mona, Tim und Pascal in jeder freien Minute Wände gestrichen, tapeziert und saubergemacht, sodass jetzt alles recht gemütlich ist. Pascal hat aus der Scheune eine kleine Turnhalle gezaubert, in der Fitnessgeräte stehen. Es gibt Matten für die Kampfsportübungen und ein Waffenarsenal. Alles Attrappen, aber trotzdem ganz schön imponierend.

Der Job in der Hotelküche ist auch in Ordnung. Sie arbeitet entweder in der Frühschicht von sechs Uhr bis mittags vierzehn Uhr oder nachmittags bis abends zweiundzwanzig Uhr. Die Geschwister Kira Nowak und Oliver David, Chef und Chefin des Hotels, mag sie nicht besonders, aber die Kollegen sind nett. Pascal hat sein Angebot auch wahrgemacht. Sie durfte bereits mehrfach in seinen Gruppen mit üben und kennt inzwischen ein paar coole Selbstverteidigungstricks und Strategien für die mentale Stärke. Es ist tatsächlich gar nicht so schwer, sich gegen stechende Blicke und dominante Anweisungen zu wehren. Am Anfang konnte sie keinem Mann in die Augen sehen, inzwischen beeindruckt es sie kaum noch, wenn die zukünftigen Bodyguards aus Pascals Kursen versuchen, ihr Befehle zu erteilen. Alles eine Frage der Konzentration.

Ein Auto hat sie inzwischen auch. Das war notwendig, um zwischen Hof und Kleinstadt zu pendeln. Es ist ein uralter giftgrüner Golf, den sie heiß und innig liebt und den sie auf den Namen *Fury* getauft hat.

Am Freitag kommt Tim zurück, der mal wieder geschäftlich verreist war. Bei dem Gedanken an den Freitagabend durchläuft sie ein sanftes wohliges Schaudern, und sie muss unwillkürlich kichern. Sicher wird er ihren Arsch zum Glühen bringen. Tim hat ihr beigebracht, ihre Neigungen lustvoll auszuleben und trotzdem ein freier, selbstbestimmter Mensch zu sein, und das genießt sie nun in vollen

Zügen. Sie hätte nicht gedacht, dass es so selbstverständlich sein könnte. Sie reden nie über die Art ihres Verhältnisses. Wenn jemand fragt, sind sie Freunde. Das ist viel weniger beunruhigend, als ein Paar zu sein. Alle ihre Freunde bezeichnen sie allerdings als Paar. Egal. Ella fühlt sich wohl, frei, aber nicht allein, erfüllt, aber nicht abhängig. Sie möchte am liebsten, dass alles für immer so bleibt, wie es gerade ist.

Ihr Kaffeebecher ist leer, und sie beschließt, das Blumenbeet vor dem Haus zu harken. Die Sonne scheint, und es ist herrlich warm draußen.

Als sie gerade eine halbe Stunde dabei ist, kommt Pascal zu ihr herübergeschlendert. „Ella, hast du heute Mittag, wenn meine Truppe Pause hat, kurz Zeit?"

Sie sieht auf. „Klar. Worum geht's denn?"

„Ich habe einiges über deinen Ex herausgefunden."

„Oh." Sie muss schlucken. „Was denn?"

Er legt ihr kurz die Hand auf die Schulter. „Nachher. Okay?"

Sie nickt. Ein dumpfes Gefühl breitet sich in ihrem Magen aus, und einen Moment lang bereut sie es, Pascal auf Vincent angesetzt zu haben. Will sie überhaupt noch wissen, was er macht? Sollte sie nicht viel lieber die Vergangenheit hinter sich lassen?

Plötzlich ziehen sich die Minuten wie Kaugummi, und Ella atmet erleichtert auf, als Pascal endlich kommt.

Er hat einen Schnellhefter unter den Arm geklemmt und zeigt in Richtung Obstgarten. „Komm, lass uns dort einen Moment hinsetzen."

Mit weichen Knien und zittrigen Fingern folgt sie ihm zu der Sitzecke mit den alten, hölzernen Gartenmöbeln.

Sie setzen sich nebeneinander auf die Bank, und Pascal legt den Ordner auf den Tisch. Wie hypnotisiert starrt sie den Pappdeckel an. „War es schwer, ihn zu finden?"

Er schmunzelt. „Nein. Auf einem deiner Fotos war eine Autonummer zu erkennen, und ich habe noch Kontakte zu meinem alten Revier."

Sie runzelt die Stirn und betrachtet intensiv ihre Fingernägel. „Das waren doch Leihwagen. Er reiste immer mit dem Flugzeug."

„Das stimmt nicht ganz."

Sie zieht die Augenbrauen zusammen. „Wie meinst du das?"

„Er lebt in Hamburg."

Ihr Kopf zuckt herum. „Was?"

Niemals hätte Ella gedacht, dass er in ihrer Nähe wohnen könnte. „In Hamburg?"

„Ja, und dort hat er auch immer gewohnt."

„Nein, er hatte eine Wohnung in Berlin und war ständig auf Reisen."

Pascal schüttelt den Kopf. „Das gehörte alles zu seiner Show."

Ungläubig starrt Ella ihn an. „Das ist unmöglich", flüstert sie fassungslos. Dann fällt ihr ein, dass sie erfolglos versucht hat, ihn unter seiner Berliner Adresse zu erreichen, als er plötzlich wie vom Erdboden verschwunden war.

Pascal seufzt und schlägt den Ordner auf. „Er lebt mit seiner Mutter zusammen in einer kleinen Wohnung in Hamburg Schnelsen und jobbt als Verkäufer bei einem windigen Autohändler, auf dessen Namen das Cabrio auf dem Foto zugelassen war. Ich habe dir nicht gleich etwas gesagt, weil ein Hamburger Freund von mir erst weitere Nachforschungen anstellen sollte. Vincent hat kein Geld und auch keine Kontakte zu dieser verbrecherischen Finanzanlagenfirma. Er hat euch also anscheinend tatsächlich nicht bewusst übers Ohr gehauen. Aber anstatt die Verantwortung zu übernehmen, hat der Feigling sich aus dem Staub gemacht."

Ella schüttelt ungläubig den Kopf und betrachtet die Fotos, die Pascal vor ihr ausbreitet. Ja, das ist definitiv Vincent, allerdings ganz anders, als sie ihn kennt. Keine teuren Klamotten, keine protzige Armbanduhr, keine akkurate Frisur. Im Gegenteil, er wirkt ungepflegt. Auch kommt er ihr kleiner und schmaler vor, als sie ihn in Erinnerung hat.

Sie blättert weiter und blickt auf ein Bild, auf dem er so aussieht, wie sie ihn kennt. Er hält die Hand einer blonden, jungen Frau. Ein fieser Stich trifft ihr Herz. Die Frau hat Ähnlichkeit mit ihr. Sie hebt das Foto hoch, um es genauer zu betrachten, und Pascal seufzt. „Er probiert die Masche anscheinend gerade bei einem neuen Opfer aus."

Tränen sammeln sich in Ellas Augen, und sie hebt reflexartig die Hand an den Mund, um ein Schluchzen zu unterdrücken.

Pascal legt tröstend den Arm um sie und zieht sie an sich heran. Sie schluckt, strafft sich und atmet tief durch. „Schon gut. Danke, dass du dir die Arbeit gemacht hast. Die nächste Miete entfällt dann, okay?"

„Nichts da. Das war ein Freundschaftsdienst."

„Aber …"

„Keine Diskussion."

Sie stöhnt. „Das kann ich nicht annehmen."

„Du kannst. Sag mir lieber, ob du was gegen ihn unternehmen willst."

Sie zuckt mit den Schultern. „Hätte das Sinn?"

„Ehrlich gesagt weiß ich es nicht. Du könntest ihn wegen Betrug und Hochstapelei anzeigen, aber ob die Beweise reichen, kann ich dir nicht sagen."

Sie schweigen eine Weile, bis Pascal auf die Uhr sieht. „Ich muss wieder an die Arbeit. Denk darüber nach, und wenn du was unternehmen willst, sag Bescheid, dann packen wir das gemeinsam an. Okay?"

Sie nickt. „Danke."

Den ganzen Tag über versucht sie, sich durch Haus- und Gartenarbeit abzulenken, und schlägt doch immer wieder die graue Mappe auf, um die Bilder zu betrachten. Erst ist sie einfach nur schockiert, dann allmählich steigt die Wut und sie fühlt den unbändigen Wunsch, sich an ihm zu rächen.

Sie könnte hinfahren, sich vorher eine Waffe besorgen und ihn einfach erschießen. Oder vor seinem Haus im Auto warten und wenn er rauskommt, ihn mit Vollgas überfahren. Oder ihn mit seiner Krawatte an den Abschlepphaken knoten und durch Hamburg schleifen, bis er erstickt ist. Ja, gute Idee, Würgespiele fand er doch immer toll. Sie könnte ihm auch vorher noch mal einen Vibrator in den Hals stopfen, damit er mal weiß, wie es ist, in den Mund gefickt zu werden. Oh ja. Es gibt viele gute Ideen für ihre Rache. Dann sieht sie wieder ihren Vater vor sich, auf dem Dachboden, mit dem verdrehten Hals und diesem schrecklichen Gesicht, und all ihre Racheideen kommen ihr lächerlich und dämlich vor. Nein. Sie wird ihn vergessen. Sie ist selber Schuld an allem, was passiert ist. Ihr Blick fällt wieder auf das Bild von ihm und der anderen Frau. Ob er schon viele andere unglücklich gemacht hat? Oder noch machen wird? Soll er einfach so weitermachen dürfen?

Mit zittrigen Fingern liest sie in Pascals Unterlagen seine Adresse. Er hat einen anderen Nachnamen als den ihr bekannten. Und seine Handynummer hat Pascal auch herausgefunden.

Am späten Abend hat sie alle Gedanken so oft in ihrem Kopf hin- und hergeschoben, dass sie tatsächlich zum Telefon greift.

Er meldet sich, wie sie ihn kennt, mit einem fröhlichen, flapsigen „Hi."

Ellas Finger krallen sich um das Handy, als drohte es wegzufliegen.

„Hi Vinc. Hier ist Ella."

Stille.

„Hallo? Vincent? Bist du noch da?"

„Äh … ja. Hi Ella. Woher … warum …"

„Ich habe dich von einem Privatdetektiv ausfindig machen lassen, damit du dein Geld bekommst", sagt sie schnell, bevor er auf die Idee kommt, das Gespräch abzubrechen.

„Was?"

„Wir haben die Mietshäuser in Magdeburg so gut verkaufen können, dass mein Vater meint, du solltest unbedingt etwas vom Gewinn abbekommen, auch wenn wir nicht mehr zusammen sind. Also, wir haben ein Sparbuch mit zwanzigtausend Euro hier für dich liegen."

„Ähm … aber …"

„Ja, ich weiß. Die wollten uns übers Ohr hauen, und dir war es unangenehm, dass du es nicht gemerkt hast. Ich verstehe, dass du dich geschämt hast, aber du konntest doch gar nichts dafür. Wir wissen das, Vinc. Vergiss einfach, was gewesen ist. Es ist genug Geld für uns alle da."

Sie hört seinen Atem. „Ja, Ella. Das ist … ich weiß gar nicht, was ich sagen soll. Wie habt ihr … wie …“

„Wir haben den Hof beliehen, von dem Geld die Wohnungen renoviert und dann alles wiederverkauft. Es war gar nicht schwer.“

Er schweigt.

Sie nimmt alle Kraft zusammen, um ihrer Stimme einen flehenden Klang zu geben. „Vinc, ich liebe dich. Egal, was gewesen ist. Ich vermisse dich so.“

Er räuspert sich. „Ach Kleines, es tut mir so leid. Ich muss auch oft an dich denken. An meine süße, kleine Ella. Weißt du, ich wollte dich nicht verlassen. Ich hatte einen Unfall in den USA und lag dort lange im Krankenhaus. Sie hatten mich in ein künstliches Koma versetzt, deshalb konnte ich mich nicht melden. Und dann dachte ich, du würdest nichts mehr mit mir zu tun haben wollen.“

Ellas Hände zittern. Unbändige Wut steigt in ihr auf, als er sie plötzlich wieder diesen väterlich zärtlichen Tonfall hören lässt. Hält er sie wirklich für so dämlich? War sie damals tatsächlich so naiv gewesen, dass er nun meint, sie mit einer derart bescheuerten Geschichte zufriedenstellen zu können?

Sie möchte ihn anschreien, aber sie zwingt sich, ruhig zu bleiben. „Ich möchte dich so gerne sehen, Vinc. Kannst du nicht kommen?“

Stille. Ihr Herz rast. Tappt er in die Falle?

„Du hast Glück, Kleines. Ich bin gerade in Hamburg. Morgen früh habe ich noch einen wichtigen Termin, aber danach kann ich kommen. Gegen Mittag, ist das okay?“

Ella atmet zitternd aus. „Das wäre toll, Vinc. Ich freue mich so.“

„Gut Kleines. Ich freue mich auch. Ich bin froh, dass du mich angerufen hast. Grüß deinen Vater von mir, ja?"

„Ja, das mache ich."

Fröhlich vor sich hin pfeifend schließt Tim die Wohnungstür auf. „Hallo Fledermaus!"

Keine Antwort. Irritiert sieht er sich um. Niemand da. Er greift zum Handy und ruft sie an, erreicht jedoch nur die Mailbox. Ob sie seine Nachrichten gar nicht bekommen hat? Zwei Stufen auf einmal nehmend, nähert er sich der oberen Wohnungstür und klingelt. „Ist Ella bei dir?", fragt er ohne Begrüßung, als Pascal öffnet.

„Nein. Warum sollte sie?"

„Keine Ahnung. Sie ist nicht da und auch per Handy nicht zu erreichen."

Pascal grinst. „Dafür, dass ihr nur Freunde seid, entwickelst du einen ganz schönen Kontrollzwang, mein Freund."

„Quatsch, es ist nur seltsam. Ich habe ihr heute schon zwei Textnachrichten geschickt und keine Antwort bekommen. Das ist nicht ihre Art."

„Was machst du überhaupt hier? Wolltest du nicht erst morgen zurückkommen?"

„Der letzte Seminartag fiel wegen eines Wasserrohrbruchs aus, und ich hatte das Glück, heute noch einen Platz im Flieger zu ergattern."

Pascal zuckt mit den Schultern. „Ich war den ganzen Tag hier in der Wohnung. Keine Ahnung, wo sie ist. Sicher arbeitet sie."

Tim zieht genervt die Augenbrauen zusammen. „Nein. Am Hotel habe ich eben angehalten. Da ist sie nicht. Shit. Das passt nicht zu ihr, ganz und gar nicht.

Irgendwie habe ich ein mieses Gefühl. Ich fahre raus und sehe nach, ob sie auf dem Hof ist."

Pascal stutzt. „Die wird doch nicht …"

Tim ist sofort misstrauisch. „Was?"

„Sie hatte mich um Recherchen über ihren Ex gebeten, und gestern gab ich ihr die Ergebnisse."

„Wie bitte? Warum weiß ich davon nichts?"

„Weil es dich nichts angeht."

Tim starrt ihn an. Minuten vergehen, dann hebt er die Hand. „Verdammt! Jetzt rede! Was ist mit dem Typen?"

Pascal schüttelt den Kopf. „Sie könnte nach Hamburg gefahren sein, denn dort lebt der Knabe."

„Allein? Ohne was zu sagen? Warum?"

Pascal zuckt mit den Schultern. „Keine Ahnung. Ich habe ihr gesagt, wenn sie gegen den Typen etwas unternehmen will, soll sie Bescheid sagen. Aber Frauen sind ja manchmal …" Er greift nach Schlüsselbund und Handy. „Wir suchen sie gemeinsam. Lass uns erst auf dem Hof nachsehen. Falls sie da nicht ist, fahren wir nach Hamburg."

Während der Fahrt erzählt Pascal, was er über Vincent herausgefunden hat, und Tim wird bei jedem Wort nervöser. Was, wenn sie tatsächlich allein nach Hamburg gefahren ist und der Typ ihr etwas antut? In seinem Magen bildet sich ein widerlicher, Übelkeit verursachender Kloß. Was, wenn ihr was passiert ist? Seiner Ella? Was, wenn er sie verliert? Er beißt die Zähne zusammen, um sein Zittern zu unterdrücken. Seine Hände sind schweißnass, als er endlich blinken und auf die lange Zufahrt zum Hof abbiegen kann.

„Da ist Fury." Beim Anblick des alten Golfs wird ihm augenblicklich leichter ums Herz, doch Pascal zeigt zur anderen Seite. „Und da steht eine Karre mit Hamburger Kennzeichen."

„Fuck."

Sie springen aus dem Auto und laufen zur Haustür. Es ist nicht abgeschlossen, doch drinnen empfängt sie nur Leere und Stille. Die Stallgebäude sind auch leer. Tims Herz donnert in seiner Brust. Er wird es nicht überleben, wenn dieses Arschloch Ella etwas angetan hat. Bleibt nur noch die Scheune. Pascal schleicht vorsichtig hinein. „Ups, was ist denn hier los?", entfährt es ihm deutlich belustigt, als er abrupt stehen bleibt.

„Was ist denn da?" Tim will an ihm vorbei, doch Pascal hält ihn zurück.

„Warte", flüstert er und sie bleiben stillstehen.

Tims Gesichtszüge entgleisen zu einem breiten Grinsen. „Fuck. Wie geil ist das denn?"

„Scht … Stör sie nicht."

Ella sitzt auf einem Hocker und hat die Unterarme lässig auf den Oberschenkeln aufgestützt. Neben ihr, auf dem Fußboden, liegt eine der Pistolenattrappen. Ihr Blick ist nach vorn gerichtet. Drei Meter vor ihr hockt ein nackter Typ auf dem Betonboden. Er heult wie ein Kind. Seine Hände sind mit Handschellen auf dem Rücken gefesselt, und um den Hals trägt er eine Krawatte, deren Ende an einem Balken so verknotet ist, dass er den Oberkörper aufrecht halten muss, wenn er sich nicht selbst erwürgen will. Er kniet in einer Pfütze, und es stinkt nach Urin.

„Ist das der Arsch?", fragt Tim leise, und Pascal nickt. „Jep."

„Vincent, ich tu dir nichts. Wirklich, du brauchst nicht zu weinen. Ich will nur mit dir reden. Sobald du meine Fragen beantwortest, lasse ich dich laufen", sagt Ella. Sie wirkt gelassen und cool. Wow. Das ist seine Ella.

Der Typ winselt wie ein Hund.

Ella richtet sich etwas auf und seufzt. „Nun reiß dich doch mal zusammen. Ich will nur wissen, warum. Warum hast du mich so behandelt?“

„Es tut mir leid“, heult der Typ.

„Ja, das hast du inzwischen mehrfach kundgetan. Ich will aber wissen, ob es von Anfang an dein Plan war, mich von dir abhängig zu machen.“

„Nein“, jammert er.

„Was war denn am Anfang?“

„Es tut mir leid.“

Deutlich genervt steht sie auf und geht einen Schritt auf ihn zu. „Du musst doch wissen, ob du mich mochtest oder von Anfang an nur unterdrücken und benutzen wolltest. Herrgott noch mal, so schwer kann das doch nicht sein! Ich sage doch, ich tu dir nichts.“

Der Typ heult panisch auf. „Bitte nicht!“

Sie schüttelt den Kopf. „Meine Güte, bist du ein Feigling.

Langsam geht sie um ihn herum und betrachtet ihn. Dieses Häuflein Elend soll der gleiche Typ gewesen sein, vor dem sie heute Morgen noch Angst gehabt hat? Den sie so viele Monate lang wie einen Gott angehimmelt hat? Es ist nicht zu fassen. Die Erkenntnis trifft sie hart. Sie hat das Gefühl, nicht richtig atmen zu können. Ihr Gesicht tut schon weh, weil alle Muskeln so verkrampft sind.

Sie hebt den Kopf und stutzt. Tim und Pascal lehnen lässig neben der Tür an der Wand, haben die Hände vor der Brust verschränkt und grinsen.

„Seit wann steht ihr denn da?“

„Noch nicht lange. Lass dich nicht stören“, antwortet Pascal locker. „Mach einfach weiter. Falls wir dir assistieren sollen, sag Bescheid.“

Vincents Kopf zuckt hoch, und er jammert noch panischer.

Ella zieht die Schultern hoch, presst die Lippen aufeinander und starrt Tim an. Am liebsten möchte sie sich ihm an den Hals werfen und heulen, doch sie fühlt sich wie in einem engen Stahlkäfig, unfähig, irgendwelche Gefühle zu zeigen.

Sie hatte solche Angst vor Vincent gehabt, hatte zitternd auf ihn gewartet und geglaubt, er würde sie anschreien und versuchen, sie zu überwältigen. Sie wollte gegen ihn kämpfen und ihn besiegen, doch dann hat er sich beim ersten Blick auf die Waffe sofort auf den Boden geworfen und losgeheult.

Auf allen vieren ist er vor ihr her in die Scheune gekrabbelt und hat sich sofort die Klamotten vom Körper gerissen, als sie es von ihm verlangt hat. Seit drei Stunden sitzt sie jetzt hier und wartet, dass er seine Fassung wiederfindet, damit sie ihm entgegenbrüllen kann, was für ein Schwein er ist, doch mittlerweile will sie ihn eigentlich nur noch loswerden.

„Er redet nicht mit mir“, sagt sie, und Tim kommt auf sie zu. Er streckt die Hände aus, um sie anzufassen, doch sie zuckt zurück. Sie darf das jetzt nicht zulassen, sie kann jetzt keine Berührung ertragen.

„Hey, alles okay?“, fragt er, und sie hebt abwehrend die Hände, damit er ganz sicher nicht näher kommt. „Ja. Aber … Er … ich will nicht mehr.“

Pascal mustert sie konzentriert aus seinen Eisaugen. „Soll ich ihn rausschmeißen?“

„Bitte. Ja“, flüstert sie, verschränkt die Arme vor der Brust und starrt zurück auf Vincent, der, seit er die Männer gesehen hat, vollends dem totalen Nervenzusammenbruch entgegenstrebt.

Pascal schlendert zu Vincent und betrachtet ihn.

„Du hast mehr Glück als Verstand, Kerlchen. Wenn's nach mir ginge, würdest du nicht so einfach davonkommen. Aber die Sauerei machst du vorher noch weg.“

Er lässt Wasser in einen Eimer und stellt ihn samt Feudel vor den zitternden Jammerlappen, bevor er ihn von den Handschellen befreit.

Vincent löst mit panischen Bewegungen den Knoten seiner Krawatte und beginnt, ohne zu zögern, mit hastigen Bewegungen, die Pfütze aufzuwischen. Pascal steht breitbeinig mit verschränkten Armen dabei und nickt schließlich. „Das reicht, jetzt sieh zu, dass du Land gewinnst, du Ratte.“

Vincent rafft seine Klamotten zusammen und rennt gebückt in Richtung Tür.

Ella hat sich die ganze Zeit nicht mehr bewegt, sondern nur noch starr dagestanden und die Szene beobachtet. Es ist so unwirklich, fast wie in einem Theater in der ersten Reihe.

Tim legt seinen Arm um ihre Schultern, und sie lehnt sich zitternd an ihn. „Alles okay, er ist weg“, sagt er sanft, und Ella atmet schwer aus. „Ja.“

„Komm. Wir gehen rein und setzen uns einen Moment. Okay?“

Sie nickt und lässt sich führen.

In der Küche schiebt er sie auf einen Stuhl und öffnet den Kühlschrank. Mit einer Saftflasche in der einen und Gläsern in der anderen Hand kommt er wieder und setzt sich zu ihr. Besorgt mustert er sie, und Ella atmet tief durch.

„Schon okay." Sie schüttelt den Kopf. „Irgendwie hab ich mir das ganz anders vorgestellt. Ich bin jetzt einfach nur froh, dass er weg ist."

Pascal schlendert herein und lehnt sich an die Spüle.

„Eigentlich müsstest du den Arsch versohlt bekommen! Weißt du eigentlich, was dir hätte passieren können?"

Tim winkt ab. „Lass sie in Ruhe."

Pascal schnauft. „Weiber." Kopfschüttelnd betrachtet er sie. „Wie hast du es geschafft, ihn hierher zu bekommen?"

„Ich habe ihm gesagt, wir hätten die Wohnungen renoviert und verkauft und wollten ihm für das gute Geschäft Geld abgeben."

„Und das hat er dir abgenommen?"

Sie nickt und schluckt.

Pascal lacht. „Gott, ist der bescheuert."

Der bittere Geschmack in ihrem Mund lässt sich nicht vertreiben, selbst der Saft schmeckt seltsam.

„Wo ist dein Handy? Ich habe versucht anzurufen", sagt Tim.

„In der Tasche. Ich habe es ausgestellt, damit ich es mir nicht noch anders überlege und ihm absage." Sie sieht ihn an und zieht die Augenbrauen zusammen. „Warum bist du eigentlich schon da?"

„Rohrbruch, der letzte Unterrichtstag ist ausgefallen, weil sie die Toiletten abstellen mussten."

Sie nickt, und er legt seine Hand auf ihren Arm. „Warum wolltest du das unbedingt allein durchziehen?"

Sie zuckt mit den Schultern und sieht ihn ratlos an. „Ich weiß nicht so richtig."

Er zieht sie seufzend an sich. „Meine Güte. Jag mir bloß nie wieder so einen Schrecken ein. Wollen wir jetzt zu mir fahren?"

Sie nickt. Pascal zeigt zur Tür. „Haut schon ab. Ich schließe alles zu und nehme dann Fury."

Als sie in seiner Wohnung ankommen, geht Ella duschen. Anschließend essen sie etwas. Tim beobachtet sie mit Argusaugen. Sie versucht, sich normal zu benehmen, aber er kennt sie viel zu gut.

Seine Blicke sind so besorgt, dass sie wütend wird. „Guck mich nicht so an, es ist alles okay", fährt sie ihn an, als er sich zu ihr auf die Couch setzen will.

Er zieht sie trotzdem in seine Umarmung. „Hey, Fledermaus. Du musst darüber reden. Friss es nicht in dich hinein."

Unwillig macht sie sich steif. „Ich will nicht reden. Ich will diesen Arsch einfach nur noch vergessen."

Er verzieht skeptisch das Gesicht, sagt aber nichts. „Soll ich einen Film anmachen?"

Sie nickt.

Zwei Stunden später hat sie immer noch diesen bitteren Geschmack auf der Zunge, bekommt immer noch schlecht Luft und möchte immer noch ihr Abendbrot wieder auskotzen. In ihr brodelt die Wut. Sie möchte schreien, aber ihre Kehle ist wie zugeschnürt. Sie starrt in den Fernseher und sieht doch immer nur Vincent vor sich, wie er heulend in seinem Urin gehockt hat. So erbärmlich, so mies. Der Zorn in ihr wird immer schlimmer. Wie konnte er es wagen, sich so gehen zu lassen? Hätte er nicht wenigstens etwas mehr Würde zeigen können? Wie konnte sie nur auf so ein ärmliches Stück Scheiße reinfallen?

Sie stöhnt verzweifelt auf, und Tim runzelt die Stirn. „Hey, was ist? Kannst du nicht abschalten? Wollen wir doch drüber reden?“

„Nein!“, fährt sie ihn an, atmet tief durch und plötzlich weiß sie, was sie herbeisehnt.

Mit zorniger Entschlossenheit nimmt sie seine Hand.

Ihr Benehmen erinnert ihn extrem an ihre ersten Begegnungen. Ihr Gesichtsausdruck, diese arrogante Maske. Gerade hat er sich gefragt, ob ihr eine Session helfen würde abzuschalten, da greift sie nach seiner Hand. Sie presst die Lippen fest zusammen, steht auf und zieht ihn mit, hält seine Hand so fest, als hätte sie Angst, er könnte flüchten und sie allein lassen. Zielstrebig geht sie Richtung Wohnungstür. Er wehrt sich nicht und lässt sich von ihr in den Keller führen. Ihre Bewegungen sind hastig und grob. Sie öffnet die Tür zum Spielzimmer, marschiert ohne Zögern zum Schrank an der Wand und schaltet die Spots an. Dann zerrt sie eine der langen Peitschen von der Wand und drückt sie ihm in die Hand.

Mit zwei Schritten steht sie im Lichtkegel und reißt sich die Kleidung vom Körper. Sie schiebt alles achtlos mit dem Fuß zur Seite und kniet sich mit dem Rücken zu ihm auf den Boden.

Sie hat die Schultern hochgezogen und die Hände zu Fäusten geballt. Ein leichtes Zittern durchläuft ihren Körper, aber sie rührt sich nicht mehr. Tim kann seinen Blick nicht von ihr lösen. Regungslos steht er da und starrt sie an. Wahrscheinlich, nein, ganz sicher ist er der fieseste, kaltherzigste Mistkerl, den die BDSM-Welt je gesehen hat, denn sein Schwanz ist steinhart. Dieser Moment ist so heiß, so cool, so alles umfassend geil, dass er am liebsten die Zeit anhalten will. Ihr stolze Haltung gepaart mit der unterwürfigen Position, die zu Fäusten geballten Hände, der erhobene Kopf, stolz, wütend, mutig. Fuck. Was für eine Frau.

Schließlich reißt er sich von ihrem Anblick los und räuspert sich.

„Was soll das, Ella?“

„Kannst du dir das nicht denken?“, keift sie.

„Nein.“

„Du hast doch Pascal gehört. Der meint, ich habe eine Strafe verdient, verdammt noch mal.“

Er geht um sie herum, um ihr in die Augen zu sehen. „Und du? Meinst du auch, du hast eine Strafe verdient?“

Einen Moment ist es ganz still. Sie starrt ihn regungslos an.

„Willst du deine Wut loswerden oder willst du dich selbst bestrafen, weil du auf so einen Scheißtypen reingefallen bist?“, fragt er leise.

„Fuck! Das ist doch egal! Guck mich nicht so mitleidig an! Mistarsch!“

Seine Mundwinkel zucken. „Was bin ich?“

„Arsch!“

Er schlendert zurück zum Schrank, greift zu Manschetten für Hände und Füße und stellt sich direkt hinter sie „Okay, damit hast du mir einen Grund gegeben, dich zu bestrafen. Du hast dir das härteste Instrument ausgesucht, das ich besitze. Du wirst nicht stillhalten können. Damit ich dich sicher nur dort treffe, wo es ungefährlich für dich ist, werde ich deinen Körper gestreckt fixieren.“

Sie reagiert nicht. „Steh auf.“ Er hält sie an den Oberarmen, zieht sie hoch und dirigiert sie zwischen zwei der im Boden eingelassenen Metallringe. Ihr Atem ist hektisch. Ohne weitere Aufforderung spreizt sie die Beine, sodass ihre Füße direkt neben den Ringen stehen. Ihre Mitte glänzt nass und ihre Schamlippen sind geschwollen. Fuck! Er befestigt die Manschetten und Karabiner. Dann tritt er vor sie, und sie hält ihm ihre Hände entgegen. Während er die Manschetten um ihre Handgelenke legt, sieht sie ihn nicht an. Ihr Blick ist so konzentriert auf ihre Hände gerichtet, als wollte sie kontrollieren, ob er seinen Job auch sorgfältig macht. Er zieht ihre Arme gerade nach oben, bis ihr Körper gestreckt ist, und bewegt sich um sie herum. Es gibt nichts Schöneres als eine nackte, wehrlose und überall zugängliche Frau.

Lächelnd streicht er mit der langen Peitsche über ihren Körper. „Ich vermute, das wird das erste und letzte Mal sein, dass du dir dieses Instrument aussuchst, Fledermaus. Du weißt nicht, was du dir mit dieser Wahl eingehandelt hast."

Ihr Blick zuckt auf ihn. „Laberst du mal wieder, Sonnyboy?", faucht sie ihn kalt an, und er greift an ihr Kinn, damit sie ihn weiter ansehen muss. „Keine Angst, Baby, du kriegst, was du brauchst."

Er verlässt sie wieder, legt die Peitsche zur Seite und greift nach einem relativ harmlosen Flogger.

„Zur Einstimmung, Fledermaus, damit deine Haut die Peitsche ertragen kann."

Tim beginnt, sie auf den Hintern zu schlagen. Er liebt dieses Geräusch, kein lautes Zischen, eher ein leises, vielfaches Klatschen. Ella lehnt den Kopf gegen ihren hochgestreckten rechten Arm, schließt die Augen und atmet ruhig weiter. Sie hat inzwischen gelernt, ihre Lust am Schmerz zu genießen, verkrampft sich nicht mehr, schämt sich nicht mehr, sondern empfängt den Reiz wie einen guten Freund. Mit großem Genuss betrachtet er bei jedem Schlag das Muskelspiel unter ihrer Haut. Er wendet sich ihren Beinen zu, verstärkt die Schläge etwas, und die ersten wimmernden Seufzer stehlen sich aus ihrer Kehle. Einzelne Tränen rinnen über ihre Wangen.

Bauch und Brüste erhalten herrliche rote Muster, auch wenn er hier nur sanft zuschlägt, da diese Bereiche sehr empfindlich sind. Dann die Oberschenkel von vorn und hinten.

Ihre Nippel sind hart und richten sich auf, nachdem er sie getroffen hat. Auf ihrer Stirn bilden sich Schweißtropfen. Er legt den Flogger beiseite, tritt nah an sie heran und streicht mit der Hand über ihre Kehle. Forschend betrachtet er ihr Gesicht. Ihr Atem geht regelmäßig, der Puls schlägt ruhig.

Er zupft an ihren Brustwarzen. „Bereit, Ella? Kreislauf okay?"

Sie starrt ihn wütend an, und er lächelt. „Gib mir eine höfliche und klare Antwort, sonst beende ich diese Session auf der Stelle."

„Alles gut, Sonnyboy", zischt sie, ohne den Blick zu senken.

Er drückt ihr einen sanften Kuss auf die Lippen. „Gute Reise, Fledermaus", wispert er in ihr Ohr und erfreut sich an der Gänsehaut, die über ihre Schulter wandert.

Ergeben schließt sie die Augen.

Er hat die Peitsche lange nicht benutzt. Für Ella war sie ihm bisher zu hart, und seit sie in sein Leben getreten ist, hat er kein Bedürfnis mehr danach, mit anderen Frauen zu spielen. Umso mehr erregt es ihn jetzt, mit diesem wundervollen Instrument zum ersten Mal ihre samtweiche Haut zu zeichnen.

Er schlägt ein paarmal zischend durch die Luft, um sein Gefühl für die Intensität der Schläge zu prüfen. Sie bebt, kneift die Augen zu und hält den Atem an. Sie wartet viel zu angespannt auf den Schmerz.

Er berührt mit dem Finger ihre Klit. Sie stößt einen kleinen, überraschten Schrei aus, und ihre Bauchmuskeln zucken. Er streicht sachte durch die Nässe zwischen ihren Schamlippen und drängt sich mit zwei Fingern in ihren engen Eingang, während sein Daumen weiter über ihre Lustperle reibt. Sie stöhnt lauter, und er verwöhnt sie etwas härter mit den Fingern. Sie bäumt sich stöhnend gegen die Fesselung. Ein kurzer Orgasmus lässt ihren Körper beben. Als sie wieder ruhiger wird, hebt er die Hand an ihr Gesicht und streicht mit seinen nassen Fingern über ihre Lippen. Sie öffnet kurz den Mund, seufzt und atmet gleichmäßig weiter. Er lächelt, tritt zurück und beobachtet sie.

„Atme tief und ruhig weiter, Ella. Vertrau mir."

Sie hört auf ihn. Sie reagiert auf ihn. Er sieht es an ihrem Brustkorb, der sich gleichmäßig hebt und senkt. Sie ist ganz bei ihm. Ein paar Atemzüge lang beobachtet er sie, dann schlägt er zu, und sie stöhnt tief auf, als das Leder den ersten Striemen quer über ihren Po zeichnet. Er gibt ihr einen Moment, um das für sie neue Gefühl zu verarbeiten, und sie fängt sich, atmet wieder ruhig. Sie weiß inzwischen, dass sie sich auf ihn verlassen kann, dass er immer kontrolliert und mit Bedacht handelt. Wieder achtet er sorgfältig auf den richtigen Zeitpunkt für den Schlag und bleibt in einem steten Rhythmus, auf den sie sich einstellen kann. Er bedeckt ihren Rücken und ihren Po mit vier gleichmäßigen, festen Schlägen. Beim letzten schreit sie und bäumt sich auf. Sie schluchzt, die Tränen laufen jetzt ohne Unterlass über ihre Wangen. Gemächlich tritt er nach vorn und streicht beruhigend über ihren Hals, ihre Brüste und ihren Bauch.

Er beobachtet sie genau. Sie fängt sich, atmet wieder regelmäßig. „Noch drei, Fledermaus." Er hat noch nicht die letzten Schranken auf dem Pfad in ihre Seele durchbrochen.

Sie stöhnt, lässt den Kopf in den Nacken sinken und schließt die Augen. Was für ein Bild.

Zwischen den letzten Schlägen macht er keine Pause mehr. Er zielt auf ihre Oberschenkel, knapp unter dem Po, dort, wo die Haut besonders empfindlich ist. Sie schreit haltlos, verliert jede Kontrolle über ihren Körper und schluchzt aufgelöst, nachdem er die Tortur beendet hat.

Er legt die Peitsche zur Seite und breitet auf dem Boden eine Decke aus, bevor er die Karabiner an den Manschetten löst. Sie fällt gegen ihn und wimmert auf, als ihre vom Flogger noch heiße Haut seine Brust berührt. Er lässt sie sachte auf den Boden hinab, und sie rollt sich auf die Seite. Ihr Körper bebt unter den starken Schluchzern. Er hockt sich neben sie, legt eine Hand auf ihre Schulter, streichelt sie sanft mit der anderen und wartet ab. Sie gehört jetzt ihm. Ihre Haut, ihr Leid, ihr Atem. Alles an ihr gehört ihm. Er liebt diese Momente der Erfüllung, der Intimität fast mehr als den Sex, der die Session letztendlich komplett macht.

Als ihr Körper zur Ruhe kommt, zieht er sie hoch. „Komm, Baby, wir sind noch nicht fertig." Er führt sie zum Tisch, breitet darauf ein Laken aus und lässt sie sich setzen. Er zieht die beiden Ketten von der

Decke, die er extra zu diesem Zweck dort angebracht hat, nachdem er und Pascal diese extreme Session mit Ella auf dem Stuhl hatten. Mit diesen neuen Ketten kann er sie auf dem Tisch in fast die gleiche Position bringen, sodass ihr Zentrum offen ausgebreitet vor ihm liegt. Seine neue Lieblingsaussicht.

Er hakt die Fußmanschetten ein und zieht ihre Beine gespreizt nach oben, bis ihr Po an der Tischkante knapp angehoben wird und sie den Oberkörper nach hinten sinken lässt.

Sie ist vollkommen gelöst, streckt ihre Brüste seinen Händen entgegen, geil darauf, berührt zu werden.

Die weiche Haut zwischen ihren Beinen ist nass. Sie reagiert sofort mit einem reflexartigen Zucken, als er ihre Schamlippen nur leicht mit den Fingern berührt. Er beugt sich über sie, sodass er gleichzeitig mit den Fingern der einen Hand eine Brustwarze zwirbeln und mit dem Zeigefinger der anderen Hand ihre Klitoris umkreisen und reizen kann. Sie wimmert. Ihre Beine zittern. Ihre Bauchmuskeln beben. Er nimmt einen Vibrator in die Hand und schaltet ihn ein. Sie zuckt bereits, bevor er ihre Vulva berührt. Er stimuliert sie kurz zwischen den Schamlippen, zieht sich zurück und wiederholt das Spiel einige Male. Sie wimmert, will zappeln, versucht, ihr Becken dem Gerät entgegenzudrücken. Lächelnd beobachtet er, wie ihre Bauchmuskeln zucken. Dann umkreist er ihre Klit. „Komm, Ella, jetzt."

Während er spricht, presst er den Vibrator auf ihre Lustperle. Sie schreit auf, und augenblicklich zucken ihre Muskeln, als hätten sie nur auf dieses Kommando gewartet. Sie stöhnt und rekelt sich, während er sie sachte wieder ins Hier und jetzt zurückholt. Jetzt schnurrt sie wie ein sattes Kätzchen. Er lacht leise, öffnet seine Hose, und kaum hat er ein Kondom übergestreift, nimmt er sie fordernd in Besitz. Sie hebt ihr Becken seinem Schwanz entgegen, und er dringt ohne Zögern tief in sie ein. Sie ist so weich und feucht, dass er ohne Widerstand durch ihre Enge gleitet. Ihr sehnsüchtiges Seufzen ist Einladung genug. Er packt sie an der Taille und fickt sie hart und tief. Stöhnend hebt sie den Rücken. Ihre Nippel strecken sich ihm auffordernd in Richtung seines Gesichtes entgegen. Er sinkt herab und nimmt sie abwechselnd zwischen seine Lippen, zupft, zieht an ihnen und beißt sanft hinein. Sie schreit leise, ihre Finger krallen sich in seine Haare. Er zwingt sich, seinen Höhepunkt noch einmal hinauszuzögern. Zu sehr genießt er ihren Anblick. Sanft umfasst er mit den Händen ihre Kehle, senkt den Kopf und berührt mit den Lippen ihr Kinn. Sie öffnet den Mund, und seine Zunge gleitet hinein, umzüngelt ihre, drängt sich ihm entgegen.

„Du gehörst mir, Ella. Sag, dass du mir gehörst", raunt er mit den Lippen an ihrer Kehle.

„Ja. Nur dir", keucht sie.

Das ist wie ein Signal für ihn. Er richtet den Oberkörper auf, zupft an ihren geschwollenen Lippen. Sie bäumt sich auf, und er gibt sich ganz seiner Lust hin, stößt mit animalischem Instinkt immer wieder tief in sie hinein, sie schreit auf, ihre inneren Muskeln umklammern ihn, seine Hoden ziehen sich fast schmerzhaft zusammen. Mit einem lauten Stöhnen lässt er los und ergießt sich in ihr, einmal, dann noch einmal und ein drittes Mal, bis sich tiefe entspannte Zufriedenheit in ihm einstellt.

Ellas Muskeln fühlen sich an wie Watte. Ihre Haut brennt überall, wie bei einem Sonnenbrand. Sie bewegt sich nicht und denkt nicht, sie ist zufrieden, befriedigt, und der Mann, dem sie ihren Körper anvertraut, ist in ihr und über ihr.

Sein Atem wird ruhiger, er küsst sie sanft und streicht mit den Fingern die Haare aus ihrem Gesicht. Sie öffnet die Augen und lächelt. Er lächelt auch, dann presst er plötzlich die Lippen zusammen und seine Augen glänzen. Sie hebt träge eine Hand und streicht mit dem Finger über seinen Nacken.

„Nicht. Es ist alles gut", flüstert sie. Seine Stirn sinkt auf ihre und eine Träne trifft ihre Wange. „Scht … was ist los? Warum weinst du?", fragt sie flüsternd und legt ihre Hände an seine Wangen.

Er schüttelt den Kopf. „Nichts. Alles gut."

Sie wischt mit den Daumen seine Tränen fort. „Das ist keine zufriedenstellende Antwort. Ich glaube, darüber werden wir noch mal reden müssen, Sonnyboy."

Er lächelt und küsst sie zärtlich auf den Mund. „Erst mal müssen wir jetzt dich befreien."

Er richtet sich auf und zieht sich vorsichtig aus ihr zurück. „Ich hole dich sofort", sagt er, drückt einen Kuss auf ihren Bauch und verschwindet.

Als er kurz darauf zurückkommt, lässt er die Ketten herunter und befreit ihre Füße. „Setz dich auf, kleine Fledermaus. Was macht dein Kreislauf?"

Sie lehnt sich an seine Brust und legt seufzend die Hände um seinen Hals. „Alles in Ordnung."

„Okay, dann stell dich kurz hin."

Sie rutscht vom Tisch, nicht ohne zischend die Luft durch die Zähne zu ziehen, und er grinst.

„Arsch", murmelt sie, ganz wie er es von ihr kennt. Sie lehnt sich entspannt wieder an ihn, sodass er sie fürsorglich in eine Decke einwickeln und sie auf seine Arme heben kann. „Ab auf die Couch mit dir."

Eine halbe Stunde später liegen sie eng umschlungen im Wohnzimmer. Tim hat ihre Striemen mit Salbe verarztet, sie trinken Wein und hören sentimentale Musik.

Ellas Körper brennt immer noch und sie bleibt in einer gelösten, zufriedenen Gleichgültigkeit gefangen. Mit geschlossenen Augen kuschelt sie sich an seine Brust. „Warum hast du eben geweint?", fragt sie sanft.

Er küsst ihr Haar. „Als wir heute auf den Hof kamen und das Auto von diesem Typen da stand, das war Horror für mich." Er schluckt. „Du darfst mir nie wieder solche Angst einjagen. Noch mal halte ich das nicht aus, klar?"

Sie streicht mit dem Zeigefinger über seine Brust. „Tut mir leid."

„Warum hast du das gemacht? Ganz allein. Was wolltest du von diesem Drecksack?"

„Ich wollte ihn anschreien, ihm Angst machen, gegen ihn kämpfen und ihn fertigmachen." Sie stöhnt. „Aber dann ging das nicht, weil er, sobald er die blöde Plastikpistole sah und hörte, dass mein Vater sich umgebracht hat, auf dem Boden hockte und heulte. Ich wollte unbedingt, dass er sich wehrt, deshalb habe ich verlangt, dass er sich auszieht. Aber er hat sich nicht gewehrt, sondern vor Angst gepinkelt, und dann habe ich mich nur noch mehr geschämt. Wie konnte ich auf so einen … so einen … so eine Memme reinfallen? Er sieht ja nicht mal gut aus! Wegen diesem miesen Dreckstück habe ich meinen Vater ins Unglück gestürzt!" Neue Tränen sammeln sich in ihren Augen, und Tim zieht sie noch ein Stück fester in seine Umarmung. „Du warst jung und einsam. So was passiert so vielen Menschen, glaub mir, du kannst nichts dafür.

Kapitel 11

Als Ella am nächsten Morgen die Augen aufschlägt und sich bewegt, stöhnt sie gequält auf. Jede einzelne Muskelfaser in ihrem Körper schreit um Gnade, und die Haut reibt bei jeder Bewegung schmerzvoll über das Laken, als wäre es aus Schmirgelpapier.

Tim ist nicht da, und von draußen scheint die Sonne herein.

Vorsichtig lüftet Ella die Decke und betrachtet ihren nackten Körper. Jede Bewegung verursacht ein Brennen und Kribbeln, was äußerst erregend wirkt. Ihre Brustwarzen sind hart und aufgerichtet. Ella kann sich nicht mehr erinnern, wie viele Schläge er ihr verpasst hat; nach dem Brennen auf ihrer Rückseite zu urteilen, waren es mindestens hundert. Sie lässt den Kopf zurück auf das Kissen sinken und spürt in sich hinein. Sie ist schon wieder feucht. Das Wissen, von der Peitsche gezeichnet zu sein, erregt sie genauso wie das Brennen der Striemen. Sie hat sich noch nie in ihrem Leben so unglaublich schamlos gefühlt.

Sie lässt die Decke wieder sinken und schließt entspannt die Augen. Am besten bleibt sie einfach so liegen, den ganzen Tag, und morgen und die ganze nächste Woche, sodass Tim sie stündlich nehmen kann, ohne sich viel mit einem Vorspiel beschäftigen zu müssen, was ja nur unnötig hinauszögert, was sie so dringend braucht.

Er kommt herein, und ihre Augen klappen auf. Er ist nackt, und seine Haare stehen nass von seinem Kopf ab. Als er sieht, dass sie wach ist, lächelt er und setzt sich zu ihr auf den Bettrand. „Decke hoch, Ella. Lass mich mein Werk bewundern."

Oh Gott! Seine Worte treffen wie Stromschläge direkt in ihre Mitte. Sie stöhnt und spürt Hitze im Gesicht. Tim lacht. „Kein Grund, sich zu schämen, Ella. Im Gegenteil. Die wunderschöne Zeichnung auf deiner Haut beweist deine Hingabe. Du hast allen Grund, stolz zu sein, und mir gefällt es, dass ich diese Muster auf dir hinterlassen habe." Er grinst, beugt sich vor und setzt eine verschwörerische Miene auf. „Und, meine süße kleine Fledermaus, ich weiß, was die frischen Striemen in dir wachhalten."

Jedes einzelne Wort von ihm vibriert zwischen ihren Beinen.

Er zieht die Decke weg. „Dreh dich um und streck die Hände über den Kopf." Sie gehorcht, und ihr Atem wird schneller. Ihre Lippen sind trocken, sie muss darüber lecken.

Er betrachtet ihren Körper wie ein Kunstwerk, und seine Blicke lassen ihre Haut kribbeln. Mit den Fingerspitzen zeichnet er sanft die Striemen der Peitsche nach, und ihr Körper streckt sich ganz von selbst seinen Fingern entgegen. „Wunderschön, Ella. Ich bin stolz auf dich. Du bist so hingebungsvoll und so schön."

Heißes Blut schießt pulsierend in ihre Lustperle, und sie spreizt kaum merklich die Beine. „Bitte komm zu mir", jammert sie, dreht ihm ihr Gesicht zu, starrt unverhohlen auf seinen Schwanz, der bereits hoch aufgerichtet auf seinen Einsatz wartet.

„Beine breit. Hinknien. Stirn unten und die Hände vorn lassen."

Stöhnend beeilt sie sich, seinen Anweisungen zu folgen, und das Pochen in ihrer Klit wird immer fordernder.

Tim kniet sich zwischen ihre Beine und streichelt über die heiße Haut auf ihrem Po. Das erneute Reizen der Striemen lässt sie zucken und stöhnen. „Sehr schön, Ella, wunderschön."

Er holt sich ein Kondom aus der Schublade, und Ella seufzt dankbar. Ohne weiteres Vorgeplänkel dringt er mit einem harten Stoß tief in sie ein, während seine Hände sich fest um ihre Taille legen und so jedes Ausweichen verhindern. Sie schreit auf, als sein Bauch die Striemen auf ihrem Arsch trifft, was ihn nur dazu animiert, sich zurückzuziehen, um dann erneut fest zuzustoßen. Er fickt sie hart, während ihr Körper sich windet und unkontrolliert aufbäumt.

Ihre Nerven sind noch so überreizt, dass sie innerhalb kürzester Zeit die ersten Wellen des nahenden Orgasmus durch ihren Körper fließen fühlt. Er greift in ihre Haare, zieht ihren Kopf in den Nacken und stößt fluchend noch tiefer zu. Die Wellen erfassen sie, sie schreit auf, während tausend Sterne in ihr explodieren. Ihre inneren Muskeln umklammern seinen Schwanz. Er reißt den Kopf in den Nacken und versteift den Körper. „Fuck!"

In mehreren Schüben ergießt er sich in ihr, und gemeinsam sinken sie auf die Matratze hinab.

Ellas Gesicht ist schon wieder tränenüberströmt. Er küsst ihre Wange und lacht leise. „Oh Fledermaus, du weißt ja nicht, wie geil es ist, dich in diesem Zustand in meinem Bett zu haben."

„Doch, weiß ich", flüstert sie atemlos.

Er zieht sich aus ihr zurück und klatscht zum Abschied fröhlich auf ihre rechte Pobacke. „Los, Kleines. Duschen."

„Nö."

„Jetzt!"

„Das brennt."

„Eben drum."

„Arsch."

Mit einem Ruck zieht er ihr die Decke weg und greift fest in ihre Haare. „Soll ich dir helfen?"

Sie schluckt. „Du bist gemein."

„Sehr gerne."

Er beginnt, an ihren Haaren zu ziehen, und sie schreit auf. „Nein! Bitte! Ich geh ja schon."

Er lässt los, und sie macht sich missmutig brummend auf den Weg ins Bad. Aber das reicht dem sadistischen Monster noch nicht. Er steht feixend neben der Dusche, als das heiße Wasser ihre gepeinigte Haut trifft und sie vor Schmerz das Gesicht verzieht.

„Geh weg!"

Statt einer Antwort zeigt er auf eine medizinische Waschlotion und verschränkt die Arme vor der Brust. „Wasch dich damit."

Sie beißt genervt die Zähne zusammen und seift sich ein. Auf dem Rücken übernimmt er das und ist gnädigerweise sehr sanft. Als sie endlich fertig ist, breitet er ein Handtuch aus. Sie will danach greifen, doch er zieht es zurück. „Ich mache das."

Stinksauer tritt sie aus der Dusche heraus. Er lacht, legt sanft das Handtuch um sie und küsst sie auf den Mund. „Tut mir leid, Fledermaus, aber bei so heftigen Spielereien muss man vernünftige Nachsorge betreiben. Die Striemen haben zwar nicht geblutet, aber deine Haut ist trotzdem verletzt. Ich will, dass alles schnell verheilt."

Seufzend resigniert sie und lässt ihn gewähren. Er tupft sie sorgfältig trocken, begutachtet die Striemen und trägt eine kühlende Salbe auf. Ihre Stirn fällt gegen seine Brust. „Ich liebe dich."

Erschrocken beißt sie die Zähne zusammen, doch sie hat wohl zum Glück leise genug gesprochen, denn Tim reagiert nicht.

Nach einer Weile schiebt er sie weg und küsst sie auf die Nasenspitze. „Fertig. Zieh dir was an, und dann gibt's Frühstück. Es ist alles vorbereitet."

Während sie frühstücken, klingelt es. Pascal kommt auf einen Kaffee herein. Er umarmt Ella, und sie zuckt zusammen. Pascal grinst. „Na, hat es doch noch eine kleine Strafe für deine Untat gegeben?"

Tim beobachtet amüsiert, wie ihre Gesichtsfarbe zu knallrot wechselt, doch dann wirft sie ihm einen tiefen Blick zu, der ein fieses Stechen in seinem Brustkorb auslöst. Es fühlt sich an, als ob er ein paar Nägel verschluckt hätte. Nicht gut. Gar nicht gut. *Ich liebe dich,* hat sie geflüstert, und es ist nicht nur dieser Blick, sondern vor allem ihr geflüstertes Bekenntnis, das jetzt diesen Schmerz in ihm auslöst. Ein zwanghaftes Bedürfnis, die Qualität ihrer Beziehung klarzustellen, steigt in ihm auf. Ohne wirklich darüber nachzudenken, lehnt er sich lässig auf seinem Stuhl zurück und lächelt kühl. „Steh auf, Ella. Zeig Pascal deine Zeichnung."

Sie runzelt die Stirn, ist irritiert. Er winkt mit der Hand. „Na los, mach schon. So ein Anblick gefällt ihm, und dir gefällt es, dich ihm zu zeigen. Wir sind doch schließlich alle Freunde."

Pascals Augen werden schmal, und er öffnet den Mund. Doch bevor er etwas sagen kann, springt Ella mit zusammengepressten Lippen auf, reißt sich das T-Shirt über den Kopf und zerrt ihre Hose bis auf die Knie herunter. „Bitte. Gerne doch“, presst sie hervor.

Für einen langen Moment ist es totenstill. Pascal hebt das T-Shirt auf und hält es ihr hin. Sie greift zu, zieht sich wieder an und setzt sich mit gesenktem Kopf zurück auf ihren Platz. Tim gießt Kaffee ein und reagiert nicht auf Pascals fragenden Blick. Nachdem es eine Weile unangenehm still bleibt, räuspert Pascal sich. „Ella, nächsten Samstag habe ich Geburtstag, und wir wollen oben bei mir im kleinen Kreis feiern. Ich möchte im Hotel David das Essen dafür bestellen. Willst du das für mich regeln?“

Sie nickt. „Klar, kann ich tun. Woran dachtest du denn?“

„An ein kleines, nettes Büfett für zwölf Personen. Stell was zusammen, du kennst dich doch aus.“

„So. Fertig.“ Zufrieden wischt Ella sich die Hände an der Schürze ab und betrachtet die Platten mit Pascals Geburtstagsessen. Sie wirft einen Blick auf die große Wanduhr in der Hotelküche. „Pünktlich auf die Minute.“

Kira Nowak, ihre Chefin, schaut herein. „Was machen Sie denn da?“

„Das ist ein kaltes Buffet für Pascal Engel. Das ist der Freund, von dem ich erzählt habe, der meinen Hof gemietet hat und dort Bodyguards ausbildet. Er kommt gleich und holt es ab.“

Frau Nowak runzelt die Stirn. „Ist das abgesprochen?“

„Ja, natürlich. Mit Ihrem Bruder."

Ella wedelt mit einem Briefumschlag. „Er hat mir auch eben schon die Rechnung hingelegt."

Es klopft im Türrahmen. „Guten Tag."

Beide Frauen drehen sich um, und Ella lächelt. „Hallo Pascal. Frau Nowak, das ist Pascal Engel. Pascal, das ist Frau Nowak, meine Chefin."

Sie schütteln sich die Hand, betrachten sich aber derart misstrauisch und abweisend, dass Ella im Geiste den Kopf schüttelt. *Wie zwei Kampfhunde,* denkt sie, und muss ein Kichern unterdrücken.

Frau Nowak räuspert sich. „Ja, dann wünsche ich eine gelungene Feier."

Pascal nickt. „Danke, und vielen Dank auch für den ermäßigten Preis. Das wäre nicht nötig gewesen."

Sie stockt, schluckt, sagt dann aber doch nichts, sondern nickt nur kurz und verschwindet.

Pascal grinst. „Ist die immer so liebreizend?"

Ella kichert. „Oft. Und ihr Bruder ist auch nicht gerade ein Sympathieträger."

„Warum hat sie einen anderen Nachnamen? Ist sie schon verheiratet? Die kann doch kaum älter sein als du?"

„Sie ist sechsundzwanzig, ledig, und sie sind fast gleichaltrige Halbgeschwister. Der alte David hatte neben seiner Ehe, aus der Oliver stammt, ein Verhältnis mit ihrer Mutter und hat das Hotel beiden Kindern zu gleichen Teilen vererbt."

Sie tragen die Platten in Pascals Kombi, und Ella lässt sich auf den Beifahrersitz sinken.

Während Pascal das Auto auf dem Parkplatz wendet, sehen sie durch ein Fenster die Geschwister voreinander stehen und wild gestikulieren.

Pascal grinst. „Das sieht nach echter Familienharmonie aus."

Ella winkt ab. „Irgendwas brodelt zwischen den beiden. Manchmal reden sie tagelang nicht miteinander. Oliver David war wohl stocksauer, als das Testament eröffnet wurde und er erfahren musste, dass er nicht der Alleinerbe ist. Kira hat mich übrigens vor ein paar Wochen schon mal nach dir ausgefragt." Sie grinst. „Ziemlich auffällig unauffällig."

Pascal zieht die Augenbrauen hoch. „Nach mir?"

„Ja, sie wollte wissen, was du genau machst und ob du auch Privataufträge annimmst."

Er zuckt mit den Schultern. „Wenn sich die beiden nicht verstehen, können sie den Kasten doch einfach verkaufen."

„Das geht wohl nicht so einfach. War eine Klausel im Testament. Entweder betreiben sie es gemeinsam oder es wird verkauft und der Erlös geht an einen gemeinnützigen Verein. So erzählen es jedenfalls die Kollegen."

„Willst du denn tatsächlich im Herbst hier die Ausbildung beginnen, wenn die Atmosphäre so vergiftet ist?"

Ella nickt. „Ja. Auf jeden Fall. Ich arbeite jetzt schon nicht mehr nur in der Küche, sondern helfe überall mal aus. Es macht Spaß, Gäste zu bedienen, und an der Rezeption habe ich auch schon gearbeitet. Wir Angestellten arbeiten vor allem mit Kira zusammen, und die ist nicht so schlimm, wie sie im ersten Moment wirkt. Manchmal tut sie mir richtig leid, weil ihr Bruder so gehässig und gemein zu ihr ist."

Ella und Mona stecken die Köpfe zusammen und kichern. Tim schüttelt den Kopf. „Da haben sich die richtigen beiden gefunden." Leon winkt ab. „Solange sie sich nicht gegen uns verbünden."

„Das kommt noch. Garantiert."

„Leute, esst! Die Platten sind noch halb voll." Pascal zeigt auf den Küchentresen, auf dem das Büfett aufgebaut ist.

Einige der Gäste gehorchen und laden sich die Teller erneut voll. Tim schlendert hinüber zu Pascal und sieht sich um. Ihr Freundeskreis ist kleiner geworden. Vor einem Jahr noch hatten sich zu ihren Feiern mehr BDSM-Anhänger eingefunden. Sie leben in einer Kleinstadt. Da gibt es keine typischen Clubs, und so trifft man sich privat. Die meisten Bekanntschaften waren durchs Internet und über private Kanäle entstanden, und Tims Keller hatte mehr als einmal als Schauplatz für heiße Sessions gedient. Aber seit Mona im letzten Jahr so schlimme Erfahrungen mit einem der vermeintlich gleichgesinnten Freunde gemacht hatte, waren sie extrem vorsichtig geworden.

Valerie, die Lehrerin, steht auf und hakte sich bei Pascal ein. „Das Essen ist super. Hat das alles Ella gemacht?"

Pascal nickt. „Es stammt aus der Hotelküche David. Sie hat dort schon viel gelernt. Tim kann sich glücklich schätzen."

Valerie lacht und dreht sich halb zu Tim um. „Ich hätte nie gedacht, dass du tatsächlich mal eine feste Beziehung hast."

„Hab ich auch nicht", brummt er. „Wir sind nur Freunde."

Sie winkt ab. „Erzähl keine Märchen."

Mona und Ella gesellen sich zu dem Grüppchen. Ella kuschelt sich an Tim, und Valerie grinst. „Nur

Freunde. Schon klar. Ich wette, Ella sieht das anders."

Ella zieht die Augenbrauen hoch. „Worum geht's?"

Tim löst sich von ihr und wuschelt ihr durch die Haare. „Sie glaubt nicht, dass wir nur Freunde sind."

Ella starrt ihn eine Sekunde lang an, und schon sind die scharfen Nägel in seinem Brustkorb wieder da. Verdammt. Irgendwas läuft schief. Seit diesem Morgen passiert ihm das dauernd, wenn sie ihn ansieht. Sie sagt nichts und hat auch ihre geflüsterte Liebeserklärung nie wiederholt. Ihr Zusammensein ist locker und fröhlich wie immer, nur diese Blicke ab und zu, die werden häufiger, und das gefällt ihm gar nicht. Es wird Zeit, klare Grenzen zu setzen. „Oder, Ella? Sind wir doch. Sag es ihr."

Ella zögert nicht. „Sind wir. Natürlich."

Julian, Valeries Freund, umarmt sie lässig von hinten und grinst. „Ihr macht das richtig. Erlaubt ist, was Spaß macht. Pascal darf sicher auch regelmäßig mit Ella spielen, oder?"

Tim lehnt sich lässig zurück und verschränkt die Arme vor der Brust. Innerlich brodelt irgendetwas in ihm. Was soll dieses dämliche Gelaber? Die sollen sich um ihren eigenen Scheiß kümmern. „Natürlich kann sie. Ella ist frei und kann machen, was sie will, genau wie ich."

Julian lacht. „Dann kann sie ja Pascal eine Geburtstagssession schenken. Ist doch schade, dass diese schöne Tradition seit dem Blödmann im letzten Jahr ganz eingeschlafen ist."

Ella sieht sich fragend um. „Was?"

„In unserem Freundeskreis war es immer Sitte, Geburtstagskindern eine nächtliche Session zu schenken. Bis letztes Jahr, da hat sich leider ein Arschloch bei uns eingeschlichen. Aber heute sind wir doch mal wieder im kleinen, vertrauten Kreise beisammen. Also, Ella, wenn du frei bist, wie sieht's aus?"

Sie wirft Tim einen fragenden Blick zu, und ohne zu denken, winkt er lässig ab. „Klar. Gute Idee. Ella zeigt sich gerne mal vor Zuschauern. Habe ich recht, Fledermaus?"

Mona, Leon und Pascal sehen ihn an, als ob ihm plötzlich grüne Haare wachsen würden. Was soll das? Aus dem Brodeln wird echte Wut. Verdammt! Er dreht sich um und begegnet Ellas Blick. Schon wieder dieses Stechen im Brustkorb.

„Hey! Guck mich nicht so an, als ob ich zustimmen müsste."

Ihre Augen werden schmal, und ihre Finger suchen fahrig nach der Tischkante. Er dreht sich weg, hat keine Lust mehr auf dieses Thema.

„Ich muss gestehen, ich finde den Gedanken gerade ziemlich prickelnd. Also, Geburtstagskind, wenn ich dir damit eine Freude mache, gehöre ich dir." Ellas Stimme. Klar, deutlich, freundlich. Mit einem Ruck dreht Tim sich um und sieht, wie sie tatsächlich vor Pascal steht und ihn lächelnd anschmachtet.

Ja, sehr gute Idee! Die beiden sollen jetzt ihren Spaß haben. Perfekt! Es wird ihm eine Freude sein, dabei zuzusehen. Fuck!

Ellas Herz donnert so hart in ihrer Brust, dass es bestimmt alle hören könnten, wäre nicht die Musik an. Aber sie senkt den Blick nicht, sondern zwingt sich, Pascals Blick aus seinen Eisaugen standzuhalten. Er war schließlich schon dabei, wenn Tim sich mit ihr beschäftigt hat, und das war immer mehr als geil gewesen. Also ist das die beste Gelegenheit, sich selbst ihre Freiheit zu beweisen. Eigentlich will sie sich lieber in Tims vertraute Arme schmiegen, aber er hat recht. In den letzten Wochen waren sie viel zu eng zusammen, da verwischen die Grenzen. Nicht gut. Es wird Zeit, ihre Gefühle wieder in die richtige Richtung zu steuern. Pascal hebt den Kopf und sieht zu Tim hinüber. Verdammt! Warum macht er das?

Entschlossen legt Ella die flache Hand gegen seinen harten Brustkorb und lächelt ihn an. „Es würde mich traurig machen, wenn du mein Geschenk nicht annimmst."

Pascals Blick wandert wieder hinunter zu ihr, sein Gesichtsausdruck ist wie immer verschlossen und undurchdringbar. Jetzt hebt er eine Hand und streicht sanft mit einem Finger über ihre Wange. „Bist du sicher, Ella? Ich mag es hart. Das weißt du."

„Ich auch, und das weißt du auch."

Seine Augenbraue zuckt. Er lächelt. „Okay. Dann nehme ich dein Geschenk sehr gerne an."

Die anderen Gäste bemerken, dass es etwas Interessantes zu beobachten gibt, Gespräche verklingen, es bildet sich ein Halbkreis um Pascal und Ella. Seine Hände legen sich warm an ihren Hals. Er senkt den Kopf und drückt ihr einen zarten Kuss auf die geschlossenen Lippen. Er riecht nach Bier. In Ellas Kehle bildet sich ein Kloß, aber sie zwingt sich, ruhig stehen zu bleiben.

Pascal beginnt, ihre Bluse aufzuknöpfen. In quälender Langsamkeit arbeitet er sich von Knopf zu Knopf, und Ella bekommt weiche Knie. Könnte er sie jetzt nicht einfach fesseln, knebeln und nach unten schleppen?

Er zieht ein Körbchen ihres BHs nach unten und nimmt die entblößte Brust in seine Hand. Ellas Blick verharrt auf dem dritten Knopf seines Hemdes. Sie rührt sich nicht.

„Okay, Leute, lasst uns runtergehen, damit ich mein Geschenk im richtigen Ambiente vollständig auspacken kann."

Er legt seinen Arm um sie und zieht sie mit in Richtung Tür. Innerlich versteinert folgt sie widerstandlos.

Als sie im Keller ankommen, macht jemand Licht und Musik an. Pascal führt sie vor das Andreaskreuz. Ella starrt auf den Fußboden. Sie ist nicht erregt. Kein bisschen. Sie möchte zu Tim laufen und in seine Umarmung sinken, aber das geht nicht. Sie muss sich und ihm jetzt und hier beweisen, dass sie nicht wieder einem Mann hörig geworden ist, sondern ihre Sexualität frei leben kann.

Pascal hebt ihr Kinn an, und sie schließt die Augen.

„Sieh mich an", sagt er barsch und ihre Augen öffnen sich. „Ich werde die Session sofort abbrechen, solltest du noch einmal die Augen schließen."

Sie nickt und hält seinen Blick. Er zieht ihr die Bluse und den BH ganz aus und betrachtet ihre harten Brustwarzen. „Sind die jetzt hart vor Angst oder vor Freude, Kleines?"

Sie schluckt. „Vor Angst, wie du es gernhast."

Er grinst. „Gute Antwort. Nicht mal gelogen. Zieh dir den Rest aus."

Er tritt zur Seite, und Ella streift sich mit fahrigen Händen Jeans und Slip hinunter, schleudert die Schuhe zur Seite und steigt aus den Hosen. Sie steht jetzt im Scheinwerferlicht. Alle sehen sie an. Sie fixiert den Rand der weichen Matte auf dem Fußboden und zwingt sich, die Augen nicht zu schließen.

„Heb den Kopf, Ella."

Sie beißt die Zähne zusammen, gehorcht und trifft Tims Blick. Seine Miene ist gleichgültig. Er zeigt keinerlei Gefühl, und ein gemeiner Schmerz breitet sich in ihrer Brust aus. Verdammt! Was soll das? Sie muss sich konzentrieren, wendet den Kopf ab und sieht auf Pascal. Er lässt sie zappeln, aber er hat ihr auch beigebracht, sich zu konzentrieren und sich nicht von anderen Menschen beeinflussen zu lassen. Sie hält seinen Blick, bis er wieder an sie herantritt.

„Schön, Ella. Sehr schön. Ich möchte dich am Kreuz haben."

Sie atmet auf. Gott sei Dank. Er wird sie fesseln und schlagen, ohne dass sie die anderen ansehen muss.

Gehorsam dreht sie sich um und nähert sich dem Andreaskreuz.

„Wer hat denn was von umdrehen gesagt?"

Sie beißt die Zähne zusammen und dreht sich wieder um. Er steht vor ihr und schmunzelt. Als ob dieser Dreckskerl ihre Gedanken lesen könnte.

Er befestigt Manschetten an ihren Händen und Füßen. Sie kann nicht verhindern, dass sie zittert. Er muss es merken, kommentiert es aber nicht. Dann fixiert er sie mit weit gespreizten Gliedmaßen am Andreaskreuz, sodass alle einen freien Blick auf ihre intimsten Körperstellen haben werden, sobald er sich entfernt.

Er legt seine Hand an ihr Kinn und mustert ihr Gesicht. „Alles in Ordnung, Ella?"

„Ja."

„Mach sie los, das ist nicht ihr Ding." Tims Stimme. Hart. Böse.

Pascal sieht ihr weiter in die Augen. „Das entscheidet Ella ganz allein."

Stille. Endlose Stille.

Pascal kommt ihr ganz nah. „Bist du erregt, Ella?“

Sie presst die Lippen aufeinander. Tränen sammeln sich in ihren Augen. Seine Hand streicht zart über ihre Wange. „Wir beenden das jetzt, okay?“

Sie schüttelt wild den Kopf.

Er greift mit der anderen Hand zwischen ihre Beine. Seine Finger zwängen sich zwischen ihre Schamlippen.

„Du bist nicht erregt.“

Ihre Lippen zittern, und eine heiße Träne rinnt ihr über die Wange, aber sie bleibt still.

Er wischt die Träne weg. „Sag dein Wort, Ella.“

„Vogel tot“, flüstert sie, und er küsst sie auf die Stirn.

„Gebt mir eine Decke“, verlangt er laut, während er die Manschetten löst.

Tim ist sofort da und wickelt sie ein. Sie will ihn wegstoßen, als er sie in seine Umarmung zieht. „Lass mich!“, faucht sie, doch er hält sie unbarmherzig fest an sich gepresst.

Pascal streicht ihr durch die Haare, lächelt und dreht sich weg. „Raus hier, Leute, die beiden haben etwas zu besprechen und brauchen ihre Ruhe.“

Sie sind allein. Nur noch die leise Musik ist zu hören. Ella weint und wehrt sich immer noch, doch Tim hält sie so fest, als hätte er Angst, sie könnte sich in Luft auflösen.

„Es tut mir leid“, flüstert er und küsst sie auf die Schläfe. „Das war nicht fair.“

Er zieht sie auf die Couch, und sie gibt ihre Abwehr auf. Die Tränen versiegen. Zurück bleibt Ratlosigkeit. Eine Weile sitzen sie nur schweigend Arm in Arm da.

Sie seufzt. „Okay. Die Wahrheit ist, ich will frei sein, aber ich kann nicht. Wir werden uns ganz trennen müssen."

Er zieht sie auf seinen Schoß und küsst sie sanft auf den Mund. „Die Wahrheit ist, dass mehr zwischen uns ist als Freundschaft. Ich will mit dir zusammen sein, Ella, fest und richtig und für immer. Schluss mit der Farce. Bitte sag mir, dass du das auch willst."

Sie atmet tief durch. Sein warmer Atem strömt über ihre Stirn, ihre Hand streicht über seine Brust, sie fühlt seinen Puls und riecht seinen vertrauten Geruch. „Ich will das auch, aber ich habe Angst, mich noch einmal selbst zu verlieren", flüstert sie.

„Das wird nicht passieren. Unsere Partnerschaft ist anders als das, was du mit dem Arsch erlebt hast, und so wird es auch bleiben. Wir sind erwachsen und gleichberechtigt. Ich will dir nicht schaden, und du willst mir nicht schaden. Wir hätten das schon längst klären sollen. Es tut mir leid." Er legt den Kopf in den Nacken und stöhnt gequält. „Ich muss dir etwas sagen. Ich bin nicht ganz unabhängig."

Ella zuckt zusammen. „Wie meinst du das? Hast du Kinder?"

„Ich habe die Vormundschaft für eine Freundin übernommen, die keine Angehörigen hat und nicht mehr für sich selber sorgen kann." Er sieht sie an. „Sie heißt Anna. Ich möchte, dass du sie morgen kennenlernst."

Ella ist völlig perplex und weiß nicht, wie sie reagieren soll.

Tim lächelt schief. „Ich habe Anna kennengelernt, als ich während des letzten Schuljahres angefangen habe, meine Neigungen zu akzeptieren und auszuprobieren. Sie war auch gerade in diesem Anfängerstadium, und wir taten uns zusammen. Wir waren nie ein Paar, aber gingen zusammen in Clubs und zu Treffen, die über das Internet organisiert wurden. Wir spielten auch mal zusammen, aber das ging in die Hose. Umso vertrauter war unsere Freundschaft. Irgendwann traf Anna einen Typen, in den sie sich verliebte. Die Beziehung wurde immer enger, und ich bekam irgendwann ein ungutes Gefühl, wollte mich aber nicht einmischen. Anna gab sich vollkommen auf und himmelte ihn an wie einen Gott. Dann trennte der Typ sich von ihr, sie fiel ins Nichts, und ich war nicht für sie da. Ich wollte keine Verantwortung übernehmen und sagte ihr, sie sei selber schuld, sie müsse erwachsen werden und lernen, für sich selbst einzustehen. Sie sagte, wenn eine Frau so devot und masochistisch sei wie sie, ginge das nicht. Sie brauche immer jemanden, der sie führt. Ich entgegnete, das sei lächerlich und sie solle gefälligst die Zähne zusammenbeißen und ihr Leben in den Griff bekommen." Er seufzt und schüttelt den Kopf. „Anna hat dann versucht, sich umzubringen, wurde zwar gerettet, aber ihr Gehirn ist seitdem irreparabel geschädigt, sodass sie nun in einem Pflegeheim leben muss."

Es senkt den Kopf und küsst Ella auf den Mund. „Ich hatte immer Angst, für eine Frau die Verantwortung zu übernehmen, weil ich sie dann vielleicht nicht mehr loswerde, falls ich mich trennen will. Ich habe mich deswegen strikt gegen jede feste Beziehung gewehrt. Heute Abend ist mir klargeworden, dass ich mit dir unbedingt fest zusammen sein will. Ich liebe dich, Ella Petersen. Schon länger, ich wollte es mir nur nicht eingestehen."

Ihre Blicke treffen sich. Sein Lächeln ist so sanft, dass es tief in ihr drin ganz warm wird. Sie küssen sich so zärtlich und innig wie noch nie zuvor. Fast ehrfürchtig streicht er mit dem Daumen ihre Haare zur Seite. „Gott, bin ich froh, dass das endlich raus ist."

Sie lächelt. „Ich liebe dich auch, Tim Christen. Und ich bin auch froh, dass das endlich raus ist."

Sie küssen sich noch einmal und sehen sich tief in die Augen, bis Ella den Kopf dreht. „Wenn du mich noch länger so ansiehst, muss ich gleich wieder heulen."

Er grinst. „Okay, Fledermaus. Mit Heulerei reicht es nun wirklich. Ich reiße mich zusammen."

Sie setzt sich auf. „Ich ziehe mich an und dann lass uns nach oben gehen. Ich möchte Pascal sagen, dass alles in Ordnung ist."

„Okay."

Als sie Pascals Wohnung betreten, grinsen Mona und Valerie sie an. „Na, seid ihr nun endlich klar miteinander?"

Ella nickt und strahlt bis über beide Ohren. „Ja. Alles geklärt."

Mona stöhnt erleichtert auf. „Gott sei Dank. Wurde auch Zeit."

Pascal nimmt sie fest in seinen Arm.

„Es tut mir leid", flüstert sie an seiner Brust.

Er schiebt sie ein Stück weg und grinst. „Alles okay, Ella. Ich trinke schon den ganzen Abend Bier, es wäre sowieso nichts zwischen uns gelaufen."

Sie runzelt die Stirn. „Aber …"

Alle lachen. Tim verdreht die Augen und zieht sie an seine Brust. „Die haben uns reingelegt, Fledermaus.“

Kapitel 12

Es ist Sonntagabend, und sie liegen auf der Couch. Tim hält Ella im Arm. Im Fernsehen läuft ein Krimi, aber er sieht nicht hin. Sanft streicht er ihre Haare zurück, fährt die Form ihres kleinen Ohrs mit dem Finger nach und streift mit den Lippen über die weiche Haut an ihrer Schläfe. Er kann es noch nicht so richtig fassen, dass sie nun wirklich und definitiv fest zu ihm gehört.

Nach Pascals Feier sind sie Arm in Arm nach sehr zärtlichem, sanftem Sex eingeschlafen. Ella hatte seinen Schwanz mit der Zunge verwöhnt und ihm endlich gebeichtet, dass Vincent ihren Mund rücksichtslos gefickt und ihr damit Angst gemacht hatte. Das hatte er längst vermutet, und statt in ihrem Mund zu kommen, hatte er sie nach oben gezogen und war in sie eingedrungen. Ihre Blicke hatten sich tief ineinander verfangen, ihre Küsse waren zärtlich gewesen. Liebe eben. Später waren sie eng miteinander verschmolzen eingeschlafen. Heute Vormittag hatten sie Anna besucht. Ella waren die Tränen gekommen, anschließend waren ihm die Tränen gekommen. Seine Augen jucken schon wieder, während er die Szene im Geiste noch einmal erlebt. Ella hatte sich auf die andere Seite von Annas Rollstuhl gesetzt, ihre Hand genommen und sich vorgestellt. Sie redete mit ihr, als ob Anna alles verstehen würde, und er war ihr dafür unendlich dankbar gewesen. Niemand kann einschätzen, wie viel Anna wirklich wahrnimmt. Tim weiß nicht einmal, ob sie ihn erkennt, wenn er regelmäßig kommt, um ihr aus seinem Leben zu erzählen oder ihr vorzulesen, und er hasst es, wenn

Menschen sich in ihrer Gegenwart benehmen, als wäre sie nur noch ein Stück totes Fleisch.

Anschließend hatte Ella im Hotel gearbeitet. Gegen zweiundzwanzig Uhr dreißig ist sie nach Hause gekommen und hat sich gleich zu ihm auf die Couch gekuschelt.

Seit dem Besuch im Pflegeheim liebt er Ella noch mehr, falls das überhaupt möglich ist. Wie hatte er diese tiefen Gefühle so viele Wochen lang so rigoros ignorieren können? Bei der Erinnerung an die freche Aktion seiner Freunde muss er schmunzeln.

Ella dreht den Kopf. „Warum lachst du?"

„Ich denke gerade daran, wie unsere lieben Freunde uns gestern Abend veräppelt haben."

Sie grinst. „Ich dachte, du guckst konzentriert diesen Krimi."

„Nö. Aber du, oder?"

„Ich auch nicht. Ich habe gerade darüber nachgedacht, was meine Chefin wohl von Pascal will. Sie hat mich nämlich heute nach seiner Telefonnummer gefragt."

Tim hebt erstaunt die Augenbrauen. „Kira Nowak? Tatsächlich?"

„Genau die. Dabei hat sie ihn gestern, als er das Büfett holte, angestarrt wie ihren schlimmsten Feind."

„Falls sie was Privates von ihm will, wird sie enttäuscht sein. Pascal steht nicht auf arrogante Hexen."

„Sei nicht so gehässig. Sie wirkt nur auf den ersten Blick so, eigentlich ist sie ganz nett. Ich glaube, sie will ihn als Privatdetektiv engagieren, sie fragte mich nämlich vor ein paar Wochen schon mal über seinen Beruf aus."

Er richtet sich etwas auf. „Warum denkst du eigentlich darüber nach?"

Irritiert sieht sie auf. „Warum nicht?“

„Eigentlich braucht dich das gar nicht zu interessieren, ob irgendeine Frau Pascal kontaktieren will.“

Ella grinst. „Tut es aber.“

Er runzelt die Stirn. „So, so. Das gibt mir zu denken, holde Fledermaus, und erinnert mich daran, dass du ja gestern auch ziemlich schnell zu einer Session mit ihm bereit warst …“

Empört reißt Ella die Augen auf. „Das ist ja wohl …“

Sie wirft sich auf ihn und beginnt, ihn wild zu kitzeln.

Mit einem Grunzen richtet Tim sich auf und hebt sie mühelos von sich herunter. „Ich glaube, da schreit eine Sub nach Schlägen!“

Kreischend versucht Ella, ihn weiter zu kitzeln, doch er beugt sich vor, zwingt sie vor der Couch auf die Knie und greift fest in ihre Haare. Er zieht ihren Kopf in den Nacken, bis sie ihn ansehen muss. „Okay, Fledermaus. Du hast die Wahl. Entweder hörst du auf, dich zu wehren und es wird ein nettes Spanking mit anschließender Überraschung geben, oder du strampelst weiter und es wird eine fiese Strafe daraus.“

Sie hält sich krampfhaft an seinem Bein fest und leckt sich über die Lippen. Ihr Atem geht schneller. „Was für eine Überraschung?“

Tim wirft den Kopf in den Nacken und lacht schallend. „Überraschung heißt, man weiß es vorher nicht, Ella.“

„Schöne Überraschung oder schmerzhafte Überraschung?“, flüstert sie.

„Ähm … prickelnd, und vorher … sagen wir mal … etwas schmerzhaft.“

„Mehr schmerzhaft oder mehr prickelnd?"

Er grinst. „Das kommt darauf an, wie willig du bist."

Sie keucht. „Viel prickelnd oder etwas prickelnd?"

Er küsst sie zart auf den Mund. „Tja, das wirst du nur erfahren, wenn du jetzt sofort sehr brav und sehr gehorsam bist."

Ellas Höschen ist nass. Sobald er seine körperliche Überlegenheit nutzt, um sie zum Gehorsam zu zwingen, ist sie so nass, als ob er bereits ihre Klit berührt hätte. In ihrem Becken summt es, und längst ist ihr das kein bisschen mehr peinlich.

„Okay", flüstert sie.

Er küsst sie auf die Stirn und löst seinen Griff. „Zieh dich aus."

Sie gehorcht umgehend und kniet Minuten später nackt vor ihm. Er schüttelt den Kopf. „Also, das mit dem erotischen Strip müssen wir noch mal in Ruhe üben."

„Du mieser Macho." Sie fühlt Hitze in ihrem Gesicht und boxt ihn gegen das Bein, woraufhin er erneut fest in ihre Haare packt und sie, nun gar nicht mehr belustigt, hochzerrt. „Ich will dich in meiner Lieblingsposition."

Sie weiß, was er meint, und lässt sich willig zwischen die beiden dicken Pfeiler in der Mitte des Raumes führen. Er beschränkt sich darauf, ihre Hände weit gestreckt nach oben zu ziehen. Ihre Füße bleiben frei.

Er steht hinter ihr, kämmt mit den Händen durch ihre Haare und hält ein Seidentuch vor ihr Gesicht. „Ich verbinde dir die Augen, damit du nicht abgelenkt wirst." Während es für sie dunkel wird, durchläuft sie ein aufregendes Schaudern. Er küsst ihre Schultern. „Heute Abend erlebst du etwas ganz Neues, Fledermaus. Dabei ist es wichtig, dass du vollständig loslässt. Vertraust du mir?“

„Ja“, flüstert sie atemlos.

„Das ist gut.“

Er massiert ihre Pobacken und beginnt, sie locker zu schlagen. Nach einer Weile unterbricht er und beißt sanft in ihr Ohrläppchen. „Du bist zu angespannt, Fledermaus. Ich hole ein Paddel, damit du besser abschalten kannst.“

Augenblicklich tanzen die Schmetterlinge in ihrem Magen. Ihr Herzschlag donnert in ihrer Klitoris und ihre Schamlippen schwellen an. Es ist diese Art zu reden, die sie verrückt macht, und das weiß er mittlerweile ganz genau.

Sie hört seine Schritte und ein Klatschen. Anscheinend schlägt er sich selbst locker auf die Hand. Das macht er gerne, um die Spannung zu erhöhen. „Ganz locker, Baby. Genieße es“, flötet er fröhlich, legt kurz die Hand an ihre Kehle, während er ihr einen Kuss auf den Mund drückt.

„Ich schlage so lange, bis du weich wie Butter bist, Fledermaus, also gib lieber gleich auf, dann ersparst du dir viel Leid.“

Sie stöhnt auf. „Fang endlich an, du Ratte.“

„Zu Befehl, meine Göttin.“

Der erste Schlag folgt sogleich, und sie schreit auf. Er gibt ihr keine Zeit, sich zu verkrampfen. Im gleichmäßigen Rhythmus folgt Hieb auf Hieb, bis sie nach kurzer Zeit aufgelöst weinend in den Ketten hängt. Ihr Hintern ist heiß und ihre Mitte so empfindlich und bereit, dass er sie mit den Fingern binnen Minuten zum Orgasmus bringen könnte. „Bitte", jammert sie.

Er streicht über ihren Po. „Was möchtest du denn?"

„Bitte berühr mich."

„Noch nicht, Süße. Erst kommt das ganz spezielle neue Verwöhnprogramm."

Er löst die Fesseln. „Ins Schlafzimmer, Fledermaus."

Die Schläge haben ihren Verstand eliminiert. Losgelöst und herrlich entspannt lässt sie sich führen, bis sie mit den Schienbeinen gegen das Bett stößt. „Ich will dich kniend."

Er hilft ihr, auf das Bett zu robben und sich mit gespreizten Beinen und gesenktem Kopf hinzuknien. „Arme nach vorn." Sie gehorcht, und er streicht ihren Rücken hinunter. „Sehr schön. Jetzt bleib einfach locker und vertrau mir."

Er entfernt sich, und sie hört leises Rascheln, Klicken und Reiben. In dieses tiefe Gefühl der entspannten Hingabe dringt leichte Spannung, die allmählich ansteigt und ihr Herz schneller klopfen lässt.

Er küsst ihre Schulter. „Ella, du sagtest, du kennst keinen Analverkehr. Falls das gelogen war, ist jetzt der Zeitpunkt, mit der Wahrheit herauszurücken."

Sie stöhnt auf. „Das war nicht gelogen."

„Gut. Hast du Angst?"

Sie leckt sich über die trockenen Lippen. „Nein. Ich vertraue dir."

„Schön. Ich führe dir jetzt einen Plug ein, der dich weiten wird. Bleib einfach locker, dann ist es nicht schlimm."

Ein Schreck fährt wie ein leichter Stromschlag durch ihren Körper, und unweigerlich spannt sie ihre

Gesäßmuskeln an. Kühle Flüssigkeit tropft durch die Spalte ihres Pos, und sie zuckt zusammen.

„Das ist nur Gleitgel, Ella. Bleib locker“, mahnt er und dringt mit dem Finger in ihren Anus ein.

Sie kann ihm nicht gehorchen und ist total angespannt.

„Ich sagte, locker.“ Seine Stimme klingt unzufrieden, und seine Hand legt sich drohend auf das heiße Fleisch ihrer rechten Pobacke. Sie zuckt noch einmal, und er schlägt zu. Sie schreit auf, doch er lässt sich nicht beirren. Seine linke Hand ruht auf ihrem Rücken, seine rechte lässt er auf ihren Hintern klatschen, bis sie schluchzend aufgibt und sich unter seiner Hand windet.

„Loslassen, Ella“, sagt er noch mal, und dieses Mal wehrt sich nichts mehr in ihr. Entspannt und sich ihm vollkommen hingebend, lässt sie das Gesicht auf die Matratze sinken.

„So ist es gut“, lobt er sie sanft. Dann beginnt er, langsam, aber zielstrebig einen Gegenstand in ihren Anus zu schieben. Immer wieder hält er inne und wartet etwas ab, damit sie sich an die Dehnung gewöhnen kann. Es brennt, und sie wimmert, doch er lässt sich nicht beirren. Als sie glaubt, wie ein Grillhähnchen aufgespießt zu sein, streicht er sanft über ihren Po. „Fertig. Leg dich hin und gewöhn dich an das Gefühl.“

Vorsichtig streckt sie die Beine aus und lässt sich auf die Matratze nieder. Tim verschwindet im Bad, Wasser rauscht, dann kommt er wieder, streicht über ihren Rücken, ihre Oberschenkel, ihren heißen Hintern, und allmählich kann sie sich entspannen.

„Dreh dich um“, fordert er sanft, und sie gehorcht. „Stell die Füße auf und zeig mir, ob du noch feucht bist.“

Stöhnend gehorcht sie und spürt im gleichen Moment neue Nässe aus ihrer Vagina austreten. Er lacht leise. „Sehr schön. Ich sehe, dieses Spiel können wir in Zukunft ausbauen. Gib mir deine Hände.“

Schnell befestigt er Manschetten um ihre Handgelenke und fesselt sie über ihrem Kopf ans Bett. Die Wehrlosigkeit lässt ihren Erregungspegel erneut ansteigen. Ihr Atem beschleunigt sich.

Tim streicht mit dem Daumen um ihre Klitoris, zupft an ihren Schamlippen und dringt mit einem Finger in sie ein. Sie wimmert auf und weiß nicht, ob es sich zu eng oder genial eng anfühlt. Wieder sein leises Lachen. „Schönes Gefühl, nicht wahr, Fledermaus? Gefällt es dir?“

„Ich bin mir nicht sicher“, stöhnt sie atemlos.

Er beugt sich über sie und nimmt eine ihrer längst hart aufgerichteten Brustwarzen in den Mund, um fest daran zu saugen. Sie schreit erschrocken auf und bäumt sich ihm entgegen. Im gleichen Moment stößt er mit zwei Fingern fest in sie hinein, und die ersten Wellen eines Orgasmus kündigen sich an. Reflexartig bewegt sie ihre Hüften und stellt die Knie weiter auseinander.

Doch der Schuft zieht sich zurück, und sie stöhnt genervt auf. Lächelnd beginnt er, ihre Brustwarzen zu zwirbeln, was ihr leise Schmerzensschreie entlockt. Er küsst ihren Bauch, streicht sanft mit den Fingern an der empfindlichen Linie ihrer Leiste entlang, bis sie seufzend den Kopf in den Nacken fallen lässt, und er sich erneut fies zwirbelnd ihren Brustwarzen widmet. Endlich streichen seine Hände wieder die

Innenseiten ihrer Beine hinauf. Ungeduldig versucht sie, ihm ihr Becken entgegenzustrecken. Mit einem Finger wandert er an ihren Schamlippen entlang, mit der anderen Hand berührt er den Plug. Sie stöhnt auf und zuckt zusammen. Schweißtropfen laufen an ihren Wangen herunter.

Er gibt ihr keine Pause, reizt gleichzeitig hart ihre Brüste und ihre durch den Plug viel engere Vagina, bis die Wellen höher und höher werden und sie schließlich rauschend mitreißen. Ihre Muskeln zucken, und Sterne tanzen vor ihren geschlossenen Augen. Außer Atem liegt sie da, während er sie sanft streichelnd wieder in die Wirklichkeit zurückbegleitet. Als ihr Atem sich beruhigt hat, hört sie, dass er ein Kondom auspackt. Er hockt sich zwischen ihre Beine, und sie fühlt seine Eichel an ihrer immer noch überempfindlichen Lustperle entlangstreichen, bevor er beginnt, langsam, aber fest in sie einzudringen. Sie wimmert und zuckt unkontrolliert.

Er stöhnt auf. „Ist das geil, Ella, sehr geil und sehr eng."

Schon wieder rast das Blut heißer durch ihre Adern. Ella will um Gnade betteln, denn sie fühlt sich von diesem neuen Gefühl der Enge und des Ausgefülltseins völlig überwältigt, doch er drückt sich weiterhin erbarmungslos tief in sie hinein. Sie denkt nicht mehr. Erregung pulsiert durch jede Zelle ihres Körpers. Sie glaubt, es nicht eine Minute länger aushalten zu können, und will sich gleichzeitig aufbäumen, sich ihm noch weiter entgegendrängen und sich von ihm benutzen lassen. Als sie sich vollkommen ausgefüllt und bewegungsunfähig fühlt, lässt er seinen Oberkörper auf sie herabsinken und zieht das Tuch von ihren Augen. Seine Pupillen sind groß und dunkel vor Verlangen und Gier. Seine Lippen senken sich auf ihre herab, und seine Zunge dringt fordernd in ihren Mund. Jede Gegenwehr ist sinnlos, und falls sie ohnmächtig wird, wird er sich schon um sie kümmern. Ella gibt sich ihm vollkommen hin, was er mit einem tiefen Knurren zufrieden zur Kenntnis nimmt.

Sein Schwanz drückt gegen ihre inneren Wände, und er beginnt, sich zu bewegen, zieht sich zurück und stößt hart wieder in sie hinein. Er reibt so fest über ihren G-Punkt, dass ihrem Mund seltsame Töne entweichen, ohne dass sie irgendwelchen Einfluss darauf hat. Er beißt in ihre Schulter, saugt an der Haut über ihrer Kehle, und sie windet sich vor Begierde, Schmerz, Hitze und ungebremster Geilheit.

Wie eine unaufhaltsame Flutwelle baut sich ein gewaltiger Höhepunkt in ihr auf, der sie in die Schwerelosigkeit schleudert. Er nimmt sie hemmungslos immer wieder neu in Besitz, und in ihren Schrei fügt sich seiner, während sich sein Körper versteift. Er richtet sich etwas auf, stöhnt animalisch tief aus der Kehle heraus, und sein Gesicht verzieht sich wie unter Schmerzen. Sein Schwanz wird noch dicker, dann ergießt er sich in mehreren Schüben in ihr.

Er sinkt auf sie hinab, während sein Schwanz noch in ihr zuckt. Sie atmen beide röchelnd, und ihre Herzen galoppieren um die Wette.

„Fuck, Ella. Das war … ich finde keine Worte“, stöhnt er schließlich, als sie sich langsam beruhigen.

„Im wahrsten Sinne des Wortes“, flüstert sie, immer noch atemlos, verschwitzt und zitternd.

Er lacht leise und küsst sie auf den Mund. „Alles okay, Fledermaus?“

„Ich glaube ja.“

Er zieht sich vorsichtig aus ihr zurück, aber sie wimmert trotzdem, weil ihre Nerven viel zu empfindlich für die Reibung sind, die er in ihr erzeugt. „Stell einmal die Füße auf", sagt er, und sie gehorcht, ohne zu denken. Ihre Beine zittern. Bevor sie richtig kapiert, was er macht, ist der Plug aus ihrem Anus verschwunden, und er entfernt sich. Sie schließt die Augen und entspannt sich total. Ihre Mitte fühlt sich heiß und wund an, und sie wird bestimmt mindestens eine Woche lang nicht sitzen können. Oh Gott. Das brennt so. Hoffentlich ist nichts zerrissen … vielleicht blutend.

Aus ihren Augenwinkeln laufen Tränen. Plötzlich ist irgendwie alles zu viel, und sie fühlt sich schrecklich allein. Ein Schluchzen zwängt sich aus ihrer Kehle. „Tim?"

„Pst … schon gut, Ella. Ich bin da. Ich mach dich gleich los, einen Moment noch, Baby."

„Da ist was gerissen", schluchzt sie verzweifelt.

„Nein, Süße. Keine Angst. Es ist alles in Ordnung. Ganz ruhig."

Endlich kommt er aus dem Bad und befreit ihre Hände. Er legt sich zu ihr, damit sie sich an ihn kuscheln kann, und deckt sie beide zu. Das Brennen lässt langsam nach, und Ella beruhigt sich. Sie stöhnt auf. „Tut mir leid, das war so intensiv, ich dachte wirklich …"

„Scht … alles gut. Hör auf, dich zu entschuldigen. Entschuldige dich niemals für das, was du fühlst. Es ist neu für dich. Beim nächsten Mal kennst du es und erschreckst dich nicht mehr, aber falls du kein nächstes Mal willst, ist das auch in Ordnung. Denk jetzt nicht darüber nach. Ruh dich einfach aus."

Kapitel 13

Sie steigen ins Auto, und Tim kann sich ein Grinsen kaum verkneifen. Ella ist unzufrieden. Er war auf Seminarreise, ist gestern Abend wiedergekommen und hat Müdigkeit vorgetäuscht. Kein heißes Spiel, obwohl sie sich fünf Tage lang nicht gesehen haben. Nur Kuscheln auf der Couch. Am Morgen hat sie versucht, ihn zu verführen, erst mit Charme, dann mit Frechheit. Sie hat ihn sogar in den Arsch gekniffen, um ein Spanking herauszufordern, aber er hat sie nur zärtlich geküsst. Inzwischen kann sie ihre Unzufriedenheit kaum noch verbergen, was ihm diebischen Spaß bereitet. Sie fahren los, und er legt eine Hand auf ihr Bein. „Was ist, Ella? Irgendwelche Probleme?“

„Nein. Alles in Ordnung“, antwortet sie und starrt aus dem Seitenfenster. Er kann es nicht lassen und muss sie noch ein bisschen weiterärgern. „War es in der letzten Zeit zu viel, Süße?“, fragt er fürsorglich.

Sie dreht ihm das Gesicht zu, und aus ihrer Miene spricht nichts als pure Irritation. „Wie meinst du das?“

„Na ja, unsere Spiele. Vielleicht überfordere ich dich“, sagt er ernst und muss sehr aufpassen, dass er nicht versehentlich grinst. Sie sind jetzt seit sechs Wochen ein richtiges Paar. Die erste Begegnung mit dem Plug war für Ella, nachdem sie ihren ersten Schrecken überwunden hatte, sehr geil gewesen. Inzwischen reagiert sie bei jeglicher Art von analen Spielen mehr als erregt.

Sowieso sind alle ihre Spiele immer ungezwungener geworden, weil Ella inzwischen gelernt hat, ohne Scham und völlig entspannt ihre Leidenschaft zu genießen. Auch waren sie beide mittlerweile beim Arzt gewesen und haben sich auf eventuelle Krankheiten untersuchen lassen. Nun nimmt Ella die Pille, sodass sie auf Kondome verzichten können.

Sie neigt lächelnd den Kopf zur Seite und streicht über seine Hand auf ihrem Bein. „Nein, du überforderst mich nicht. Wirklich nicht. Ganz sicher."

„Dann bin ich beruhigt." Tim blinkt, steuert das Auto auf die Bundesstraße und versucht, ihren fragenden Blick nicht zu beachten.

„Sag mal Ella, hast du eigentlich irgendwelche Allergien?", fragt er nach einer Weile beiläufig.

„Nein. Warum?"

„Ach, nur so."

Sie dreht den Kopf, und ihre Augenbrauen ziehen sich zusammen. „Du grinst, Sonnyboy. Plant ihr heute irgendwas?"

Er zieht in scheinbar großem Erstaunen die Augenbrauen hoch. „Wie kommst du darauf?"

„Ach, nur so."

Er muss die Zähne zusammenbeißen, um den gleichgültigen, gelangweilten Gesichtsausdruck beibehalten zu können.

Eine Weile ist es still, und sie sehen beide geradeaus auf die Straße.

„Tim, sag mal, was sind Tunnelspiele?", fragt sie plötzlich, und er verreißt fast das Lenkrad. „Woher hast du das Wort?"

„Von Mona."

„Aha."

Ella dreht den Kopf und mustert ihn mit stechendem Blick. „Als wir gestern darüber gesprochen haben, dass wir heute alle zusammen den alten Garten in Ordnung bringen, meinte sie, hoffentlich kommen die Kerle nicht auf dumme Ideen. Und als ich fragte, welche sie meine, sagte sie nur mit bedeutungsvollem Blick: Tunnelspiele."

Tim braucht jetzt jede Energiereserve, um seine Selbstbeherrschung nicht zu verlieren. Beiläufig fragt er „Und hast du sie nicht gefragt, was sie damit meint?"

Ella zuckt mit den Schultern. „Doch. Sie hat gegrinst und gesagt, wenn ich so etwas noch nicht kenne, würde sie mir die mögliche Überraschung nicht versauen, weil ihr das nämlich zweifellos eine schlimme Strafe einbringen würde."

Tim nickt. „Kluges Mädchen." Seine Mundwinkel zucken. Lässt sich leider nicht verhindern.

Ella boxt ihn gegen den Oberarm. „Komm nicht auf die Idee, mich irgendwo in einem dunklen Loch einzusperren, dann kriege ich garantiert Panik."

Jetzt kann er nicht mehr. Er wirft den Kopf in den Nacken und lacht, bis ihm die Tränen kommen. „Ach Fledermaus. Du bist herrlich." Er atmet tief durch, bevor er reden kann, ohne wieder in Gelächter auszubrechen. „Ein Tunnelspiel hat nichts mit Dunkelheit zu tun. Man nennt es so, weil es ein Spiel ist, das man nicht mit dem Safeword abbrechen kann. Wenn man einmal drin ist, muss man bis zum Ende durch."

Sie runzelt die Stirn. „Warum?"

„Weil sich die Wirkung nicht unterbrechen lässt."

Einen Moment ist es still. „Sag mal ein Beispiel."

Tim überlegt kurz. „Wenn ich dich mit dem nackten Arsch in einen Ameisenhaufen setze und die Viecher beißen, reizt es dich zwangsläufig so lange, bis die Wirkung des Ameisengiftes nachlässt. Kein Safeword kann es stoppen."

Sie reißt die Augen auf. „Wehe! Keine Ameisen! Vogel tot. Definitiv. Keine Chance!“

Er legt ihr die Hand auf den Oberschenkel und zwinkert. „Keine Angst. Ich stehe nicht auf Ameisen.“

„Ich meine das ernst. Wirklich!“

Da er gerade an einer Ampel stehen bleiben muss, greift er in ihren Nacken, zieht ihren Kopf zu sich herüber und drückt ihr einen Kuss auf den Mund. „Bleib ruhig, Fledermaus. Vertrau mir. Ich lüge nicht. Ich verspreche dir, niemals mit Ameisen zu spielen.“

Sie nickt, ihr Gesichtsausdruck bleibt aber misstrauisch, und auf seinem Gesicht setzt sich ein Dauergrinsen fest.

Als sie den Hof erreichen, sind Mona, Leon und Pascal bereits da. Es geht um den alten Obstgarten neben Ellas Haus, der seit dem Tod ihres Vaters vollständig verwildert ist.

Die Frauen möchten das meterhohe Unkraut rausreißen, um an die Bäume heranzukommen. Sie wollen die bald reifen Äpfel und Birnen ernten und daraus Saft für beide Haushalte pressen.

Tim und Ella steigen aus und begrüßen die anderen.

An der Hauswand lehnen zwei lange Sensen, auf dem alten Gartentisch liegen mehrere Paare dicke Arbeitshandschuhe, und Pascal stellt gerade eine Schubkarre daneben. Als die Männer nach den Arbeitshandschuhen greifen, dreht Leon sich zu Ella um. „Wir brauchen noch einen Eimer mit Wasser.“

Ehe Ella reagieren kann, stößt Mona neben ihr einen leisen Fluch aus. „Fuck. Ich wusste es.“

Die Männer grinsen und greifen nach den Arbeitshandschuhen. Ella runzelt die Stirn. „Was denn?“

Mona stöhnt. „Frag nicht. Hol einfach einen Eimer und gib den Jungs nicht noch die Genugtuung, rot zu werden."

Ehe Ella nachfragen kann, greift Mona sich ebenfalls Handschuhe, folgt den feixenden Männern in Richtung Obstgarten, und Ella versteht langsam. Meterhohes Unkraut. Brennnesseln. Tunnelspiele. Wassereimer.

Sie kennt Brennnesseln. Natürlich weiß sie als Landkind, wie es sich anfühlt, mit nackten Beinen oder Armen die Blätter zu berühren. Erst brennt es höllisch, dann kribbelt es stundenlang, aber es funktioniert nur, solange die Blätter knackfrisch sind. Fangen sie an zu welken, ist die Wirkung vorbei. Ihre Fantasie beginnt zu arbeiten, und die wildesten Bilder formen sich in ihrem Kopf, bis ihr vor lauter Angst und Erregung der Schweiß ausbricht.

„Ella, kommst du?", ruft Tim, und sie atmet tief durch. Bloß nichts anmerken lassen.

Leon und Pascal beginnen, die hohen Unkrautsträucher mit den Sensen flach abzumähen, und Mona, Tim und Ella harken sie zusammen, laden sie auf die Schubkarre und bringen sie an den Rand auf einen großen Komposthaufen.

Als der Obstgarten zur Hälfte gerodet ist, legt Leon Mona und Ella je einen Arm um die Schultern. „So, meine Damen, nun sucht uns ein paar schöne lange Zweige für die Sträuße aus."

Ellas Mund ist plötzlich knochentrocken, und Monas Gesicht beginnt zu glühen, doch sie zeigt keine Schwäche. „Nimm dort am Rand welche von den großen, die viel Sonne abbekommen haben, mein allerliebster Albatros. Die sind stabil genug für euren fiesen Macho-Spaß", flötet sie mit einem übertrieben aufgesetzten liebevollen Lächeln.

Wow! Neid! So viel Mut will Ella auch haben.

Leon küsst Mona und grinst breit. „Ich liebe dich, Kolibri."

Pascal zieht eine Gartenschere aus der Tasche und schneidet sorgfältig lange stabile Strauchzweige ab, die Tim wie einen dicken Blumenstrauß in den Wassereimer stellt.

Ella betrachtet mit wachsendem Grauen das Geschehen, bis Leon in ihre Haare fasst und sie freundschaftlich leicht schüttelt. „Na, Ella, geht es dir gut?"

Trotzig hebt sie das Kinn. „Natürlich."

Er lacht, senkt die Arme und geht wieder an die Arbeit.

Eine Stunde später ist der Obstgarten fertig gerodet, und Ellas Nerven liegen blank. Sie schielt zu Mona hinüber, doch die tut so, als ob sie die Ruhe selbst wäre. Wie gemein!

Sie schlendern zurück zum Hof. Der Wassereimer mit den Brennnesseln wird wie eine Trophäe auf der Schubkarre transportiert. Mona und Ella folgen den Männern mit etwas Abstand.

„Hast du so was schon gemacht?", fragt Ella leise.

Mona nickt.

„Ist es sehr schlimm?"

„Es ist die Hölle."

Ella stockt und starrt Mona an. Die verzieht den Mund zu einem breiten Grinsen. „Und höllisch geil."

Unweigerlich brechen sie in irres Gekicher aus, sodass die Männer sich umdrehen. Pascal schmunzelt. „Vorfreude, wie schön."

Auf dem Hof spült Pascal die Brennnesseln sorgfältig mit dem Gartenschlauch ab. Er bemerkt Ellas fragenden Blick und schmunzelt. „Kein Spaß ohne Hygiene."

Ella fühlt Hitze im Gesicht, wendet sich schnell ab und sieht, wie Mona sich hustend die Hand vor den Mund hält.

Dann strafft und räuspert sie sich. „Ich habe für uns ein Picknick vorbereitet. Wo wollt ihr essen?"

Tim zeigt auf den Hausgarten. „Wie wäre es hier?"

Ella atmet tief durch. Okay, bis sie allein sind und Tim sich mit ihr beschäftigen wird, sollte sie einfach versuchen, nicht daran zu denken, was er für Ideen hat. „Ich hole Decken raus, dann können wir uns auf den Rasen setzen."

Als der Picknickplatz fertig ist und die Männer es sich mit Getränken gemütlich gemacht haben, zupft Mona Ella unauffällig am Ärmel. „Komm in den Stall", flüstert sie und entfernt sich. Ella wartet noch einen Moment und folgt ihr schließlich unter dem Vorwand, die Servietten in der Küche vergessen zu haben.

Drinnen wartet Mona geduckt in einer Ecke. Ella hockt sich zu ihr. „Was ist los?"

„Ich finde, wenn die Männer uns schon quälen wollen, sollten wir uns auch einen kleinen Spaß gönnen."

Ellas Augen werden größer. „Woran denkst du?"

Mona zeigt grinsend mit dem Kopf auf den Gartenschlauch, den Pascal wieder sauber aufgewickelt in die entsprechende Vorrichtung an der Wand gehängt hat. Ella kichert los und presst sich schnell die Hand auf den Mund. Mona zeigt auf eins der kleinen Stallfenster. „Von da aus müssten wir sie direkt erwischen, wenn wir sie dazu kriegen, in unsere Richtung zu laufen."

Ella nickt. Geräuschlos wickeln sie den Schlauch ab und schleichen an das Fenster. „Der Wasserhahn ist aufgedreht", flüstert Ella, und Mona nickt. Am Fenster halten sie die Düse bereit. Die Männer drehen ihnen den Rücken zu und unterhalten sich. Keiner bemerkt etwas.

„Hilfe! Helft uns! Schnell!", kreischt Ella und scheppert ordentlich mit einem alten Eimer. Die drei Kerle springen sofort auf und laufen los.

„Und ab", sagt Mona trocken, dreht den Verschluss auf und eine ordentliche Wasserfontäne schießt aus dem Schlauch.

Die Frauen kreischen und lachen, die Männer fluchen und sind vollständig durchnässt, bevor Pascal den Wasseranschluss an der Wand erreicht und das Geschoss abgestellt hat.

Drohend kreisen die drei triefnassen Opfer die Frauen ein, die sich immer noch lachend den Bauch halten, und können sich selbst das Entgleisen ihrer Gesichtszüge kaum verkneifen.

„Da können es zwei Girlies nicht abwarten, Jungs. Wir sollten ihnen die Freude machen und uns sofort mit ihnen beschäftigen."

Leon lässt seine Augen mit tiefem Grollen über ihre Körper wandern, und Ella sackt das Herz in die Kniekehlen. Oh Gott. Die werden ja wohl nicht zu dritt …

Sie hat keine Zeit, den Gedanken weiterzudenken, denn schon schlingen sich Tims Arme um ihre Taille. Mona schreit gerade auf, weil Leon sie sich über die Schulter wirft und ihr mit der flachen Hand auf den

Arsch klatscht, während Pascal einladend das Tor zur Scheune öffnet.

Die Männer schleppen sie hinein, geradewegs auf die Kampfsportmatte zu. Pascal reicht ihnen ein paar Handschellen, und eine Sekunde später haben sie Ellas linke und Monas rechte Hand miteinander verbunden und die Kette mittels eines Karabiners an einem Ring an der Wand etwas über Kopfhöhe befestigt. Pascal holt Handtücher aus einem Schrank. Die Männer ziehen sich die durchnässten T-Shirts aus und reiben sich trocken.

„Lecker", flüstert Mona beim Anblick der drei sportlichen Oberkörper, und Ella bricht in albernes Gekicher aus.

Die drei wenden die Köpfe. „Sagt mal, habt ihr was getrunken?", fragt Tim misstrauisch, und Leon winkt ab. „Nein, keine Bange, das ist nur Monas schlechter Einfluss. Ich war in letzter Zeit etwas nachlässig mit ihrer Erziehung." Er stellt sich vor sie und küsst sie sanft auf den Mund. „Nicht wahr, mein Schatz?"

„Wenn du meinst, großer Albatros", flötet sie frech.

Ellas Augen werden größer. Monas Mut beeindruckt sie tief. Leon ist ein Muskelberg von einem Mann. Er könnte sie mit zwei Fingern zerquetschen. Ihr Atem stockt. Die Kampfmaschine wendet sich ihr zu. Oh Gott! Sie hat den dringenden Wunsch, sich in Luft aufzulösen. Er fasst grinsend ihr Kinn, sodass sie ihn ansehen muss. „Tim, dein Mädel sieht etwas blass um die Nase aus. Müssen wir darauf Rücksicht nehmen?"

Tim winkt ab. „Nein, sie ist widerstandsfähiger, als man denkt. Kein Problem."

„Wie schön", sagt Leon, streicht ihr über die Wange und wendet sich ab.

Pascal trägt den Eimer mit den Brennnesselzweigen herein, stellt ihn vor die Frauen und zieht sich mit bedächtiger Ruhe Arbeitshandschuhe an. „Sind die Blätter schon wieder trocken?", fragt Tim, „Nass macht es nicht so viel Spaß."

Pascal winkt ab. „Knochentrocken. Sie standen in der Sonne."

Ellas Herz galoppiert im Dreivierteltakt davon.

„Na, wer möchte den Anfang machen?", fragt Tim fröhlich.

Ella schluckt. Die drei Männer grinsen voller sadistischer Vorfreude. Bevor sie zusammenbrechen und um Gnade flehen kann, lacht Mona frech auf. „Das ist doch lächerlich. Ihr macht uns keine Angst. Ich fang an. Los, tobt euch aus. Keine Hemmungen."

Neeeiiin! Wie kann sie nur!

Pascal nickt zustimmend. „Wer so vorlaut ist, hat das Anrecht auf eine bevorzugte Sonderbehandlung."

Tim öffnet Monas Handschelle. Stolz marschiert sie ohne zu zögern auf die Kampfsportmatte und stemmt die Hände in die Taille. Leon tritt vor sie. „So mutig ist der kleine Kolibri? Hoffentlich bereut er das nicht." Er streicht ihr Haar zurück und tippt mit dem Zeigefinger auf ihre Nasenspitze.

Ella beobachtet fasziniert die Szene. Jetzt zittert Monas Unterlippe, und sie senkt den Kopf, denn gegen Leons Blick kann sie doch nicht bestehen.

„Tim wird dich halten", sagt er und dreht sie halb um, bis sie vor Tim steht. Er umfasst ihre Oberarme, und sie lehnt die Stirn gegen seine Brust. Leon tritt hinter sie, greift um ihren Körper herum und öffnet ihre Jeans. Er zieht Hose und Slip bis zu den Knien nach unten und hält das T-Shirt hoch. Pascal nimmt ein Bündel Brennnesseln und nähert sich ihr.

Leon streichelt mit der Hand über ihre Lende, und Mona zuckt wimmernd zurück. „Da hat sie es besonders gern“, sagt er, und Pascal streicht mit dem Pflanzenbündel an der gleichen Stelle federleicht über ihre Haut. Eine Sekunde lang ist es ganz still, dann setzt die Wirkung ein. Mona verkrampft sich und zieht geräuschvoll Luft durch die Zähne.

„Jetzt die Arschbacken“, sagt Leon ungerührt, und Pascal streift sorgfältig mit den Blättern über ihre Rundungen. Mona zuckt und bebt, doch Tim hält sie sicher fest.

Alle starren auf ihren nackten Hintern. Leon beugt sich vor und betastet die Haut. „Noch einmal, Pascal.“

Sie wimmert auf, als Pascal erneut langsam und sanft mit den Blättern über ihre Haut streicht.

„Das dürfte reichen.“ Leon nickt zufrieden. „Jetzt die Vorderseite.“

Ella keucht erschrocken auf, und die Männer drehen die Köpfe zu ihr um. „Ohne die Dusche hätten wir uns vielleicht mit der glühenden Rückansicht zufriedengegeben“, sagt Tim lässig, und Ella beißt die Zähne fest zusammen.

Sie drehen Mona um. Tim zieht ihre Arme über ihren Kopf, sodass Leon ihr T-Shirt und BH ausziehen kann. Dann umfasst er wieder ihre Oberarme und zieht sie nach hinten, bis sich ihre Brust Leon entgegendrückt. Der streicht zärtlich darüber und sieht Mona tief in die Augen. Einen Moment ist es ganz still, dann nickt er und lächelt, tritt zur Seite, um Platz für Pascal zu machen. Mona lässt ihren Kopf ergeben nach hinten gegen Tims Schultern fallen.

Sanft, fast liebevoll, streichelt Pascal mit den Blättern über Monas Brüste. Wieder dauert es einen

Moment, bis sie reagiert. Sie bäumt sich auf, verzieht das Gesicht und zischt durch die zusammengebissenen Zähne.

Die Männer betrachten ihr Opfer, und Ella fühlt, wie ihr Höschen feucht wird. Die Szene vor ihren Augen ist so unglaublich heiß und erotisch, dass sie fast vom Zusehen einen Orgasmus bekommt. Mona ist den Blicken der Männer ausgeliefert, die sich an ihrem Leid erfreuen. Ihre Jeans und ihr Slip hängen an den Unterschenkeln, was die Szene noch demütigender und gleichzeitig erregender macht. Ihr Oberkörper ist nach wie vor nach hinten gebeugt, wodurch ihre harten Nippel auffällig hochragen. Ihr Kopf ruht weiter an Tims Schulter. Tränen laufen über ihre Wangen. Ihr Mund ist leicht geöffnet, ihre Brust färbt sich dunkelrot.

„Wunderschön“, sagt Leon und streicht sanft über die gereizte Haut, was bei Mona ein erneutes Zucken und Wimmern auslöst.

Er wartet, bis sie ruhiger wird. „Jetzt das i-Tüpfelchen.“

Pascal nähert sich wieder, und Monas Körper bebt. Er wartet, bis sie schwer atmend stillhält, dann streicht er mit den Blättern langsam über ihren Venushügel.

Mona bäumt sich auf. „Bitte, das reicht“, wimmert sie und keucht hektisch.

„Ganz ruhig, Süße, alles ist gut“ sagt Leon und legt seine Hand auf ihren Brustkorb. „Atmen, Kolibri, schön ausatmen.“

Mona hört auf ihn. Ihr Atem wird wieder regelmäßig.

„Gut. Jetzt stell die Beine etwas auseinander, dann hast du es gleich überstanden.“

Mona schluchzt auf. Sie zittert. „Nein! Bitte nicht da!“

Leon ergreift ihr Kinn und dreht ihren Kopf zu sich. „Sieh mich an.“ Einen Moment ist es still. Nur ihr Schluchzen ist zu hören. „Nur die Haut an den Oberschenkeln, Kolibri, denk daran, wie es sich später anfühlt.“

Wieder Stille. Sie starren sich an. Dann schließt sie die Augen, und er lässt ihr Kinn los.

Er drängt mit einem Fuß zwischen ihre Beine, die nun so weit gespreizt werden, wie die heruntergezogene Jeans es zulässt. Mona wehrt sich nicht mehr. Nur ein leises Schluchzen ist von ihr zu hören.

„Jetzt“, sagt Leon ruhig, und Pascal zieht einen Pflanzenstiel zwischen ihren Oberschenkeln gerade so weit nach oben, dass er die empfindliche Haut ihrer Vulva nicht berührt.

Jetzt weint sie hemmungslos. Tim lässt sie los, und sie fällt nach vorn gegen Leon, der sie in den Arm nimmt und sanft über ihre Haare streicht. „Scht … ist gut. Beruhige dich, kleiner Kolibri. Es wird gleich besser, das weißt du doch.“

Das Beben hört auf, das Weinen wird leiser.

„Wir können sie jetzt anziehen“, sagt Leon, und die Männer helfen ihm dabei, Mona das T-Shirt wieder überzuziehen. „Möchtest du sitzen oder liegen?“, fragt er, nachdem auch ihre Hose wieder angezogen und geschlossen ist.

„Liegen“, krächzt sie, und er lässt sie sanft Richtung Fußboden gleiten, bis sie auf der Matte liegt. Sie rollt sich vorsichtig auf die Seite. „Ihr Schweine, das brennt wie Feuer“, stöhnt sie, jetzt schon wieder mehr frech als leidend, und die Männer grinsen. „Das ist der Sinn“, sagt Tim und streicht ihr über die Haare.

Ellas Atem setzt aus, denn jetzt wenden sich die Männer ihr zu. Reflexartig tritt sie einen Schritt zurück und zerrt an der Handschelle.

„Nicht doch“, sagt Leon und schüttelt den Kopf.

Tim stellt sich vor sie. Sein Blick fängt ihren ein, und in ihrem Unterleib summt es. Sie ist so erregt, dass er ihre längst geschwollene Klit nur anfassen müsste, um einen Orgasmus bei ihr auszulösen. Gleichzeitig tobt diese irre Angst in ihrem Herzen. Sie ist kurz davor, auszuflippen.

„Bist du erregt, Fledermaus?“

Sie schluckt. Leugnen nützt nichts, er bräuchte bloß in ihren Slip zu greifen, um die Wahrheit zu erfahren. Und das wird er tun, wenn sie jetzt lügt.

„Scheiße, ja“, flüstert sie, und er lächelt. „Dann hör auf, dich zu wehren. Vertrau mir.“

Sie schluckt und starrt ihn an. Er streicht sanft über ihre Wange. „Möchtest du dein Safeword sagen, Ella? Niemand ist dir böse, wenn du es tust.“

Einen Moment lang will sie es herausschreien, doch ihr Körper schreit etwas anderes. „Fuck“, flüstert sie und schließt ergeben die Augen.

Er küsst sanft ihre geschlossenen Lippen. „Keine Angst, Fledermaus, wir werden dich nicht überfordern. Kribbelnde Hitze in den erogenen Zonen. Es wird dir schnell gefallen.“

Die Handschelle wird gelöst, und jemand führt sie auf die Kampfsportmatte. Sie zittert, ihre Knie fühlen sich wie Watte an, und sie muss sich an Tims Arm festkrallen, der sich nicht dagegen wehrt.

„Mach die Augen auf“, sagt Tim fest, und sie gehorcht. Die Gesichter der Männer sind liebevoll.

Kein gehässiges Grinsen, kein böses Taxieren. Nur sanfte Augen und Lächeln.

Pascal fasst ihr Kinn. „Ella, sollte dir schwindlig oder schwarz vor Augen werden, sagst du es sofort, klar?“

Sie nickt und muss die trockenen Lippen mit der Zunge befeuchten.

„Komm, kleine Maus“, sagt Leon und zieht sie an seine Brust. Dann machen sie es wie bei Mona. Tim öffnet ihre Hose und entblößt ihren Hintern. Ella verkrampft die Fäuste an Leons Brust und kneift die Augen fest zu.

Sanftes, angenehmes Streichen auf ihrer Haut, dann wird es langsam warm, wärmer und heiß wie Pfeffer auf der Zunge.

Leon schiebt sie weg und dreht sie.

„Augen auf, Ella.“ Tims Stimme. Drohend.

Umgehend gehorcht sie. Pascal und Tim mustern sie eine Weile. Ella fühlt in sich hinein. Es brennt zwar scheußlich, ist aber nicht so schlimm, wie sie befürchtet hat. Sie wird es aushalten können. Erleichtert atmet sie tief aus. Die Männer nicken zufrieden. Ella weiß, was nun kommt, und wehrt sich nicht dagegen.

Die Männer streifen ihr T-Shirt und BH ab, Leon zieht ihre Arme zurück, bis sich ihre Brüste den Brennnesseln entgegenstrecken. Wie fies! Ellas Augen bleiben auf. Wie hypnotisiert starrt sie auf die sich ihr nähernden Blätter. Wieder das sanfte Streichen über ihre Haut, dann die Hitze. Ihre Brustwarzen werden reflexartig hart wie kleine Kieselsteine. Sie keucht. Ihre Haut brennt wie bei einem Sonnenbrand.

Die Männer betrachten ihre Brust, und Ella ist trotz der fiesen Hitze so erregt, dass sie sich stöhnend den Blicken noch weiter entgegenreckt. Plötzlich sehnt sie sich grobe Männerhände herbei, plötzlich möchte sie ihnen breitbeinig ihre Pussy präsentieren und sich vor ihren Augen im Orgasmus winden. Völlig irreal seufzt sie sehnsüchtig und legt ihren Kopf entspannt an Leons Hals.

Pascal fühlt unter dem Ohr ihren Puls. „Alles in Ordnung", sagt er.

Ella denkt nicht mehr, fühlt nur kurz das Streicheln auf ihrem Bauch. Neue Hitze. Ihr ganzer Körper scheint bereits zu brennen. Wieder warten die Männer eine Weile, dann drängt sich ein Fuß zwischen ihre, und sie weiß, was das bedeutet. Zischend zieht sie den Atem ein und wappnet sich für den Schmerz.

„Zwischen den Beinen nur ganz kurz, Pascal, nicht, dass es doch noch zu viel für sie wird", sagt Tim, und dann fühlt Ella für einen kurzen Moment ein Kitzeln zischen ihren Oberschenkeln. Vorbei. Warten. Hitze.

Jetzt brennt wirklich alles. Tränen drängen sich aus ihren Augen, sie zittert, ihre Knie sind so wackelig, dass sie fallen würde, wenn die Männer sie nicht hielten.

Ihre Kleidung berührt ihre Haut, und Ella stöhnt. „Nicht anfassen. Bitte."

Die Männer achten nicht auf sie. Sie ziehen sie vollständig an. „Hinlegen, Ella", sagt Tim, und sie sinkt in einigem Abstand zu Mona auf die Matte.

Es ist ruhig. Die Männer haben sich irgendwo hingesetzt, trinken und reden leise. Ella fühlt sich ein wenig wie in diesem tranceähnlichen Zustand, den die Klammern bei ihr auslösen. Sie verliert jedes Zeitgefühl, aber das Brennen lässt nach, dafür setzt ein Kribbeln und Zwicken ein, das sich auf seltsame Art verändert, sobald sie sich bewegt. Als ob das Straffen der Hauptpartien die Wahrnehmung verändern würde. Sie stöhnt und dreht sich vorsichtig auf den Rücken. Vor allem in der Lende und zwischen den Beinen sorgt dieses Hautziepen und Kribbeln für ein erregendes Pulsieren in ihren Adern bis in ihr Lustzentrum hinein. Langsam arbeitet ihr Verstand wieder, und sie hört Mona leise stöhnen und fluchen.

Tim kniet sich zu ihr. „Na, Fledermaus, wie geht‘s?“

Er fährt mit der Hand unter ihr T-Shirt und streichelt hauchzart ihre Brüste. Sie stöhnt auf. Die Berührung seiner Fingerspitzen scheint eine Nervenbahn zu treffen, die einen Stromschlag direkt in ihren G-Punkt jagt. „Oh Gott! Bitte“, flüstert sie und spreizt schamlos die Beine.

„Was möchtest du?“, fragt er grinsend.

„Vögeln. Fick mich. Bitte.“

Lachen. Sie dreht den Kopf und kapiert jetzt erst, dass alle drei Männer auf sie herabsehen. Alle grinsen. Fuck!

„Leon!“ Monas Stimme klingt sehnsüchtig.

„Ich bin hier, Süße“, antwortet er vergnügt, steht auf und geht zu ihr.

Ella bäumt sich Tims Fingern entgegen, die immer noch unter dem T-Shirt auf ihren Brüsten sanfte, kaum wahrnehmbare Kreise ziehen und sie damit fast wahnsinnig machen. „Bitte“, fleht sie und hebt die Hand, um ihn an sich zu ziehen.

Er zupft an einer Brustwarze, und sie schreit auf. Ebenso wie ihre Nerven auf erregendes Streicheln überempfindlich reagieren, wirkt natürlich auch Schmerz extrem erregend auf sie. Ella keucht. „Oh Gott. Wie lange bleibt das so?“

„Ein paar Stunden." Tim lächelt und streicht ihr die Haare aus dem Gesicht. „Es lässt ganz allmählich immer mehr nach. Du wirst bis heute Abend etwas davon haben."

Sie befeuchtet mit der Zunge die trockenen Lippen. „Können wir bitte nach Hause fahren?"

Er lacht. „Jetzt wollen wir erst mal gemütlich Picknick machen."

Ella stöhnt. „Das ist nicht dein Ernst."

Lachend nimmt er ihre Hand. „Aufstehen, Ella."

Er zieht sie hoch, und sie sieht, dass Mona bereits in Leons Arm die Scheune verlässt.

Dann sitzen sie draußen im Schatten auf den Wolldecken. Die Männer verwöhnen die Frauen, geben ihnen zu trinken, füllen ihre Teller und füttern sie liebevoll, während Mona und Ella halb sitzen, halb liegen, stöhnen, fluchen, sich nicht bewegen und sich doch gleichzeitig wollüstig rekeln möchten.

Ella hat das Gefühl, jeden Moment abzuheben. Jede Nervenzelle in ihrem Körper scheint Impulse in ihr Lustzentrum zu senden, konstant und ohne Pause. Sie sehnt sich nichts mehr herbei, als nackt zu sein und einen Orgasmus zu haben.

Plötzlich wirft Mona den Kopf in den Nacken. „Bitte, Jungs! Gnade!"

Leon lacht. „Liebster Kolibri, ich habe einen Vibrator dabei. Möchtest du damit verwöhnt werden?"

„Bitte."

„Hier, vor allen unseren Freunden?"

„Nein!"

„Okay, dann warten wir damit bis nachher zu Hause."

Sie stöhnt. „Nein! Fuck! Ihr Ärsche!"

Die Männer lachen, und Tim dreht sich Ella zu. „Und, mein Schatz, wie ist es mit dir? Für dich habe ich auch ein Spielzeug mitgebracht."

Ella vergräbt das Gesicht in ihren Händen.

„Ella! Fledermäuschen! Antworte!"

Gequält stöhnt sie auf. „Das ist so gemein!"

„Das ist der Sinn", sagt Pascal und drückt ihre Schulter.

Ein irres albernes Kichern löst sich aus ihrer Kehle. „Oh Gott! Ist das peinlich!"

Alle lachen, und Tim zieht ihre Hände herunter.

„Es wird uns eine Freude sein, die Damen zu verwöhnen." Er küsst sie und wuschelt ihr durch die Haare.

„Ich bin gespannt, welche mehr Kondition hat", sagt Pascal, und Ella möchte am liebsten im Erdboden versinken.

Sie presst die Augen fest zu, als Pascal und Tim sie an ihren Schultern und Füßen packen und in etwa drei Meter Abstand zu Mona hinlegen. Tim öffnet ihre Hose und zieht sie bis auf die Oberschenkel herunter, sodass er mit den Fingern bequem ihre pulsierende Lustperle erreichen kann. Ella dreht den Kopf und riskiert einen Blick. Mona liegt genauso zur Schau gestellt neben ihr.

„Wer hatte eigentlich die Scheißidee, dieses Jahr Apfelsaft selber zu machen?", fragt sie mehr sich selbst als die Allgemeinheit und hört Mona neben sich albern losgackern.

„Ich fürchte, du hast den Vorschlag gemacht", stößt sie atemlos hervor und wimmert eine Sekunde später auf, als ein leises Vibrieren ertönt und Leons Hand einen Gegenstand gegen ihren Venushügel presst.

Mona zuckt und bäumt sich auf. Pascal drückt ihre Schultern wieder auf den Boden, sie jammert und flucht laut, als Leon seine Hand kurz darauf kalt lächelnd wieder wegzieht.

Ellas Aufmerksamkeit wird schlagartig abgelenkt, als Pascals Hände sich fest auf ihre Schultern legen und Tim einen Vibrator gegen ihre Klit drückt. Augenblicklich hebt ihr Becken ruckartig vom Boden ab, in ihren Ohren rauscht es, und das Ziehen in ihrem Unterleib wird schmerzhaft heiß und intensiv. Sie steht am Abgrund, sieht schon die ersten Sterne explodieren, da verschwindet der Reiz so plötzlich, wie er gekommen ist.

„Du Arsch!“, kreischt sie und zieht reflexartig die Beine an. Die Männer lachen.

Schon hört sie Mona wieder stöhnen, jammern und fluchen, und bevor sie sich selbst wieder beruhigt hat, zerrt jemand ihre Beine in die Länge, und an ihrer Klit vibriert es wieder.

Die drei Kerle amüsieren sich köstlich während des gemeinen Spiels, die Frauen jammern, winden sich, kreischen und hecheln atemlos, wenn die Männer ihnen kurze Pausen gönnen.

„Wer hatte eigentlich die Idee mit dem Wasserschlauch?“, fragt Leon während einer solchen Pause, und Mona und Ella quetschen gleichzeitig ein „Ich“ hervor, was sie beide zu einem neuen albernen Kicheranfall verführt.

Ella weiß nicht, wie viel Zeit vergeht. Irgendwann denkt sie nicht mehr. Die Hautreize, die Erregung, die Stimmen und Berührungen der Männer bestimmen ihre Wahrnehmung. Ihre Beine zittern, alle Muskeln fühlen sich an wie geschmolzenes Wachs. Sie könnte nicht aufstehen, selbst wenn sie es wollte, aber das ist den fiesen Mistkerlen ja nur recht. Sie hat keine Kraft mehr.

Tränen laufen aus ihren Augen die Schläfen hinab. „Bitte, ich kann nicht mehr“, jammert sie leise und krallt sich in Tims Unterarm fest, der neben ihrem Körper seine Hand aufstützt.

Sein Gesicht nähert sich ihrem. Er küsst sie, knabbert an ihrer Unterlippe und schiebt seine Zunge in ihren Mund, die sich warm und weich um ihre windet.

„Bitte mich um einen Orgasmus“, sagt er leise, ohne seine Lippen von ihren zu lösen.

„Bitte schenk mir einen Orgasmus“, flüstert sie.

Er lächelt und schaltet den Vibrator wieder ein. Er schiebt eine Hand unter ihr T-Shirt und kneift in eine ihrer Brustwarzen, während er gleichzeitig den Vibrator gegen ihre Knospe presst. Ella schreit auf, hört nur noch Rauschen, sieht nur noch Feuerwerk am Himmel und ergibt sich dem Tornado, der sie in das Universum schleudert. Als sie in die Realität zurückkehrt und die Augen öffnet, blickt sie in die Gesichter der drei Männer. Tims Finger streicht sanft um ihre Perle herum. Alle lächeln, und sie schließt ergeben die Augen. Tim zieht ihre Hose hoch, und küsst sie noch einmal sanft. „Wunderschön, kleine Fledermaus.“

Die Männer wenden sich Mona zu. Dankbar, ihrer Aufmerksamkeit entkommen zu sein, atmet Ella erlöst aus. Doch die Erleichterung dauert nur wenige Minuten. Sobald ihre Nerven sich etwa beruhigt haben, ist das Kribbeln durch die Nesseln wieder überall in ihren erogenen Zonen deutlich zu spüren, und die Erregung erwacht erneut. Dabei ist sie doch schon so erschöpft.

Mona schreit auf, und Ella beginnt zu weinen. Jetzt werden sie sich wieder ihr zuwenden, und sie kann einfach nicht mehr. Sie ist so müde, dass sie nur noch schlafen möchte. Schluchzend dreht sie sich auf die Seite und zieht die Hände vor das Gesicht.

Kapitel 14

Tim hat Ella ein Kissen unter den Kopf geschoben. Sie liegt immer noch auf der Seite. Er sitzt an ihrem Rücken und kämmt ihr sachte mit den Fingern durch die Haare. Sie hat aufgehört zu weinen.

„Geht's wieder?", fragt er leise, und sie seufzt. „Darf ich bitte genauso liegen bleiben, bis es vorbei ist?"

Er lächelt. „Ruh dich noch einen Moment aus, dann fahren wir nach Hause, und glaub mir, du wirst ziemlich schnell wieder nicht mehr stillliegen wollen."

„Oh Gott!" Sie stöhnt genervt. „Es kribbelt jetzt schon wieder. So ein Scheiß."

Er lacht. „Und es brennt immer weniger, nicht wahr?"

„Ja."

„Genau so soll es sein. Wir werden heute noch viel Spaß zusammen haben, meine Süße."

Pascal beugt sich herab und küsst sie auf die Schläfe. „Danke Ella, das war ein sehr netter Nachmittag. Ich verziehe mich jetzt. Hab noch ein Date."

„Kriegt die Dame auch einen Brennnesselstrauß?", fragt Ella träge, und er grinst. „Du kannst sie ja nächste Woche fragen, ob ich ihr einen geschenkt habe. Es ist deine Chefin."

„Oh Gott. Die haut dir die Stängel um die Ohren, wenn du so was mit ihr versuchst."

Lachend steht er auf und entfernt sich.

Leon und Tim packen Geschirr und Essen zusammen. Tim schließt das Haus ab, dann ziehen sie ihre jammernden Frauen hoch und verfrachten sie in die Autos.

„Viel Spaß noch, ihr zwei“, ruft Leon beim Einsteigen, und Tim winkt ihm bestätigend zu. „Euch auch. Tschau, tschau.“

Als er den Motor anlässt, stöhnt Ella auf dem Beifahrersitz auf. Er dreht ihr das Gesicht zu und grinst. „Was ist?“

„Es vibriert“, faucht sie und rutscht mit dem Po unruhig hin und her.

Tim dreht das Radio an und pfeift vergnügt den Song mit, der gerade gespielt wird.

Als sie die Treppe in die Wohnung hochsteigen, glühen Ellas Wangen gesund rosig, aber sie bewegt sich etwas verkrampft. Dieser Anblick stachelt Tims Lust an. Er will sich endlich in ihr versenken. Sein Schwanz drückt hart gegen den Stoff der Jeans, und ihr Anblick macht es ihm nicht leichter, das Spiel noch weiter hinauszuzögern.

Endlich im Wohnzimmer gibt es nur noch eins, was er sehen will. „Ausziehen Ella. Auf der Stelle“, sagt er in einem Ton, der sie dazu veranlasst, kommentarlos die Augen zu senken und sich mit fahrigen Händen die Klamotten vom Leib zu reißen.

„Beug dich über die Sessellehne.“

Stöhnend gehorcht sie. Einen Moment betrachtet er voller Vorfreude das Bild, das sich ihm bietet. Die weiche Haut ihrer Pobacken leuchtet knallrot. Dann reißt er sich selber Hose und Hemd herunter und platziert sich hinter ihr. Sobald er sie berührt, zuckt und wimmert sie. Er streichelt über die heiße Wölbung ihrer rechten Seite bis in die Lende hinab. Sie stöhnt und zuckt. Er knetet das pralle Fleisch ihres Hinterns und drückt seinen Schwanz in ihre Pospalte.

„Bist du bereit für mich, Ella?“

„Ja“, stöhnt sie, „Bitte fick mich.“

Sie drückt sich rückwärts aufreizend gegen ihn. Er führt seinen Schwanz an ihren Eingang und wischt mit der Eichel durch ihre Feuchtigkeit. Ja, sie ist wirklich bereit für ihn.

Er packt sie an der Taille, dringt mit einem harten Stoß tief in ihren engen Gang ein und verharrt stöhnend. „Fuck, Ella, du fühlst dich so gut an“, raunt er und spürt, wie ihre inneren Muskeln um seinen Schwanz herum zucken. Seine Hände rutschen höher und legen sich über ihre Brüste. Sie zieht zischend die Luft ein. „Immer noch empfindlich?“, fragt er ironisch, und sie antwortet mit einem Grunzen.

„Was sagtest du?“

„Oh Mann! Bitte!“, keucht sie, „bitte fick mich, Tim, bitte!“

„Mit Vergnügen.“

Ohne weiter zu denken, lässt er seiner Lust freien Lauf, zieht sich zurück, stößt wieder zu, lässt seine Hüften kreisen, stößt immer tiefer und schneller zu. Lange kann er sich nicht mehr zurückhalten. Er zieht sich noch einmal fast ganz aus ihr heraus, seine Hoden ziehen sich zusammen, und er dringt mit einem animalischen lauten Stöhnen wieder tief in ihren heißen Schoß. Sie schreit auf, bebt, und ihre inneren Muskeln ziehen sich fest um ihn zusammen, während er sich versteift und sich in ihr ergießt.

Drei, vier Stöße lang umklammern ihre Muskeln ihn, bis die Härte seines Schwanzes langsam nachlässt und er sich aus ihr zurückziehen kann.

„Oh Gott, ich kann heute nichts mehr tun“, keucht sie atemlos.

Er lacht und klatscht mit der flachen Hand auf ihren Arsch. „Du kannst dich aufs Bett legen, Schätzchen, breitbeinig, und brav auf mich warten. Spätestens in zehn Minuten willst du die nächste Runde, wetten?"

„Oh Gott!"

Ella schlägt die Augen auf, bewegt sich, wimmert und bleibt sofort wieder ganz still liegen. Muskelkater. Jede Faser schmerzt, von den Haarwurzeln bis in die kleinen Zehen.

Es ist hell draußen. Die Sonne scheint herein, und Tim ist nicht da. Egal. Sie wird mindestens die nächsten zehn Jahre unbeweglich in diesem Bett liegen bleiben.

Seufzend dreht sie sich ganz langsam und vorsichtig auf die Seite, und ihre Augen klappen wieder zu.

Das nächste Mal wacht sie auf, weil verführerischer Kaffeeduft in ihre Nase steigt. Tim sitzt auf dem Bettrand und lächelt sie an. „Guten Morgen, arme leidende Fledermaus."

„Guten Morgen", stöhnt sie und richtet sich jammernd etwas auf, um ihm den Kaffeebecher abnehmen zu können.

„Sehr schlimm?", fragt er mitleidig.

„Grauenvoll."

Er küsst sie sanft auf die Stirn. „Du darfst heute den ganzen Tag faul sein und dich von mir verwöhnen lassen."

Sie seufzt wohlig. „Was heißt denn verwöhnen?"

„Mhm … Lass mich mal überlegen. Wie wäre es mit Frühstück ans Bett?"

Ihre Lippen verziehen sich zu einem begeisterten Lächeln. „Oh ja."

„Sanfte Massage gegen den Muskelkater?"

„Guuut."

„Lieblingskuchen am Nachmittag auf dem Liegestuhl in der Sonne, abends DVD und Kuscheln auf der Couch?“

Sie streicht mit der Hand über seinen Arm, und ihre Blicke versinken ineinander. „Habe ich dir schon gesagt, dass ich dich liebe, Sonnyboy?“

Er tippt ihr auf die Nase. „Noch nicht oft genug, kleine Fledermaus.“

ENDE

Autorin

Sara-Maria Lukas, Jahrgang 1962, sagt „Moin“ statt „Guten Tag“. Unter dem Pseudonym verbirgt sich eine gebürtige Bremerin, die seit vielen Jahren in einem klitzekleinen Dorf zwischen Elbe und Weser wohnt. Sie liebt das raue Klima der Nordseeküste nicht nur wenn die Sonne scheint, sondern erst recht bei Sturm und ordentlichem Wellengang. Die Schreiberei ist seit der Kindheit die eine große Leidenschaft, das Leben im Einklang mit der Natur die andere.
Sara Maria Lukas bezeichnet sich selbst als hoffnungslos naive Romantikerin. Nichts kann sie davon abbringen, an die wahre Liebe, die Macht der gelebten Toleranz und das Gute im Menschen zu glauben.
In ihren Romanen verknüpft sie auf eine ganz eigene sympathische Weise prickelnde Erotik mit viel Humor, Herzlichkeit und großer Liebe.

Website: www.sara-maria-lukas.de

Facebook: Sara-Maria Lukas – Autorin